川上健一
Kenichi Kawakami

Topping
トッピング

愛とウズラの卵とで～れえピザ

集英社

トッピング

愛とウズラの卵とで〜れえピザ

1

スッスッ、ハイハイッ、スッスッ、ハイハイッ……。

公園内を軽快に走る難波雅彦（なんばまさひこ）の声が、静けさの中にテンポよく流れていく。スッスッと息を吸い、ハイハイッと声に出して息を吐く。調子のいい掛け声だ。時々、ハイハイッは、息を漏らすだけのハッハッになるが、テンポのよさに変わりはない。

住まいを兼ねた店舗がある奉還町（ほうかんちょう）商店街からここ津島運動公園まで走ってきた。野球場と陸上競技場の周囲を勢いにまかせて走り回り、津島遺跡の池の畔（ほとり）をひた走る。

まだ日の出前で、明るさを増してきた冬空が寒々しい。早朝の散歩をしている人々がちらほら、男に女、女性同士、カップルも何組かいる。男がそこに留まって匂いを嗅ぎたいと嫌がる犬を強引に引きずって脇目も振らずに身を丸めて歩いている。二月も半ばを過ぎた寒い朝で人々の吐く息が白い。

雅彦は輝きを増した東の空を見上げる。白いジャージー姿の細身の体軀。広い額。薄い髪をオールバックにしている。どう見ても少し禿げ上がっている額だが、自分ではおでこが広いだけだといい張っている。西大寺（さいだいじ）の裸祭りに出ると決めてから、スタミナをつけようと出勤前のジョギングを欠かさない。雨の日も風の日も、雪が舞う寒い朝ですら休まない。ほとんどは奉還町商店街を出て津島運動公園まで行き、公園内をグルリと回って戻るのだが、たまには岡山駅を横切って桃太郎大通りを岡山城まで直進し、後楽園の旭川沿いの道を走って出石町を回ってくることもある。待ちに待った裸祭りがいよいよ明後日に迫ってきた。裸祭りの宝木争奪戦は長丁場となる。スタミナ勝負なのだ。

宝木獲得を決意したのは正月のことだ。それからジョギングを始めた。裸祭りに参加する仲間が広がって『チーム奉還町・七人の侍』を結成した一月が去り、それから二月に入って半ばが過ぎた。毎朝のジョギングはひと月半になろうとしている。当初は足どりが弱々しく、息が上がってあえぎあえぎだったジョギングも、今では軽快そのものだ。真冬のキンとした冷気も好きになった。目覚めたばかりの静かな街を駆け抜ける爽快感が気持ちいい。

「いよいよ明後日じゃが」

あふれる思いが口を出る。スッスッ、ハイハイッ、スッスッ、ハイハイッ……。

「何としてもあゆみのために」

スッスッ、ハイハイッ、スッスッ、ハイハイッ。妻のあゆみのために福男になると決めている。

「死に物狂いでいくでッ」

スッスッ、ハイハイッ。雅彦は何度もうなずいて不退転の決意を表す。誰にでもない、自分自身にだ。それから表情を一変させてハッとして腕時計を見る。薄明かりの中で針が六時十五分になろうとしている。

「試食じゃった！　すっかり忘れとった！　こりゃおえんッ。超特急で戻らにゃッ」

雅彦は奉還町商店街に向けて猛然とダッシュする。

あゆみの右手からホウキがするりと落ちた。

あゆみはじっと右手を見つめ、それからゆっくりと閉じたり開いたりしてみる。抗ガン剤による治療中で手足のしびれが続いている。しびれている手で何かをつかんでいる時は、握ることに集中しないと感覚がなくなってしまうのだ。

あゆみはホウキを持ち上げ、フウッと吐息をついて背筋を伸ばす。ホウキをしっかりと握りしめ、照明が灯(とも)っている奉還町商店街を眺め回す。アーケードに覆われた商店街は人影もまばらだ。店の前を掃き掃除している人がポツンポツンと目につくだけで買い物客の姿はまだない。明るさを増した光に春の気配が感じられるが、空気はキンと冷えてまだ冬の寒さだ。

「おはようさん」

あゆみの背中で三村のおじさんの声がした。斜向(はすむ)かいの金物店『トンチカ』の店先で、店主の三村のおじさんが笑っている。七十歳を超えているが背筋がスッと伸びて元気だ。金物店『トンチカ』は七時半開店なのだが、毎日六時過ぎには店を開けている。大工や職人がその日の仕事で急に工具や材料が必要になった時に、店が開いていないと困るだろうというのが理由だ。そうした客があれこれ求めていったのはもうかれこれ二十年以上も前のことだ。今ではほとんどの大工や職人の足が商店街から遠のいてしまっている。それでも、早起きは一文の稼ぎにもならんけど健康のためやと、以前と変わらず六時過ぎにはシャッターを開けている。

「おじさん、おはようございます」

あゆみは挨拶を返す。手編みの淡い青色のセーターに身を包んだ、すらりとした細身の柳腰が力なく折れ曲がる。うりざね顔の頭に巻いている滑らかな曲線が入り組んだ明るい模様の布切れがふわりと揺れる。ガンの治療前は長い黒髪をポニーテールに結んでいたが、治療で髪が抜けてしまい、まだ短いままだ。髪がある程度伸びるまではと布を巻いているのだが、この方が手作り雑貨カフェという店の雰囲気に似合うかもしれないと気に入っている。初めは既製のバンダナやスカーフを頭に巻いていたのだが、どうせやるならと好きなデザインの布で手作りしたのだ。

「おじさん、今日も早いねー」

「前田の花屋の方が早いが。あゆみちゃんも今日から早起きせにゃおえんなー」

「そうなんよ。今日から朝ご飯定食再開じゃけーなー。じゃあね、おじさん。今日も寒いから風邪ひかんようにねー」

朗らかなあゆみの声が朝のアーケード街に響く。あゆみは三村のおじさんに軽く会釈をしてから金物店『トンチカ』の看板を見てクスリと笑う。『トンチカ』の看板を見るたびに、ネーミングが面白くて思わず笑いが漏れてしまう。トンチカ、トンチカと、衝撃音がする工事現場や建築現場が頭に浮かんで、いかにも金物店らしい。

「この商店街は店名が面白いわね。変わっている名前がいっぱいあるし、奇抜で忘れられない」

東京から岡山の大学病院まで治療に来ている病院友達がしきりに感心していた。

「そうでしょう。私もこの商店街の店の名前が面白くて大好きなの」

とあゆみがいうと、病院友達の彼女は指折り数えながら、『ひょうたん屋製麵』でしょう、それから『婦人服へいたいや』、『レディース・りぼん』、『元気堂』、『ニコニコ堂』、『人形のこどもや』、『グリルB食』、『segareB食』、『グリコアパート』、『リリーズワルツ』、『さをりすと』、『オテンテン』、『アイドル』でしょうと、ポンポンと矢継ぎ早にいってのけるのだった。

あゆみがよく覚えられたわねと目を丸くすると、だって一度目にしたら忘れられない名前なんだものといってから、そうそう『トンチカ』という名前も一発で覚えられるし金物店だとすぐに連想できると感心し、あなたの店の『セワーネ』という名前も変わっているわよねというのだった。『セワーネ』はあゆみの夫の難波雅彦の両親が四十年前にこの店を始める時につけた名前だ。元々は軽食喫茶店だった。商売を始める時に、はたしてやっていけるだろうか、大丈夫だろうかと舅が悩み抜き、姑の、「せわーね。やりましょう」という言葉で決心したのだという。「せわーね」は岡山弁で大丈夫という意味だ。舅は姑の大丈夫という言葉にいたく感じ入り、カタカナの方が洒落ているからと店名を『セワーネ』にした。「大丈夫、心配ない。大丈夫、ゆっくりしていって」と呼びかけているような癒しの雰囲気がする店でいいじゃないかと思ったのだ。『セワーネ』ってフランス語か何か？　と小首を傾げる病院友達の彼女に店名の由来を教えると、とてもいい名前だといって何度も何度も自分にいい聞かせるように、『セワーネ』、いい言葉ね、『セワーネ』、『セワーネ』と復唱するのだった。

あゆみは改めて店の看板を見上げる。

雑貨カフェ『セワーネ』。

看板の薄いブルーの色合いが、落ち着いた雰囲気をかもし出している。

「大丈夫かあ。だといいなあ」

声に出してつぶやいてからドアへと向かう。そのとたんに、うわっ、と思わず声が出た。何かが足に当たって前につんのめる。足がもつれて止まらない。

「うわっとっと……」

声に出してタタラを踏む。ドアにぶち当たる勢いだったが、壁に手をついて何とか転倒をまぬがれた。

「きょーつけーよ。よそ見しーしー歩きょーたらおえんよ。こけっしまうで。ドアはでーじょうぶなら？　すねぼんさんでドアぶち割らんかったんじゃろな。ドアはめげとらんか？」

『トンチカ』の三村のおじさんが笑う。あゆみが壁に手をついた音を膝を打ったと思ったようだ。

「おじさん、私の膝よりドアの方が心配なん？」

「なによんなー。あゆみちゃんの方が心配に決まっとろうが。あたりめーじゃが。ただ、でーれー勢いでニードロップくろうたら、ドアも痛うてたまらんじゃろ思おたんじゃが」

プロレス好きの三村のおじさんは必殺膝蹴り技を諳(そらん)じている。

「ドアに膝蹴りしたら私の方が痛いに決まっとろーが。膝じゃのうて手をついた音じゃが。でも本当にドアに膝蹴りしてしまうとこじゃったねー」

あゆみは笑う。手足のしびれのせいでちゃんと歩いたり物をつかんだりすることができない。ちょっとした段差でもつまずいてしまうことが多くなった。この前は厨房で包丁を落としてしまい、両足の間の床に突き刺さってヒヤリとした。なぜかその時に、ああ生きていると強く感じて胸が躍り、うれしくなってクスクス笑ってしまった。

いきなり、横丁から雅彦がポンと飛び出してきた。ランニングシューズに白いジャージー。広い額がうっすらと光っている。雅彦はあゆみが壁に手をついて身体を支えているのを目にすると、驚き顔で目を見開いた。

「やッ！　ど、どーしたんな⁉　具合悪いんか⁉」

雅彦が荒い息づかいと共に、慌てふためいてあえぐようにかすれ声を絞り出す。あゆみは抗ガン剤治療を受けてから、突然立っていられないほど具合が悪くなることがあるのだ。頻繁にという訳ではないが、そのたびに雅彦はうろたえてしまう。

「何でもないんよ。この看板につまずいてよろけただけ」

あゆみは店の前に置いてある、『本日から朝ご飯定食復活します』と張り紙のしてある小さな立て看板を指さしてから、ゆっくりと体勢を立て直していう。

「本当にそれだけか？　具合悪うなったんじゃねんか？　救急車呼ぶか？」

雅彦の目が大きく飛び出している。心底心配している。

「大袈裟なんじゃから。本当につまずいて転びそうになっただけ。具合悪うなったんじゃねえわー」

「そうかあ」

雅彦がホッと吐息をつく。

「今日はどこまで行ってきたん？」

「いつもと同じじゃが。津島運動公園をグルグル回ってきた」

「雅彦。スタミナだけじゃあ、裸祭りで宝木は取れんで。力もいるし、せえに一人じゃまず福男にはなれん。仲間との連携作戦の方が断然有利じゃ。てごーする仲間はおるんか？」

三村のおじさんは初めて裸祭りに参加する雅彦を頼りなさそうに見つめる。

「抜かりはありません、といいたいとこじゃけど、裸祭りに出るいうことをどこからか聞きつけた奉還町の六人が、俺たちも参加するゆうてきて、それで『チーム奉還町・七人の侍』を結成しました。奉還町最強メンバーですよ。それに暇さえありゃあハンドグリップで握力も鍛えとるし、連携作戦もバッチリで死角はありません。宝木をこの手で獲得して、必ず福男になります」

雅彦が自信ありげに不敵な笑みを作り、三村のおじさんとあゆみを見つめる。

この正月、夫の雅彦はあゆみが喜ぶことをなんでもしてやろうと決心した。まず思い立ったのは裸祭りだった。裸祭りで宝木を獲得すればその年の福男となる。福男になればあゆみを喜ばせることができる。それに福男になるということは幸せをつかみ取るということだ。雅彦の幸せはただひとつ、あゆみのガン治療がうまくいって元気を取り戻すこと。あゆみのためにも、自分のためにも、何としても宝木を獲得しなければならない。ジョギングはそのための大事なトレーニングだった。

「『チーム奉還町・七人の侍』って、誰と誰な？」

「俺、遼ちゃんと弘高に光ちゃん、京介と浅野の三郎、それに伸坊です」

「他の最弱チームが大笑いしそうなメンバーじゃなー。誰か裸祭りに出たことあるんか？」

「全員初めてでビギナーズラックのてんこ盛りですよ。初めてが七人。ビギナーズラック・セブン。どうです、何か最強っぽいでしょう？」

「福男になる前に試食。早うシャワー浴びて。じゃあね、おじさん」

あゆみは『セワーネ』のドアを開けて雅彦を促しながら、三村のおじさんに小さく手を上げる。

店の中に入ると、

「昨夜遅かったけど、よう眠れた？　悟史を起こしてね」

と雅彦にいう。悟史にも試食を頼んであった。

悟史は高校二年生の一人息子だ。学校へは片道三十分ほどの自転車通学をしている。父の雅彦に似て細身だが、背は雅彦よりも高い。外ではどうか分からないが家では口数は多くない。夕食が済むと部屋に引き籠もることがほとんどだったが、昨年あゆみにガンが発見されてからは以前より家族と一緒にすごす時間が多くなった。ご飯を食べ終えてからもしばらく食卓に座ってあゆみと雅彦の話を黙って聞いているし、居間でテレビを観たりしながら何をするともなくあゆみが見える場所にいる。夜、あゆみが店で商品を作っていると、店と住居をつなぐ出入り口のすだれ越しにあゆみの様子を伺うことも多い。悟史なりにあゆみのことに気を遣っているのだ。

「まったく、昨夜は大きな商談が長引いてしもーて、うまくまとまったからよかったけど、それから食事と飲み会までつき合わされて、大事なお得意さんだから仕方ねかったんじゃが」

雅彦が渋い顔をする。昨晩は久し振りに午前様の帰宅だった。

雅彦は電子機器を扱う会社の営業部長だ。あゆみがガンになる前は残業や接待、それに会社の同僚達や友人達の飲み会で毎晩遅かった。それがあゆみがガンになってからは、ほとんど毎日、夕食時までには帰宅している。

「じゃらね、私は大丈夫じゃから、雅彦さんは前のように仕事を大事にしてほしいんよ。責任ある地位にいるんじゃから、会社の人たちの生活も考えてちゃんとやってほしいの」

「実はなあ、この前社長に」

と雅彦がいいかけると、住居の方で物音がした。悟史が起き出した気配がする。洗面所の方へと歩いていている様子だ。

「社長さんがどうしたん?」

「またの時にゆっくり話すわ」

「うん。早うシャワー浴びてきて。七時まであまり時間がないから試食してもらわんと」

「お、そうじゃな。速攻で浴びてくる」

雅彦が住居へと消えると、あゆみは店の厨房で試食用の朝ご飯定食の準備にとりかかる。抗ガン剤治療の副作用で以前とは舌の感覚が変わってしまった。出し汁や醤油などの塩味のものは苦みがきつく感じられて味加減がよく分からない。家族の食事は長年の経験則であれこれ作っている。雅彦は前と変わらない味だといってくれたが、店の食事となるとちゃんと味見をしてもらってからにしたい。だから雅彦と悟史に試食を頼んだのだ。雅彦はあゆみの作ったご飯は何でもうまいというので、誰に対してもはっきりとものをいう悟史の意見も聞きたかった。

雑貨カフェ『セワーネ』の厨房は、店内に入って右側の奥の壁際だ。横長のカウンターがあって、その内側が厨房になっている。カウンターにはイスが六脚。カウンターの後ろには四人掛けのテーブル席が二つ。他の店内のスペースには雑貨が陳列されてある。ほとんどがあゆみの手作りだ。

カラフルな布を縫いつけたベルト。エプロン。ポーチ。トートバッグ。毛糸の手編みセーター。同じく靴下。手袋。ワンピース。ブラウス。スカート。ルームシューズ。彫金のネックレス。ブローチ。指輪。イヤリング。犬の首輪。リード。トールペイントされた手鏡。ウエルカムボード。北欧風のミニチュアハウス。それに外国製の布やリボン、レース等々。特に人気の商品はエプロンとベルトと彫金のアクセサリーで、こういうものがほしいと好みをいって注文する客も多い。

厨房と反対側に大きな作業台があり、あゆみの作業スペースになっている。この作業台で店の商品が作り出される。病気になる前は、店内で編み物教室や小物作り教室もやっていた。ひと月に一度、友達の女性パティシエに来てもらい、お菓子作り教室も開催していた。生徒さんたちからまた始めてもらいたいと要望されている。そろそろ再開してもいいかなと考えているが、まずは朝ご飯定食の復活が先だと今日に向けて準備をしていたのだ。『セワーネ』の朝ご飯定食のファンは多い。商店街のお年寄りたち、勤め人たち、学生たちがあゆみの朝ご飯を楽しみにしていた。営業を再開した店に顔を出し、『セワーネ』が休んでいた間、朝ご飯が食べられずに往生した、早くまた朝ご飯定食をやってくれないと死活問題だと冗談めかして訴える客もいた。そのたびに、朝ご飯はどこでも食べられるでしょうとあゆみは苦笑するのだが、他の店の朝食は舌に合わない、あんたのところでないと食べた気がしない等と口々にいうのだった。

炊飯器のブザーが鳴ってご飯が炊き上がった。あゆみは炊飯器の蓋を開け、余分な水分を飛ばすためにざっくりと切るようにしてまぜる。温かい湯気が立ち上り、炊きたてご飯のいい香りがふんわりと広がる。

炊き上がったらざっくりとまぜること。そのままにしておくとせっかく炊き上がったご飯が水分の重さでつぶれてしまうからね。せっかくのおいしいご飯がもったいないよ。東京に出る前の高校生の頃、母の登美子が口癖のようにいっていた。同じことを何べんもいうので耳障りだったが、東京で独り暮らしをした時に自分で炊いたご飯が実家で食べていたご飯と違うことに気づいた。母の炊いたご飯の方がおいしいと思えた。母のいったことを思い出してその通りにやってみた。研ぎ終わった米は二十分から三十分ほど水につけておく。急いでいたらぬるま湯で十分。それからザルに移して五分間水切りをする。そうするとお米のひとつぶひとつぶの芯までまんべんなく水分が浸透して潤い、おいしく炊ける。翌日遅く起きるようだったら、寝る前に内釜で米を研ぎ、水を張ってラップで蓋をしておいてもいい。そして炊き上がったらざっくりと切るようにまぜる。母の教え通り、ひと手間かけたご飯はおいしかった。

「もうすぐできるからね。早うして」

あゆみはトースターにパンを入れながら住居にいる雅彦と悟史に声を上げる。それからオーブンを開けて焼き上がった塩鮭を取り出す。前の晩、昆布をかぶせて冷蔵庫に寝かせておいた塩鮭だ。そうすると余分な水分を昆布が吸い取り、昆布のうま味が染み込んでおいしい焼鮭になる。これも母から教わったことだ。焼き上がった鮭を出し巻き玉子が二切れ載っている皿に置いてカウンターに出す。いりこ出しの豆腐の味噌汁椀から湯気が立ち上って揺れている。いりこは頭と腹の黒いワタを取り除いておき、前夜に昆布と一緒に鍋に入れておく。そのまま煮て昆布といりこを取り出して具材を入れ、火を止めて味噌を溶き入れる。干し椎茸の戻し汁や鰹節の出し汁で味噌汁を作るが、今日はいりこ出し汁にした。塩鮭の皿を置いた隣の席には、目玉焼き二個のハムエッグ、細切りにしたニンジン、キュウリ、それにブロッコリーの野菜サラダが載った大きな皿がある。ワンプレート洋定食の皿だ。

雅彦と悟史が店内に入ってくる。カウンターに置かれた和定食の前に雅彦が座り、洋定食の前に悟史が座る。

「生卵ちょーで。卵かけご飯にしちゃろ」

雅彦がうれしそうにあゆみにいう。

トースターがチンと鳴り、あゆみは生卵ねといいながらトースターからパンを取り出し、悟史の前にある大皿に載せる。それから炊飯器からご飯をよそい、小鉢に入った生卵と一緒に雅彦の前に置く。

「お前はもう食べたんか？」

雅彦が卵をかき混ぜながらあゆみに顔を上げる。

「パンとサラダを食べました。サラダドレッシングの塩加減はどんな？」

あゆみはフォークでサラダを口に運んでいる悟史にいう。ドレッシングはあゆみの自家製だ。白ワインビネガー、エキストラバージンオイル、それに塩、胡椒。以前と同じ目分量で作ったが、やはり塩加減が気になる。

「ちょうどええよ」

悟史が口を動かしながらいう。

「雅彦さん、味噌汁の味はどう？　出し巻き玉子、あまり甘うはないよね？」

「大丈夫。出し巻き玉子も味噌汁もバッチリ」

雅彦が演技過剰な笑顔を作ってあゆみに向ける。

雅彦はあゆみと結婚する前もしてからも、あゆみと向き合う時はずっと笑顔だ。あゆみがガンになってからは、一段と大きな笑顔を向けるようになった。

「本当におかしくない？　正直にゆうてくれんと大変なことになるんだからね」

「でーれーうまいよ。味はバッチリじゃけど、本当に身体の具合はどうもねーんか？　朝ご飯定食復活さすの、やっぱりちょっと早かったんじゃねーかなあ。今無理して具合悪うなったら元も子もないで」

雅彦が心配顔であゆみを見上げる。医者が普通に生活していいといったとはいえ、治療は継続中で、今は最後の薬物治療までの待機期間中なのだ。完治したという訳ではなく再発や転移の心配もある。

「大丈夫じゃって。この病気は心配してもせんでもなるようになるんじゃから。じゃからじっとしとっても動いとっても同じなんよ。じっとしとるよりは動いとる方が元気出るし気分もいいんよ。仕事は身心の自主的リハビリじゃが。それに私の朝ご飯定食を待っとってくれる人がいるんじゃから、やりがいがあるんよ。うれしいことなんじゃから」

「おはようございます。ちいと早かったですか？」

店のドアが開いて、大きな身体の岸本弘高（きしもとひろたか）が笑顔で入ってくる。背はそう高くはないが、ボディビルで鍛え上げた隆々たる筋骨がスーツを盛り上げている。短髪に刈り上げた細面の小顔とのっそりとした動作が、身体の厚み感をいっそう際立たせている。

「おはようさん。早いが、弘高」

雅彦が片手を上げて気安い笑顔を向ける。昔から顔なじみの二人は気の置けない間柄だ。あゆみがガンになる前は、二人で示し合わせてちょくちょく飲みにもいっていた。

岸本弘高は近くのマンションに住んでいる。市役所に勤めていて、四十歳になろうとしているのにまだ独身だ。近所に実家があるのだが、五年前に独り暮らしを始めた。弘高は独り暮らしを始めてからほとんど毎日のように『セワーネ』に寄って朝ご飯を食べ、それから出勤していたのだ。

「おはようございます雅彦さん。あゆみさんが元気になってくれて本当によかったなあ。悟史君、おはよう。元気？　ちぃーと大きくなったねー」

「おはようございます。元気です。大きくなってないです。変わらないですよ」

悟史が小さく苦笑する。あゆみや雅彦にはぶっきらぼうだが、昔から弘高には丁寧に受け答えする。悟史は子供の頃から弘高には一目置いている。畏怖の念を持っているのだ。物凄い筋肉の弘高は黙っていても威圧感がある。

弘高が上着を脱いでネクタイをゆるめ、

「裸祭り、いよいよ明後日ですね」

と雅彦の隣のイスに腰掛けながらいう。

「おう。何が何でも宝木を獲るからな。頼むぞ」

　雅彦が真剣な目でうなずく。

「あゆみさん、洋定食でお願いします」

「目玉焼き二個増量しちゃってくれ。明後日の裸祭り、宝木を獲得するには弘高の怪力が頼みじゃから、ぼっけぇ精をつけてもらわんと」

　と雅彦がいってご飯をかき込む。

「はいはい。目玉焼き四個ね。弘高さん、半熟よりも柔らかめでしょう？」

「はい、すんません」

「あのさ、病院に行くのは明日じゃったよな？」

　雅彦が上目づかいにあゆみにいう。

「うん。明日の午前中」

　明日は病院での定期検診の日だ。触診と超音波検査を受ける。

「俺も一緒に行くよ」

「簡単な検診だけじゃから一人で大丈夫じゃが」

「そうはゆうてもなあ、俺も先生のゆうことを一応聞いといた方がえんじゃねんかー」

「大丈夫。結果は報告するから。雅彦さんは会社のみんなのための大事な仕事があるんじゃから、ちゃんと会社にいてちょうだい」

　雅彦がそうかとうなずいて、

「ガッツリ食って精をつけちゃってくれーな」

と弘高に笑いかける。

2

あゆみはエプロン作りの手を止め、ふぅーと大きな深呼吸をして壁時計を見上げる。午後三時を少し過ぎている。店内に客はいない。この時間は不思議に客足がパタリと途絶えることが多い。お茶にしようと立ち上がりかけて、ショーウインドー越しに鮮やかな赤い色が目に留まる。黒いサングラスをかけた一人の女が店の様子をうかがっている。ショートカットのスラリとスタイルのいい女で、薄手の春の色鮮やかな赤いコートをセンスよく着こなしている。歳の頃は四十歳前後だろうか。庶民的な奉還町商店街には珍しい出で立ちだ。ファッション雑誌から抜け出してきたような、という言葉がぴったりするほど完璧な着こなしだ。赤いコートの女がさりげない一瞥(いちべつ)をあゆみに向ける。サングラス越しだが、目が合ったような気がしてあゆみは小さな笑顔を作る。赤いコートの女は小首を傾げた。表情に変わりはない。あゆみの笑いを気にかける様子もなく、店内を見回し、少ししてそよ風にたなびくようにゆったりとウインドーから消え去った。

あゆみは立ち上がって厨房へ行きかけ、もう一度ウインドーを見る。赤いコートの女はいないが、斜向かいの『トンチカ』の店先で、三村のおじさんと田中のおっちゃんが雁首揃えて赤いコートの女が去っていった方をじっと見つめている。茫然自失の体だ。赤いコートの女の後ろ姿に目が釘付けになっているのだろう。

あゆみは苦笑して厨房へ入り、コーヒーの豆を挽こうとした。

勢いよくドアが開いて三村のおじさんと田中のおっちゃんが飛び込んできた。

「あら、いらっしゃい。ちょうどコーヒー淹れようと思ったとこなんよ。二人の分も淹れますからね」

あゆみは笑顔を向ける。

「コーヒーはいらんけど、今の赤いコートの別嬪(べっぴん)さん、あゆみちゃんの知り合いなんか？　パリッとした身なりで、この商店街ではなかなかお目にかかれん女じゃったなー」

田中のおっちゃんが未練がましくウインドーを振り向いていう。田中のおっちゃんは奉還町商店街で魚屋を営んでいたが、二年前に妻に先立たれた時に店を畳んでしまった。三村のおじさんと同じ年恰好で、人好きのする愛嬌のある笑顔の持ち主だ。店は閉めてしまったが、二階の住居に一人で住んでいる。毎日商店街を歩き回り、ひがな一日おしゃべりと笑うことを生きがいにしている商店街の人気者だ。いつものように頭に小さめの帽子をちょこんと載せて厚手の茶色のジャンパーという出で立ちだ。若い頃は女遊びで名を馳せたらしい。折に触れて商店街の人々の噂話にのぼる。

「二人して赤いコートの女の人をずっと見てたでしょう。残念でした。知らん人じゃが。サングラスしとったからよく分からんかったけど、たぶん知り合いじゃない気がするわ」

「じゃけど、作業しとるあゆみちゃんをジーッと見とったで」

田中のおっちゃんがまだウインドーから目を離さずにいう。

「そうじゃったなー。あゆみちゃんが顔を向けたらちょっと会釈して行ってしもうたから、てっきり知り合いかと思ったんじゃが」

「そうそう。けど知らん女かー。がっかりじゃなー。あんないい女とお近づきになりたいもんじゃなー」

田中のおっちゃんが肩を落とす。

「私をじっと見とったん？」

「ああ。作業しているあゆみちゃんの方にしばらく顔を向けとったよなー」

と田中のおっちゃんが三村のおじさんを振り向く。

三村のおじさんは何やら思案顔だ。

「ふーん。気づかんかったわ。でもちょっと見ただけじゃけどたぶん知らん人じゃが。コーヒー、飲むでしょう？」

「いらんいらん。せーがな、『トンチカ』がどっかで見たことがあるゆうんじゃが」

「え？　おじさん、あの人知っとるん？」

「どっかで見たことがあるゆー気がするんじゃけど、どうしても思い出せん。じゃけー、あんたの知り合いじゃったら思い出せるかもしれんと来てみたんじゃが」

三村のおじさんが腕組みをして首をひねりながらいう。

「よく見た訳じゃないから確信はないけど、初めての人のような気がするなあ。おじさんはどこで見たような気がするん？」

「せーがな、思い出せんのじゃが。前にどっかで見たような気がするけどはっきりせんのじゃが。まあ、たぶん、でーれー前にこの通りで見かけたんじゃろーなー。せーで別嬪さんじゃったから脳味噌のどっかにひっかかっとったんじゃろ」

「どっかのバーのママじゃねんか？」

と田中のおっちゃんがいう。

「俺はあんたと違ってバーへはよう行かん。あゆみちゃんが知らんゆうなら確かめようがないなー。さて、カミサンに黙って出てきたから戻らにゃ」

三村のおじさんがそそくさと店を出て行く。田中のおっちゃんももう一回りしてくるかと後に続いた。

あゆみは二人を見送るとコーヒー豆を挽き始める。乾いた粉砕音がする。おいしそうな匂いが漂ってきて大きく息を吸う。

3

大学病院の診察室にパソコンのマウスをクリックする音が響いている。小さな音だが、静かな室内に思いのほか大きく響く。担当の平井先生がパソコンの大画面に映し出される超音波検査の画像を大きくしたり小さくしたりしている。画面に映っているのはあゆみの左胸の超音波画像だ。

あゆみはじっとパソコンの画面を見つめている。

白衣の平井先生があゆみを振り向く。

「大丈夫ですね。触診でも超音波検査でも、異常は認められませんでした。手術の痕も順調です」

平井先生は温厚で実直な人柄を表すような穏やかな声でいい、にこやかな笑みを浮かべる。四十がらみで背が高く、目鼻立ちがはっきりしていてなかなかの男前だ。

「よかった。胸を残してもらって本当にありがとうございます。胸がなくなったらさみしかったわ」

あゆみはホッとして頬が緩む。左の乳房にできたガン細胞が小さかったので、四分の一を切除するだけですんだのだ。

「難波さんが病気に早く気づいてくれたからです。何とか四分の一だけですんで私もホッとしました。最後の点滴治療が残っていますが、何か気になることがあったらいつでもいらしてください」

「はい。ありがとうございます。またこの世の何もかもが好きになれるから楽しみです。先生、何度もいいますけど、本当に点滴の中に惚れ薬は入っていません?」

とあゆみは笑う。

「ああ、そうでしたね。難波さんは点滴治療すると、この世のものが何でも好きになるんでしたよね。惚れ薬は入っていません。初めて聞いた時は戸惑いましたよ。そんなことをいったのは難波さんだけでしたからねえ」

平井先生が愉快そうに笑う。

「だって本当にそう思ったんですもの。点滴治療は苦しくて切ないんですけど、でも生きているってうれしくなって目に見えるもの全てが愛おしく思えてしまうんです。ですから絶対に惚れ薬が入っていると思いました。他の患者さんもそういいません？」

「いやあ、そんなことをいうのは難波さんだけですよ。まあ、薬の副作用は個人差がありますから、難波さんの副作用は惚れやすくなるということかもしれませんねぇ」

平井先生は小首を傾げて苦笑するのだった。

あゆみが左胸の小さなしこりに気づいたのは一昨年の年の瀬だった。

あ、ウズラの卵……。

あゆみの口からポロリと言葉が転がり落ちた。すぐに検診を受けにやってきて、帰りにこのカフェに寄ったのだ。それから検査漬けの日々が始まった。ガンと判明して入院、手術。そして放射線照射治療、抗ガン剤の点滴治療と続いている。最初の検査では骨や他の臓器にガン細胞は見つからず、診断は初期段階のステージ1だった。それが手術時にリンパ節一本に転移が発見されてより重い段階のステージ2になってしまった。

「あまり心配なさらずに。医療は日々進歩しています。乳ガンの研究は進んでいて治療のガイダンスが確立されていますから、それに沿って治療します。ステージ1や2は五年後の生存率が高いですから、そのことを自覚なさってちゃんとケアしましょう」

と平井先生は元気づけてくれた。ステージ1は九十パーセント以上、ステージ2は約七十パーセント以上だが、一年毎にその数字は上がっているので、難波さんの場合はもっと生存率が高くなっていると思いますというのだった。

カフェの中に笑い声が上がった。テーブルの一角で若い男女が楽しそうに笑っている。パジャマ姿の男性が入院していて、他の三人が見舞いに来ているのだろう。あゆみはそのテーブルを見やって微笑む。

「あゆみさん」

ふいに女性の声がした。聞き覚えのある声だ。

あゆみは振り向く。懐かしい顔がうれしそうに笑っている。笑顔に赤味が差している。

「まあ、山下さん、和子さん」

あゆみは思わず立ち上がる。入院していた時に一時同部屋だった和子さんは胆のうの手術をするために入院していた。あゆみよりも五歳若かったが、気が合ってご飯を一緒に食べたり、お茶をしながらよく談笑していた。しばらくして和子さんは泌尿器科の病棟に移ったのだが、それでも蒼白な顔をしながら点滴のポールをゴロゴロ押して、

「会いたかったんよお」

とやってきたものだった。和子さんが先に退院してしまい、その時に別れて以来の再会だ。

和子さんは検診に来たのだといい、あゆみが私も検診が終わってコーヒータイムだというと、和子さんはあゆみが一人なのを確認してからコーヒーを買いに行く。コーヒーを手に戻ってくるとあゆみの前に座る。

「会えてよかった。ずいぶん会っていないからどうしているかと気になってたんだ」

と和子さんが笑う。

「あゆみさんはまだ治療中でしょう？」

「そうなの。まだ最後の治療が残ってるの」

入院中に互いの治療のことを語り合っていたので、和子さんはあゆみの治療のことに詳しい。

和子さんが突然プッと噴き出し、

「思い出しちゃった。あゆみさん、誕生日の朝に『おぎゃあ！』っていったこと」

とあゆみを覗き込むように目を向ける。

あゆみはクスクス笑いながら、

「あれは失敗じゃったわ。まだ五時過ぎで早かったし、誰にも聞こえないように小さな声で『おぎゃあ！』っていったつもりなんだけど、和子さんが聞いてたんよね」

という。治療の副作用で髪が抜けていき、思い切って電気カミソリで丸坊主にした。そして誕生日の朝、目覚めた時に頭に手をやり、ツルツルの頭をなでてから赤ちゃんのように丸まって『おぎゃあ！』と小声でいってしまったのだった。

「あれは驚いた。だって赤ちゃん声で『おぎゃあ！』っていうんだもの。いつも明るく振る舞っているけれど、本当は不安が凄くて、それで精神的に参っちゃったんじゃないかって心配しちゃった。でもあれからよね、あゆみさんが元気にみんなを引っ張ってくれたのは」

「驚かしてごめんなさいね。目覚めて誕生日だって思ったら、ようし、頭も赤ちゃんみたいにツルツルだし、さあッ、生まれ直しだ！　生まれ直しの私の誕生だ！　って気分になって張り切ったら、『おぎゃあ！』って声に出したくなっちゃったんよ。で、いってみたら何だか元気が出てきちゃって、『おぎゃあ！』『おぎゃあ！』って何度もいっちゃったのよ。誰も聞いていないと思ってたんで、和子さんがじっと見ているのに気づいた時はばつが悪かった」

「本当に心配しちゃった。だけどよくそんな発想ができるわよねえ。私にはできない。髪は女の命だっていうのに、あゆみさんったら丸坊主になっても悲しむどころかうれしそうに笑って、『見て見て、かっこいいでしょう！　頭蓋骨の形って綺麗よね』っていうんだから」

「だってね、東京に行って美術を勉強していた時に、ヌードモデルの女の人がツルツルの坊主頭で物凄くかっこよかったの。坊主頭にしてみたいって憧れたけど、度胸がなくてできなかった。仏門に入るしか坊主になれないと思っていたから、思いがけなく坊主になっちゃったけどうれしかったんよ。でもね、治療の副作用で全身ツルツルになって半年ぐらいしてからベッドで鏡を見ていて、明るい日差しに金色に輝く額の産毛を見つけた時は、もっともっとうれしかったわ。眉毛と睫毛と鼻毛の産毛も、本当に金色に輝いたの。綺麗だった。あれは本当に感動しちゃった」

「あゆみさんは感動屋さんで感性が豊かだから面白い発想が生まれるんよねえ。ねえ、時間があるならランチ一緒に食べましょうよ。私腹ぺこなのよ」

　と和子さんがお腹をさする。

「食べてもいいけど、私イタリア人になっちゃってイタリア料理食べたいんだけどそれでもいい？」

　とあゆみは笑う。

「え？　何それ？　いつの間にイタリア人と結婚したん？」

和子さんはきょとんとしてしまう。

あゆみは違う違うと手を振り、

「そうじゃないんよ。治療の副作用で味覚がね、日本人が大好きな出し汁とか醤油系は、苦みが舌に残っちゃっておいしさを感じなくなっちゃったんよ。あんなにおいしかった日本料理がまずく感じるの。スパゲティーとかのパスタやピザならおいしくいただけるからイタリア人になっちゃった気分。ピザはもともと大好きだから、ピザがまずく感じたら泣き暮らしていたかも」

「フーン。そういうものなんだ。分かったわ。イタリア料理にしましょう。出石町においしいパスタ屋さんがあるからそこはどう？」

「知ってる。二階の店でしょう？」

「そうそう交差点の角にある、野菜サラダがたっぷりの店よ」

「そこそこ。あの店のスパゲティー大好きなの」

「じゃあ決まり」

というなり和子さんがすっくと立ち上がる。

「待って。まだコーヒーが残ってる」

あゆみは急いでコーヒーカップを口に持っていき、反り返るようにして飲み干した。

4

あゆみは食料品の入ったトートバッグを手に店から通りに出てドアに鍵をかけ、『本日は閉店しました』と書かれた白文字ボードをドアにぶら下げる。

「寒い……」

あゆみは思わずつぶやいてしまう。吐く息が白い。寒気団が南下してしばらく朝晩は冷えると天気予報は告げていたが、日が傾くと本当に外気が身を刺すように冷たい。あゆみは完全武装の出で立ちで四丁目に向かって歩き出す。膝までの黒い長いダウンコート。毛糸の臙脂(えんじ)色の帽子に毛糸のグレーのマフラーと手袋。いずれもあゆみの手編みだ。

奉還町商店街は夕方の買い物客や帰宅の学生たちが行き交っていた。それでもかつての賑わいはない。その昔は夕方になるとどこからか人が湧き出して真っ直ぐに歩けないぐらいだったが、今はどこまでも見渡せてのんびりとした時間が流れている。

店を出るとすぐに、金物屋『トンチカ』の店先で三村のおじさんと田中のおっちゃんが立ち話をしているのが目に留まる。

「こんにちは、おっちゃん、おじさん。今日も元気やねー」

あゆみは田中のおっちゃんに声をかけ、三村のおじさんに小さく会釈する。

三村のおじさんがうなずき、田中のおっちゃんが、

「お、ミス奉還町じゃが。いつもかわいいのお」

と相好を崩す。

「もう、おっちゃん、いつもいつも、はずかしいからやめといて。五十になろうというおばさんをつかまえてミス奉還町だのかわいいだのはないでしょうが。それに私は美人じゃないんじゃから」

「なによんなー。俺からみりゃあぼっけえー若えんじゃから。それに小せえ頃から美人じゃ。本当にかわいいかわいい」

田中のおっちゃんが目を細めて笑う。今日も毛糸の帽子を頭の上に載せている。あゆみの実家は奉還町四丁目にあり、子供の頃は母親と一緒に買い物に来ていたので、三村のおじさんも田中のおっちゃんもあゆみを子供の時から知っている。

「もうやめてったら」

あゆみは田中のおっちゃんの肩を叩く。

「これから実家に行くんか?」

と三村のおじさんがトートバッグに目を留めていう。

「そうなんよ」

「別嬪のお母さん、元気な?」

と田中のおっちゃんが笑う。女にブスはおらん、みんな別嬪や、というのが口癖だ。

「元気元気。口の方が元気じゃけどね」

「どこでもええから元気なとこありゃええが。よろしゅうゆうといてな」

あゆみは二人に手を振って奉還町四丁目に向かって歩き出す。

田中のおっちゃんには母は元気だといったが、実のところあまり元気ではない。母の登美子はもともと病弱で寝込みがちだったが、六年前に不整脈と診断されてペースメーカーを入れているし、その五年前には脳血栓の手術をしていた。さらに白内障になってまた手術をしなければならない。最近ではソファーに横になっていることが多く、買い物に出ることも少なくなった。

父の和義は腰痛持ちだ。元々家にいるのが好きで、本を読んだり小さな庭の手入れをしていたりすることが多かった。八十歳を過ぎてからは腰が痛いといって、本屋と腰痛治療の病院に行く以外はあまり外出をしなくなった。

二人の姉達は結婚して実家を出ている。長女の信子は新潟、次女の由紀江は神奈川だ。二人とも十数年岡山に帰っていない。父と母は外出せず、家でも動かないから、近くに住んでいるあゆみにあれこれ用事を頼んでくる。食事の世話から掃除、洗濯、買い物、病院通いの送り迎えと、生活のほとんどをあゆみが面倒みている。病院は近くなので送り迎えはそう時間はかからず店の営業に支障はない。

あゆみは夕暮れの三丁目の商店街を抜け、信号を渡って四丁目の商店街に入る。一方通行の横丁を曲がり、細い路地をまた曲がる。小さな家が軒を争うように並んでいるその中の一軒の前で立ち止まる。路地には人影もなく静かだ。あゆみは玄関前で深呼吸をして心を落ち着かせる。両親の愚痴が待っているのだ。それに少し息があがった。治療の後遺症で疲れやすい。息を整えて玄関のドアを開ける。

ボリュームを上げた賑やかなテレビの音声がぶつかってくる。夕方のバラエティー番組を観ているようだ。狭い玄関ホールの向こうにある障子が明るい。居間に明かりが灯っているのだ。

「ただいま」

居間に向かって大声を出す。返事がない。いつものことだ。昨日もそうだった。両親とも少し耳が遠くなってきた。それでも油断はできない。聞こえないと思って小声で文句を漏らしたのが聞こえ、反撃に見舞われてしまうことがあるのだ。あゆみは玄関を上がり、障子を開ける。母がソファーに寝そべってテレビを観ている。父の姿はない。あゆみが障子を開けても母はテレビから目を離さない。

「ただいま」

あゆみは母の前に顔を突き出す。

母が不機嫌そうな目をあゆみに向ける。

「掃除してちょうだい。お父さんが散らかしっ放しで片付けんのよ。水道は出しっ放しじゃし、まったくもう、嫌になるわ」

白髪のおかっぱ頭をクッションに載せ、灰色のセーターの上にオレンジ色の膝掛けをかぶせている。すぐにまたテレビに視線を移す。

「お父さんは？」

聞こえているのかいないのか、母は返事をしない。

「ちょっと暑いんじゃない、この部屋？」

あゆみの声がテレビの大音声にかき消される。ファンヒーターの目盛りを下げようとしてあ

ゆみは思い止まる。温度を下げようとすると決まって、

「何をするんよ。暑うないよ。寒うなるから下げんでよ。まったく意地悪なんじゃから」

と怒られるのだ。その次のセリフは決まっている。

「信子と由紀江はやさしいのに、どうしてお前は意地悪なんじゃろうね。信子と由紀江はいつも私のことを気にかけとるのに、お前は私をほったらかしにして本当に冷たいんじゃから」

それから、

「あんたを産んだのがいけんかった。産まんかったらよかった」

と続く。

あゆみがその言葉をいわれた最初の記憶は定かではない。小学生かもしれないし、もっと前かもしれないが覚えていない。母は体調が悪くて臥せったり、あゆみのことが癇に障って不機嫌になると、

「あんたを産んだのがいけんかった。産まんかったらよかった。私は身体が弱いから三人も子育てするのは無理じゃゆうたんじゃけど、お父さんがどうしても男の子がほしいゆうて産むことになってしもうて。それが産まれてきたのはまた女の子のあんたで、お父さんはがっかりするし、私の身体はあんたを産んでからずっと調子が悪うて辛い思いをしてきたんじゃからね。あんたを産まんかったらこんなことにはならんかった」

と呪文のようにくり返す。

子供の頃にそういわれて悲しかったという思いがないのは、いつも聞かされていて慣れっこになってしまったからなのかもしれない。ただ、自分のことで母が不機嫌になるのが嫌だった。

母が不機嫌になると父も不機嫌になる。そうすると、父と母は口げんかを始め、やがて二人のイライラや怒りの矛先はあゆみに向けられた。怒りがエスカレートして鬼のような形相になり、大声で叱られるのだ。思い切り張り飛ばされたこともあった。二人の姉が助けてくれるということはなかった。逆に、あんたのせいで私達も恐い思いをすると責められた。だからあゆみは母を不機嫌にさせまいと大人しくしていた。外にもあまり遊びに出なかった。ちょっとでも衣服を汚してくると母が不機嫌になるからだ。それに少しでも遅くなると、遊び呆けてばかりいて役立たずでどうしようもない、手伝いもしない親不孝者だとブツクサ始まり、それが延々と続く。母の不機嫌が続いている間にサラリーマンの父が帰ってくると、決まって父は不機嫌になり、二人で口げんかを始め、そして二人は怒りの矛先をあゆみに向ける、というくり返しだった。あゆみは外に遊びに行かなくなり、姉たちのおさがりの人形で一人遊びをしたり、絵を描いて日々をすごした。静かに絵を描いていると母は小言や厭みをチクチクいわなくなった。絵が大好きになったのは必然の成り行きだった。それでも母の虫の居所が悪い時は、何も悪いことをしていないのに、

「あんたを産んだのがいけんかった。産まんかったらよかった」

と突然始まり、不機嫌がエスカレートしていった。そうなると母と父の癇の虫が収まるまでじっと耐えてやり過ごすしかなかった。それはあゆみが高校を卒業して東京に出るまで続いた。

「東京で絵とデザインの勉強をしたい」

あゆみが東京にある有名なデザイン学校の名前を告げた時、父と母はとんでもないと怒り狂った。家にいなければダメだと目を吊り上げた。

「どうして？　産まんかったらよかったっていつもいっとったが。じゃから私なんか家におらん方がえんじゃねん？」

あゆみは初めて父と母に逆らった。

「母さんが身体の具合が悪いからお前が家のことをせにゃあダメじゃッ」

と父は声を荒らげた。母は、あんたのために具合が悪くなったんだから、あんたが私達の面倒をみるのが当然だといい張った。

その時に運命があゆみに味方した。結婚していた長女の夫が家族で岡山に転勤することになり、長女が何くれと面倒をみてくれると早合点した父と母があゆみの東京行きを承知したのだ。

「学費は出す。ただし金が無いから生活費は出せん。自分で働いて生活せー」

と父はいった。

「あんたのためになけなしの金を使ったんじゃから、遺産は一切いらない、放棄しますと一筆書いてちょうだい」

と母はいった。

あゆみは喜んで書いて東京に出た。初めはウエイトレスなどの店員をやり、その後はデザイン会社でアルバイトをして学校に通った。アルバイトと学校の制作で寝る間もなかったが、大好きな絵とデザインの毎日だったので楽しかった。卒業して広告会社に勤め、独立してフリーのデザイナーになっていた三十歳の時に岡山に戻った。父と母に戻ってきてくれと懇願されたのだ。困っている親を見捨てるのかと泣きつかれた。デザインの勉強をしたいといった時に、何とか金を工面した恩を忘れたのかといい続けた。長女は十年も前に名古屋に引っ越ししてしまっていた。結婚している二人の姉たちは、自分たちは家庭があるから岡山に戻れない、あんたが帰って面倒みてあげなければならないというばかりだった。あゆみは悩んだ末に岡山に戻ることにした。

あゆみは母の横を通り、ダウンコートを脱いで奥の部屋の襖を開ける。天井の照明が灯っていて、父がコタツに下半身を突っ込んで眠っていた。顔の側に本があるので、読んでいる途中で眠ってしまったようだ。あゆみは父の顔を覗き込むようにして、

「お父さん、すぐご飯支度するから起きて。コタツで寝ると風邪ひくで」

と声をかける。子供の頃、コタツで寝るなとよく父に怒られた。今は反対になってしまったのがおかしい。父はうっすらと目を開け、アーとも、ウーとも、判別のつかない呻(うめ)きを漏らしてモソモソと起き上がる。皺だらけの顔はまるで艶がない。白髪がモジャモジャに乱れている。あゆみは父が起き出したのを見て母を振り向き、

「今日はちょっと忙しくて、ご飯支度をしたらすぐに帰らんといけんのんよ。掃除は明日するから。ゴメンね」

と先に詫びてしまう。

「本当にお父さんは本ばかり読んで何にもせんのんじゃから。水道を開けてもちゃんと閉めんでボタボタ垂れ流しとるし、外へ行けば傘を忘れてくるし、買い物頼んでも忘れてしまうし。メモしていきなさいよっていっても大丈夫っていうこと聞かないんじゃから。そのくせみんな忘れて何も買ってこんから嫌になるわ。いつでもそうなんじゃから」

母があゆみをにらみ上げて夫を非難する。父がだらしないのはあゆみのせいだという剣幕だ。

いつものことだ。

「年取ったんじゃから忘れっぽくなるのはしようがないよ」

あゆみもいつものように気無しに返事をする。母が愚痴をこぼす時は、何をいっても聞く耳をもたずに自分のしゃべりたいことばかりいう。

「無理やりメモを持たせても、メモのことをすっかり忘れたりどっかに落としてしもうて結局何も買ってこんのじゃから。それに外に出ていけばいつまでも帰ってこんし。道に迷ったなんていい訳するけど、ずっと本屋に入り浸ってるに決まっとるんよ。家におればおったでオシッコが近いからトイレに入り浸っとるし、パンツだってオシッコだらけじゃし、自分勝手で嫌になるわ」

母があゆみをにらみつけたまま父を罵(のの)しる。母は最近とみに父を攻撃するようになった。しかも同じことの繰り返しだ。耳が遠くなったと同時に認知症も出てきたのかもしれないとあゆみは疑っている。

「家におっても外に出かけても嫌になるん？　それじゃお父さん何もできないが。どっちかは好きにさせてあげたら？」

「天満屋(てんまや)に行った時だって、あんた達の服を買ったりして私が大荷物を持って大変だっていうのに、お父さんったら途中からさっさと本屋に入って出てこんのんじゃけー。私は身体の具合が悪いゆうのに、お父さんは私だけにあんた達をまかせて自分の好き勝手ばっかり」

母はあゆみの問いかけを無視して昔のことを蒸し返す。三十年も四十年も前のことをくり返しいうようになった。

てきたのが見える。

あゆみは台所に行き、トートバッグから肉、ジャガイモ、しらたき等の食材を取り出す。冷蔵庫を開けて覗き込み、野菜室、冷凍庫も開けてみる。父が奥の部屋からのっそりと居間に出てきたのが見える。

「お父さん、今日はいい天気だったからどっかに行ったん？」

あゆみが声をかける。父があゆみを振り向く。すると、

「あんたはもうトイレでしょうが。早くしなさいよ。モタモタしとるとまた間に合わなくなってオシッコ漏らすで。そのボサボサ頭、おーがっそーなっとるが。本当にみっともない。床屋に行きなさいよ。もう何度もゆうとるが」

と母が矢継ぎ早に父をやり込める。

父が愚痴る母の横をよたよた通り、台所にやってきて食卓のイスに座る。くたびれた厚手のカーディガンの襟がはだけている。

「お父さん、寒うない？」

あゆみは父の襟を直してやる。

「早う死にたいよ」

父が憮然とした面持ちで深い吐息をつく。

「またそんなこといって。まだ読みたい本がいっぱいあるっていっとったが。死んだら読めんよ」

「起きてから寝るまでガミガミ怒られて嫌になるわ。誰のために何十年も働いたと思うとるん

じゃ、まったく。働かんでもようなったら怒られてばっかりじゃ。誰もやさしゅうしてくれん。死んだ方がましじゃ。早う死にたいよ」

早く死にたい。最近の父の口癖だ。

「お父さん！　電気を消してよ！　部屋から出る時はこまめに電気を消すって約束したのにちっとも消さんのんじゃから。お湯を沸かせばヤカンかけっ放しじゃし、この前だって私が気がついたからよかったものの、火事になってしまうとこだったんじゃからね。自転車はどっかへ置いてきてしまうし、傘もそうじゃし、靴下は脱ぎっ放しじゃし、ちゃんと洗濯籠に入れておいてよ。温泉に行こうって楽しみに貯めとったお金で本をいっぱい買うてしもうて、とにかく自分勝手なんじゃから」

ソファーで寝そべっている母の目が、父をにらんで吊り上がっている。

「やかましい！　そんな何十年も前のこと今さらいうな！　俺が稼いだ金を俺が自由に使って何が悪い！　それに今日は靴下はいてない！　朝から晩までガミガミいうな！　そんな暇あったら掃除ぐらいせー！」

父が母の顔をにらみ返して憤怒に震える。

「もうやめなさいよ。毎日怒鳴り合ってよう飽きんよねえ」

あゆみは苦笑する。昔から父と母はよくけんかをしていた。雅彦のいうように、これが父と母のペースなのかもしれないと最近は思うようになった。

「だってさ、そうじゃねーととっくの昔に別れとるんじゃないんかなあ。毎日けんかしとるのは二人のペースなんよ。お義父さんもお義母さんも、自分達はこんなもんだろうって納得しとるんよ」

と雅彦はいうのだった。それでも、二人があまりに激しく罵り合う中に入るとあゆみはいたたまれなくなる。とても納得して罵り合っているようには思えない。憎しみ合っているとしか見えないのだ。

肉じゃがと野菜の煮つけ、それにサワラの西京漬けの焼き魚。ダイコンの漬け物。テーブルにあゆみが手早く作った父と母の夕餉が並んだ。味噌汁は豆腐とワカメだ。味噌汁とご飯からホワホワと温かい湯気が立ち上っている。

「お母さん、お待ち遠さま。用意できたよ」

あゆみはソファーの母に声をかける。母がソファーからすっくと立ち上がる。

「何をゆうても聞こえんくせに、メシだけは聞こえるんじゃからな」

と食卓に座って野菜の煮つけに箸を伸ばしている父が厭みをいう。

「もうやめなさいよお父さん。ご飯食べる時だけでも仲良うしてちょうだいよ。じゃあお母さん、あとはお願いね。ご飯は冷蔵庫に入っとる昨日のやつをチンしたから、足りんかったら冷蔵庫から出してチンして食べてね。掃除と洗濯は明日やるから」

母の返事はないが、あゆみは急いで帰り支度をする。適当に何か買ってきて飲み食いしてるから気にしなくていいと雅彦はいったけど、裸祭りに出る『チーム奉還町・七人の侍』のみんなはあゆみのために雅彦をサポートしてくれるのだ。早めに顔を出して世話をしなければ申し訳ない。あゆみは母に向かって、

「朝ご飯のサラダは食べられるようにして冷蔵庫にラップかけてあるから。卵焼いてちょうだ

いね。パンは冷凍庫だよ」

と少し声を大きくする。

母が仏頂面でうなずいてから味噌汁に手を伸ばす。

あゆみはマフラーを首にかけて玄関に出る。紐無しの短いブーツをはく。手がしびれて靴の紐がうまく結べないので、普段は紐無しの靴ばかりはいている。コートのボタンも素早くはめることができない。それでもコートのボタンは大きいからまだいい。困るのはブラウスやカーディガンの小さいボタンだ。ネックレスもうまく留めることができない。彫金やミシンかけなどの細かい仕事も神経を遣う。集中して、慎重に、ゆっくりやらなければならないので疲れる。それでも好きな仕事なのでやる気がしないということはない。

あゆみは実家を出ると路地を抜けて奉還町商店街に向かう。夜六時半を少し過ぎている。風はなかったが相変わらずキンとした冬の冷気に包まれている。奉還町四丁目の商店街から信号を渡って三丁目の商店街を『セワーネ』へと歩く。商店街は早くから照明が灯って明るいのだが、夕方の買い物客はとっくにひけてしまい、人影もまばらで閑散としたさびしさが漂っている。六時閉店の店はシャッターを下ろしているが、六時半閉店の店は店じまいの最中だ。七時閉店やそれ以降閉店の店はまだ営業中で、チラホラと買い物客が訪れている。

ひときわ明るい店は宝飾と眼鏡の店の『ナカダヤ』。その隣の美容室『フルールドオウ』から若い女性の客が出てきた。綺麗に髪がセットされている。店先に映画のポスターが飾られている映画グッズの店『映画の冒険』では、サラリーマンらしきコート姿の男が店先で古い映画のビデオを物色中だ。キャラクターグッズ・古本の店『ＢＯＯＫ　ＳＯＲＤ』では若者の男女が何やら楽しそうに笑っている。六時半閉店の帽子の店『イシイハット』がまだ店を開けている。店内では初老の白髪の女性に店主が明るいベージュの帽子を被せながら話し合っている。商談中なのでまだ店を開けているのだ。

あゆみは惣菜屋『おふくろ』の半分閉まっているシャッターの奥を覗き込む。六時半閉店なのでシャッターを半分下ろして、後片付けをしているのだ。

「あゆみさん！　ヤッホー！」

惣菜屋『おふくろ』の店の奥で、クミ姉さんがあゆみに気づいて手を振った。丸顔、引っ詰め髪のクミ姉さんの笑顔が、店の奥で太陽のように輝いている。

「クミ姉さん、お疲れさま。いつもよりちょっと遅いんじゃね。今日は寒かったでしょう」

あゆみはいいながら店の前に進む。

惣菜屋『おふくろ』はいつでも店の戸を開けっ放しだ。店頭のショーケースに惣菜を入れてある他に、店の中のカウンターにも惣菜を置いてあるからだ。クミ姉さんは三つ年上で雅彦とは幼馴染みだ。曲がったことが嫌いでハキハキとものをいうクミ姉さんに、雅彦は子供の頃から一目置いている。今でもそうだ。一人っ子の雅彦はクミ姉さんを姉のように慕っている。雅彦が親しみを込めて『クミ姉』と呼ぶので、あゆみはさんをつけて『クミ姉さん』と呼ぶことにした。

クミ姉さんが外に出てくる。

「慣れっこだから平気。でも寒いのにおかげさまで今日はよう売れたわ。閉店時間になったらバタバタってお客さんが来てさ。それはええけど、どうじゃった検診？」

クミ姉さんの笑顔が少し心配そうに傾ぐ。

「えー？　何で知っとるん？」

クミ姉さんには教えていなかったのだ。

「だってこの前雅彦がうちに来て、あゆみさんの検診のことをゆうて、結果が悪かったらどうしよう、どうしようって、心細そうな顔してガタガタ震えてさ」

「クミ姉さん、もうガタガタ震えるなんて大袈裟なんじゃから」

とあゆみは笑う。雅彦が毎日心配しているのは分かるが、震えるほど、というのは目にしたことがない。

「本当じゃが。去年からずっとそうなんよ。それだけあゆみさんを思ってるってことじゃが。あいつは度胸があるくせして気が小さいとこがあるんよ。しっかりしてると思えばおっちょこちょいじゃし、おおらかなんじゃけどくよくよするしね。一人っ子じゃから長男と次男と末っ子を一人でやっとるみたいで、面白いやつだよねえ。で、検査の結果はどうだったん？」

「異常無しだったんよ。まだ治療の途中じゃけど、それでも少しほっとしたわ」

「よかったねえ。雅彦、でーれー喜んだじゃろう？」

「どうだか。だって電話したけどよかったよかった、よかったよかったって、それしかいわんかったもん」

「あ、そりゃあでーれーうれしゅうてほっとしたんよ。あいつ絶対泣いとったよ。想像つくわ」

「またクミ姉さんは本当に大袈裟なんじゃから。雅彦さんと同じ」

「あいつと一緒にするのはやめてよ。じゃけど絶対そうじゃわ。うれしすぎて気絶したかもね。そうそう、今夜の前夜祭出陣式に持って行こう思うて惣菜用意してあるんよ。商売もので悪いけど持っていって。私、後片付けがもう少しかかるから」

クミ姉さんがそそくさと店の中に入っていく。


雑貨カフェ『セワーネ』の店内が明るい。明るいのは照明のせいだけではなく、会話を楽しんでいる裸の男たちの賑やかな姿が見えるからだ。あゆみは大きな窓の前で立ち止まり、店内を覗く。

七人の男たちが裸に白まわし姿で笑い合っている。ハンドグリップを握ったり開いたりしている雅彦。筋肉マンの岸本弘高。雅彦の同級生の『呉服の小橋川』の小橋川遼。大西光哉は履物屋で牧志京介は食堂、浅野三郎は仏壇仏具屋の跡取り息子、薬屋の皆本伸司。皆本伸司は二十代の若者で、筋肉マンの岸本弘高を除けばあとは全員メタボが目立つポッコン腹だ。

あゆみは閉店の看板がかかっているドアを開けて中へ入ろうとして思い止まる。裸の男たちが一箇所に集まり、互いに拳を突き出してひとつに合わせ始めたからだ。

「よっしゃ！　さあいくぞッ」

雅彦が声を上げると、

「おっしゃー！」

と全員が拳を突き上げて鬨(とき)の声を上げ、わっしょい！　わっしょい！　と声を揃えてドアに突進してくる。あゆみは思わずドアノブから手を放して身をかわす。白まわしの一団が勢いよく通りに飛び出す。通りを歩いている人々が何事かと振り向く。あ、あゆみさん、どうもです、こんばんは、と男たちがあゆみに気づいて挨拶する。

「こんばんは。みなさん元気ですねえ。寒うないですか？」

大丈夫大丈夫！　わっしょい！　わっしょい！

「お、あゆみ。帰ったんか」

最後に出てきた雅彦が満面の笑みを浮かべる。細身の身体に白まわしの形が崩れてずり落ちそうに見える。

「悟史！　用意はええか？」

と雅彦が上を見上げて声をかける。

二階の窓が開いて悟史が顔を出す。

「悟史、何しとるん？」

あゆみは戸惑いの声を上げる。

「これを落とせゆうんじゃ」

悟史が手に持った棒をかざして見せる。リレーに使うバトンより少し小振りだ。

「宝木獲りの練習じゃが。宝木は本堂の大床(おおゆか)に御福窓(ごふくまど)から投下されるんじゃ。御福窓はもうちょっと高いらしいけどな」

「じゃあ落とすからな」

悟史がいらついた声でいう。アホな大人たちにつき合っていられないというように、ぞんざいな態度で棒切れを振り上げる。

「ちょっと待ちーな」

三村のおじさんが声を上げる。通りの端には商店街の人々が十人ほど集まっていてみんな楽しそうに笑っている。『トンチカ』の三村のおじさんとおばさん、田中のおっちゃん、『おふくろ』のクミ姉さんと連れ合いの道雄さんもいる。

「え？　何ですか？」

雅彦がポカンとして三村のおじさんを振り向く。

「それじゃ本番の練習になりゃせんがな。ちょっと見物の男たち、集まっててごーしてくれんか」

三村のおじさんが見物している人達を見回していう。

なんなー？　と訝（いぶか）しげに男たちが集まる。

「大床と同じ状況を作ってやるんじゃが。みんなでおしくらまんじゅうやってやろうや」

そりゃあええ手じゃと、男たちが『チーム奉還町・七人の侍』を外側から押し始める。手で押したり、身体を密着させてのおしくらまんじゅうだ。『チーム奉還町・七人の侍』の男たちは外側から押されて身体を密着させ、両手を上げてわっしょい！　わっしょい！　と気勢を上げる。わっしょい！　にも気合いが入ってきた。

「雅彦、どうな？　気分出てきたじゃろうが」

裸の背中を両手で押している三村のおじさんは楽しそうに笑っていう。

裸たちの真ん中にいる雅彦が、

「いい調子ですよ！　よしッ、悟史！　宝木投下じゃ！」

と叫ぶ。悟史が棒切れを放ると、それ！　と裸たちがいっせいに手を伸ばす。とたんに、獲ったか⁉　獲った！　どこじゃ⁉　ここじゃ！　よっしゃ！　雅彦に渡せ！　雅彦の周りを固めろ！　肘を張れ！　もっとピッタリくっつけ！　誰も中に入らせるな！　弘高ッ、何で二人も三人も抱え込んどるんじゃ！　雅彦だけをガードせえって！　誰じゃ、俺のふんどしの中に手を入れるな！　ふんどしじゃないってば白まわし！　と裸たちがいきり立つ。てんやわんやの騒ぎだ。

「弘高！　く、く、苦しい！　そんなに力任せに俺を締めつけるな！　息ができのうなろうが！　し、し、死ぬううううッ」

雅彦が叫び声を上げる。雅彦に張りついている弘高が筋肉を盛り上げ、渾身の力を振り絞っている。

「雅彦ッ、なにゅーよんなら！　死んでも宝木を守れ！　そうじゃが！　宝木を絶対に放すなよ！」

「弘高ッ、俺を放せや！　宝木はどこな！」

「どこなって、雅彦さんが持っとったが⁉」

「そうじゃが！　さっき渡したが！」

「そうか！　って俺持ってねえで⁉」

「誰が持っとんじゃ⁉　雅彦に渡せ！」

大騒ぎのおしくらまんじゅうから田中のおっちゃんが小躍りしながら離れる。宝木に見立てた棒切れをかざしてニンマリ笑う。見物人たちからどっと笑い声が上がった。

5

雅彦が立ったまま、縦長の洒落たヤカンからカップにお湯を注ぐ。少しずつ、ゆっくりと。ホットチョコレートを作っている。右手に持ったスプーンでカップの中をかき回す。

あゆみはイスに座って雅彦の手元をじっと見つめている。騒がしい出陣式の後なので、静かな時間が流れる居間で、お湯を注ぐ音を聞き、温かい湯気を見ているだけでホッとする。ホットチョコレートの甘い香りが立ち上る。

住居の居間には雅彦とあゆみの二人がいるだけで、悟史はご飯時に寿司のパックを持って二階の自室に行ったきりだ。『チーム奉還町・七人の侍』のみんなと、出陣式にやってきてくれたクミ姉さんたち応援団は、二時間前に帰っていった。それから後片付け、明朝の朝ご飯定食の仕込みをしてやっと居間に戻ってきたばかりだ。壁にある時計は十一時を回っている。

「疲れたじゃろう。早う寝ようや」

雅彦がお湯を注ぐ手元を見つめたままいう。

「うん。今日は疲れたあ」

いってからあゆみはコンコンと小さく咳をする。

「どうした!?　風邪ひいたか？」

雅彦の顔色が変わる。

「ちょっと喉がイガイガしただけじゃが」

「ちょっとって熱はどーなら？　熱っぽうないか？　寒けはするんな？　アチチチ！」

雅彦がけたたましく悲鳴を上げる。あゆみに気をとられてお湯が指にかかってしまった。

「あーあ。もう雅彦さんはいつまで経ってもよそ見しーしー、みーみーなんじゃから。水道で冷やした方がええよ。やけどになるで」

「そんなことより咳じゃが。風邪ひいたんじゃねん⁉」

あゆみはいいながら台布巾でテーブルにこぼれたお湯を拭き取る。

「じゃから本当にちょっと喉がイガイガしただけなんよ。寒けもないし熱っぽくもないが。心配しすぎ」

「そんなことゆうたって、まだ身体が元通りになってないんじゃし、熱がでたら大変じゃが。やっぱり朝ご飯定食やるのはまだ早かったんじゃ。明日からまたしばらく休みにしようや」

「何ゆうとるの。昨日再開したばっかりじゃが。それに忙しゅうした方が身心のリハビリになってええんじゃから。そんなに心配せんでも大丈夫じゃが」

「ほんまか？　本当に風邪じゃないんじゃな？」

雅彦の目が心配にうろたえて揺れる。

「ほんまにほんま。何でもないんよ」

「ほんまじゃな。びっくりさすなや。気ーつけてな。熱が出たら裸祭りどころじゃねーで。でも」

と雅彦があゆみを見つめて急ににやけ顔になる。

「なんなー？」

「え、いや、何でもないわ」

雅彦がまたお湯を注ぎながらにやつく。

「何うれしいん？　分かった。もう福男になった気でおるんじゃろ。そんなにうもうはいかんかもよ。初めて出るんじゃし、経験がものをゆうって三村のおじさんがゆうとったじゃろ」

「まあでも、本番では奇跡が起こって宝木を獲るかもしれんで。前には初めて参加したやつが福男になったゆーこともあったらしいし、外国人さんが宝木を獲ったゆーこともあったゆーからなあ」

といいながら雅彦がカップをあゆみの前に置く。まだにやけている。ありがとうとあゆみはいって両手で包み込んで持ち上げ、ホットチョコレートを飲む。

「ああ、おいしい。ちょうどいい濃さじゃが」

治療の副作用で甘いものが好きになった。アンパンとかのパサパサして甘いものがおいしい。

「とにかくケガだけは気ーつけてね。それだけが心配。でもテレビで観たけど、あんだけギューギュー詰めじゃったら、気ーつけるゆうても自分ではどうもならんもんかもねえ」

「大床じゃあ五千人ぐらいが押し合うて、一人が立っているスペースは計算上では十五センチほどじゃゆーからなあ。もうギューギュー詰めどころの騒ぎじゃありゃせんよなあ」

雅彦がまだにやついている。

「あ、それともあれな？　うれしそうなんは男の人と肌をくっつけ合うのがうれしいん？」

あゆみは雅彦のにやけ顔に視線を止めていう。

「な、な、なによーんな⁉　そんな趣味はありゃせんがな」

「じゃったら何をそんなにニヤニヤしとるんよ？」

「いや、最近なー、お前がたまに雅彦さんというと何だかうれしゅうなるんじゃが。中学時代に、教室でじっとお前ばっかり見とったドキドキする俺が甦るんじゃが」

「それって教室内ストーカーじゃが。そんならちもないことしてたん？」

「人聞きの悪いことゆうなや。純情無垢な少年の頃の昔の話じゃが」

雅彦が顔を歪めて笑い、イスに座る。目の前の湯飲み茶碗を手に持って一口飲む。

「あの頃はよかったよねえ。みんな純情じゃったし」

「そうじゃなあ。まだ神様がいるって信じとったし」

「今は信じてないん？」

「当たり前じゃが。東京でやりたいことがあったのに、両親の世話をするために岡山に戻ってきて一生懸命生きているお前が病気になるんじゃから、神も仏もないじゃろ」

「そんなことゆうて、裸祭りに出て福男になるゆーのは、神仏にすがるゆーことじゃが。神様仏様が機嫌悪うして福男にさせてくれんよ」

「あ……。神様も仏様も今のは聞いとらんかったじゃろうなー。聞こえたらごめんなさいね。今のは失言です。福男、よろしゅう頼みます」

と雅彦が両手を合わせる。

「神様仏様はおるんよねえ。私が岡山へ戻ってきたんも、神様、仏様が私に罪滅ぼしの機会を与えてくれたんじゃもんねえ」

「それは別にあゆみが罪を犯したんじゃないけど、とにかく岡山に戻ってきてくれたから、俺はあゆみと結婚できたんじゃからなあ。あゆみが神様仏様に罪滅ぼしの機会を与えてもろうたと思うとるゆーことは、俺にとっても神も仏もおるゆーことじゃもんなあ」

「雅彦さんと結婚できて宝物の悟史を授かったのも、死んだあの子のおかげなんよねえ。私ばかりが幸せで、あの子には本当に申し訳ないと思ってるんよ。私があの子を殺してしまったんじゃから」

あゆみの笑みが消える。

「あゆみが悪いんじゃない。あゆみは何も悪うはないんじゃ。仕方のなかったことなんじゃから」

雅彦が慰めるように笑って見せる。

あの子を殺した――。

雅彦から結婚を申し込まれた時以来の言葉だ。あの時も雅彦は屈託のない笑顔で同じことをいった。明るく笑ってくれたのであゆみは救われる思いだった。


雅彦があゆみに結婚を申し込んだのは、あゆみが奉還町で暮らし始めて半年後のことだった。あゆみが帰ってきたという商店街の噂話が雅彦の耳に入り、雅彦が『セワーネ』で待っていて商店街を通るあゆみに声をかけたのだ。互いに独身だと分かったのでつき合い始めた。雅彦は勤めている会社の仕事が忙しかったし、あゆみは印刷会社のデザイン室に勤め始め、両親の面倒もみなければならなかったのでそう頻繁に会えなかったが、半年後には雅彦から結婚を申し

込まれた。数日後にあゆみがした返事は、

「どうしても話さんといけんことがあるんよ」

というものだった。

緊張していた雅彦があゆみの意外な返事にドギマギした。

「私、東京であの子を殺したんよ」

フリーのデザイナーになった時に好きな人ができたこと。相手は大きな広告会社のディレクターでとっても才能がある人だったこと。結婚しようといってくれたこと。その言葉を信じてつき合い、子供ができたこと。子供ができたと喜んで報告したら、その男の態度が変わって去っていったこと。ショックで寝込んだこと。その影響で仕事に行き詰まったこと。将来が不安で精神的に追い込まれ、誰にも相談できず、すがる人もいなくて、悩んで悩んで疲れ果てたこと。若くて自分が弱かったこと。そして結果的に堕胎してしまおうと決心したとたんに流産してしまったこと。

「じゃから私、あの子を殺してしもうたんよ。私の大事なあの子を。私が堕胎しようと決めたんであの子が絶望して死んでしまったんよ。絶対にそうなんよ。じゃから私、罪人なんよ。薄情で、弱くて、情け無い人間なんよ。そんな私でもえん？」

さみしく笑うあゆみに、

「あゆみが悪いんじゃない。あゆみは何も悪うはないんじゃ。仕方のなかったことなんじゃから」

と雅彦は屈託のない笑顔を向けたのだった。

「俺はあゆみとその子のことを大事にしたい。あゆみとこうしていられるのはその子のおかげのような気がする。その子のことがなかったら、あゆみはずっと東京にいて俺が結婚を申し込むことなんてできんかったんじゃから」

「不思議ね。私も雅彦さんと再会した時にそう思うたの。あの子が私を助けようとして、雅彦さんのところに送り届けてくれたと思えたんよ」

あゆみはホッとした笑みを浮かべた。雅彦の笑顔がうれしかった。

「最初は神様が罪滅ぼしのチャンスを与えてくれたと思ったんよ。東京での自分を捨てて岡山に帰るなんて考えられんかった。けれども罪の意識に苛まれて死のうかと考えたことがあるくらい追い込まれとった時に、両親と姉たちから、岡山に帰って両親の面倒をみてと毎日のように電話がきたんよ。悩んだけど、その時にこれは神様が罪滅ぼしのチャンスをくれたんだと思ったんよ。あの子がね、『お母ちゃんはぼくを殺したんだから、罰を与えてくださいって神様にお願いしたんだよ』ってゆうとるように思えたんよ。ぼくっていうのは、私には分かったんよ。男の子だってことが。母親の勘なんよ。じゃから神様が、両親の面倒をみなさいって罪滅ぼしのチャンスを与えてくれたんじゃって。けれども雅彦さんと会った時に、あ、違うんだ、きっとあの子が私を雅彦さんのところに送り届けてくれたんだと思えたんよ。そう気づいた時はうれしかった」

そういいながらあゆみは涙を流すのだった。

「あゆみは何も悪うはないんじゃが。罪人なんかじゃないんじゃが。その子はあゆみを見守っていてくれとるんじゃが。けど、あゆみは辛かったじゃろうなあ。俺は何もしてあげられんでは自分のせいだといわんばかりだった。

雅彦はそういうと、屈託のない笑顔から大粒の涙をポロポロこぼした。あゆみが苦労したの

本当に申し訳なかったなあ。あゆみには本当にかわいそうなことをしてしもうた」

「なによんなー。いいたい時にいつでもゆうたらええが。俺にとっても大事な子なんじゃから」

「ゴメンな。もういわんでおこうと思うたことをゆうてしもうた」

今、雅彦はその時と同じ屈託のない笑顔であゆみを包み込んでいる。涙はない。

「ありがとう雅彦さん。それと、ボロボロの私を拾うてくれて」

「な、な、なんなー？　そんなことゆうなんて具合悪いんか？　本当は検診の結果が悪かったんか？　やっぱり俺も一緒に行くんじゃったッ」

雅彦はギョッとして目を瞬く。拾ってくれたなどと、ついぞ聞いたことがない言葉なのだ。

「もう、そんなに心配せんでってゆうとるが。検診の結果はよかったんよ。嘘じゃないが。それに何度もゆうとるけど、今のところ転移はないんじゃけーデンと構えとって」

あゆみはにらむようにして雅彦に訴える。

「拾うてくれたなんてゆうからじゃが。拾うてくれたなんてゆうなや。何でそんなことゆうんじゃ。そんなこと本気で思うとるんじゃなかろーな？」

雅彦の目が真剣だ。涙が盛り上がっている。

「プロポーズされた時はそんなこと思わんかったけど、今はそう思うことがしょっちゅうある

んよ。雅彦さんはいつでも私に笑うてくれて、雅彦さんじゃなければ私は救われんかったって本当に思うんよ」

「それをゆうなら、俺があゆみに拾うてもろうたんじゃが」

「何で？　何で雅彦さんが私に拾われたん？　私、何もせんかったのに」

岡山に戻って最初に声をかけたのは雅彦の方だし、プロポーズも雅彦からだった。雅彦の方がいつでも積極的だったのだ。

「あゆみと一緒になって本当に救われたと思うとるんじゃが。それまではまるでやる気がのうて、毎日ボケーっとしとったんじゃから」

「嘘じゃが。雅彦さんは昔から毎日楽しそうにやっとるイメージじゃが」

「本当じゃが。あゆみが俺と一緒になるゆうてくれた時、俺はあゆみに認められたと思うたんじゃ。初めて誰かに認められたとでーれーうれしかったんじゃが。そしたらやる気が出て、毎日が楽しうなったんじゃ。部長までなれたのもあゆみのおかげじゃが。どうしようもない俺はあゆみのおかげで生き返ったんじゃが。じゃから、拾うてもろうたんは俺の方じゃが」

そういってから、雅彦はまたグンニャリと顔をゆるめて笑う。

「何な？」

「いや、何だか、あゆみとこげーな真面目な話をするんは照れくそうなってしまうんじゃが。へへへへ」

雅彦は笑顔のまま涙を拭き、ズッと鼻水をすすり上げる。

「雅彦さんはかっこええよ。仕事に一生懸命だし、仲間思いでみんなのことを思って休みを代わってやったりしているし、それに私と悟史のことに一生懸命で、私の両親も大事にしてくれる。誰が何てゆうても私はかっこええと思うとるんよ。本当じゃけーな」

「あゆみにそげーにいわれりゃあ、でーれー照れくさいが」

雅彦は居心地悪そうに身体を動かして笑う。

壁の時計の針が零時を回っている。裸祭りの日になっていた。さあ寝ようやと雅彦は立ち上がる。

「うん。ねえ雅彦さん、例のやっちもない作戦、本当にやるつもりじゃなかろーね」

雅彦なら本当にやりかねないと、うさん臭そうな目つきであゆみが雅彦を見上げる。

「やっちもねー作戦ってなんな？」

「もう、弘高さんと今朝ゆうとったじゃろーが。中身をどうしたこうしたって」

「中身？　おお、俺の中身な。あれはいい作戦じゃが。弘高にしては上出来じゃ」

雅彦はニンマリと笑う。

「まさか、本当にやるつもり？」

あゆみの顔色が変わる。

「いいや、いい作戦じゃが却下。神聖な宝木を中身で包むなんて、罰当たりもええとこじゃもんなー。たとえそれでまんまと宝木を獲得したとしても、バッチくて福男になれん気がする」

「当たり前じゃが。ああホッとした」

「何じゃ、そんなこと心配しとったんか。クソ真面目な俺がそんなやっちもねーことやる訳なかろーが」

雅彦は笑顔を振りまいてからトントンと軽快に階段を上っていった。

6

境内を取り巻く観衆から大きなどよめきがドッと上がった。

本堂大床からはじき出されるようにして、ひとかたまりの裸たちが階段から転げ落ちた。二、三百人あまりだろうか。午後九時を回っている。底冷えのする寒い夜だ。西大寺観音院の本堂大床は裸たちですでに満杯状態だった。裸祭りでは、参加する男たちを親しみと敬意を込めて昔から『裸』と総称している。本堂大床は四方八方から強烈なライトに照らされて明るい。まるで昼間のようだ。ライトに照らされた裸たちの頭上には白い湯気がもうもうと立ち込めている。裸たちの熱気によって発生した湯気だ。裸たちはいずれも白まわし、白足袋姿である。宝木投下までまだ一時間もあるというのに、早くも両手を上げて頭上に差し出している。手首に黄色や赤、黒、白といった色鮮やかなテープを巻いている裸たちもいる。チームを組んで宝木獲得を目指す者たちが、同じチームの一員だと分かるようにテープを巻いているのである。八時を回った時にはまだ大床の上で裸たちが歩き回っていてのんびりしたものだったが、それがいつの間にか満杯のギューギュー詰め状態になってしまった。

本堂大床の内側、大床を見下ろす御福窓と呼ばれる小さな窓から二本の宝木が裸たちの頭上に投下されるのだが、投下の瞬間は全てのライトが消されて真っ暗になる。宝木がどこに投下されるのかは誰にも分からない。それでも、やはり真ん中に投下される確率は高いので、裸たちは少しでも中心に行き、留まろうと押し合いへし合いを続ける。かといって先に中心部に行っていればよいというものでもない。これもひとつの駆け引きで、わざと外側にいてここぞというタイミングを見計らい、周囲の裸たちと協力して中心部にいる裸たちを押し出し、まんまと中心部に居座るという作戦もあるのだ。どのタイミングで中心部に押し寄せるかはそれぞれの思惑があり、それが延々と続くので本堂大床では絶えず裸たちがうごめいている。押し出す巨大なエネルギーはあちこちからやってくるので、エネルギーは吐き出し口を求めてさまよい、ちょっとしたことで力の均衡が崩れると、圧力の弱い箇所が堪えきれなくなってあっという間に大床から境内にドッと裸たちが吐き出される。それも一塊どころではなく、百人、千人単位で裸たちが境内に転げ落ちてしまうのである。

「うわー！　また落ちてしもーたで！」

クミ姉さんが目を剝いて声を上げた。

「今度は右手の方じゃね。みんな大丈夫かしら」

あゆみは胸の前で手袋をしている両手を握る。

「大丈夫大丈夫。まだ真ん中におる裸たちはどこへも押し出されておらんけー、雅彦たちはまだ真ん中にいるはずじゃ」

クミ姉さんの隣にいる道雄さんがいう。

あゆみはクミ姉さんと道雄さんと三人で東立ち見席にいる。三人ともダウンコートを着てマフラーを巻いている。あゆみは耳まで隠れる毛糸の帽子、手袋、オーバーズボン、それに使い捨てカイロを身体のあちこちに配置しての完全防備だ。境内や大床は裸であふれているが、観客も、指定席、立ち見席ともに満杯状態だ。目の前で繰り広げられる手に汗握る宝木争奪戦を今や遅しと待ち構え、大床の裸たちの押し合いへし合いを見守る姿が熱を帯びてきている。

雅彦たち『チーム奉還町・七人の侍』のみんなは八時過ぎには本堂大床に上っていった。早い時間に大床の真ん中に陣取り、あとは押し合いへし合いに耐えて宝木投下時まで真ん中の位置を死守するというものだった。

誰かが宝木をつかみ、弘高が怪力で守って雅彦に手渡し、または運良く雅彦が最初に宝木をつかんでも、みんなで雅彦を取り囲んで死に物狂いで雅彦を守り、奪おうと襲いかかる裸たちを蹴散らして境内を出る。境内を出たらもう宝木を奪ったり奪われたりすることはない。宝木を手にしている者が福男に決定する。すなわち雅彦が福男になる、というものだった。小賢しい作戦はやめて正統な宝木獲得作戦でいこうと決めていた。何しろ『チーム奉還町』には怪力弘高という切り札がある。宝木を手にしたら絶対に奪われないという自信が『チーム奉還町』にはあるのだ。そのことは昨晩の出陣式で決まった作戦だった。

「宝木投下まではまだ時間があるけー、たとえ一度や二度大床から境内に押し出されても、反撃の返しの波はいっぱいあるから、それに乗って大床の真ん中に戻れるチャンスはいくらでもあるんじゃから」

と道雄さんが笑う。

「そうじゃのうて、私はみんなのケガが心配なんよ。だって大床から境内に落ちる大勢の人たちって、まるで雪崩(なだれ)みたいな勢いなんじゃもの。あれじゃ、打ちどころやひねり具合が悪かったら大ケガするはずじゃもん」

あゆみがそういったとたんに、

「緊急連絡！　緊急連絡！　警備本部から救急隊に緊急連絡！　本堂内の大床、三番と四番の間で裸が倒れている！　本堂内の大床、三番と四番の間で裸が倒れている！　至急救出に向かえ！」

境内の拡声器から大音量が轟く。続いて、

「境内の裸のみなさまにお願いします！　大床で裸が倒れています。救急部隊が救出に向かっています！　押し合いを中止して真ん中を空けてください！」

とがなりたてる。

直ちに濃紺の制服に身を包んだ十数人の救急部隊が境内に現れ、裸たちに突入していく。

「また誰かが失神しちゃったわ。これで三回目じゃろ。じゃけど、裸が倒れているってゆうの、何回聞いてもおかしいよねぇ」

とクミ姉さんが笑う。

巨大な圧迫と熱気に耐えている裸が、我慢の限界を超えてしまうと具合が悪くなったり失神したりしてしまう。異変に気づいた監視員からの連絡で、待ってましたとばかりに救急部隊が出動するのである。

「まだまだこんなもんじゃありゃせんでー。多い年は十回ぐらいも救急部隊が出動するからなあ」

道雄さんが肩を揺すりながらうれしそうに笑っている。血が騒いでいるのだ。

『チーム奉還町』の誰かじゃなけりゃえんじゃけど」

あゆみは境内にいる裸たちによって作られた道を進む救急部隊にじっと目を凝らす。

本堂に到達した救急部隊は、大階段に群がっている裸たちをかき分けて大床に突進していく。大きな裸の塊が揺れ動く。裸があまりにも多いので、救急部隊の隊員たちは裸の中でもがいているように見える。少しして、救急部隊は裸の中に吸い込まれるように消えた。緊張が途切れた境内は、ホッとしたような和やかなざわめきに包まれている。

「真ん中で失神しちゃって誰も気づかんかったら、大変なことになっちゃうよねー」

あゆみは胸に組んだ手を口元に持ってきて心配そうに大床を見つめる。

「そこはようしたもんで、裸たちはライバルじゃけどイザという時は仲間じゃいう意識が生まれるんよ。じゃからイザという時はみんなで助け合うことになっとるんよ」

道雄さんがまだうれしそうに笑っている。

「本当に『チーム奉還町』の誰かじゃなけりゃえんじゃけど」

その時、大床の裸からポンと一人の救急隊員が飛び出し、大きく指揮棒を振った。続いて裸を背負った救急隊員と、その周りをガードするようにして救急部隊が現れる。指揮棒を振ったのが合図で、

「ただ今無事救出しました！　裸のみなさまご協力ありがとうございました」

と拡声器から救出作戦終了の知らせが流れる。境内がホッと安堵の空気に満ちる。裸たち、観客から拍手が湧く。

わっしょい！　わっしょい！

大床の上で自然発生的にまた押し合いへし合いが始まった。

「弘高！　どこじゃあ！」

雅彦は阿鼻叫喚(あびきょうかん)の巷と化している大床で悲鳴のような叫びを上げた。甲高く、滑らかな雅彦の声はよく通る。

わっしょい！　わっしょい！　わっしょい！　わっしょい！　わっしょい！

ギューギュー詰めの本堂大床は、もうもうたる湯気の中、掛け声と怒号と熱気が渦巻いている。

「後ろにおるうううう！」

弘高の声が聞こえる。必死の叫びだ。声が苦しそうだがどこか楽しげな色合いを帯びている。

「どこなあああ！」

ギューギュー詰めの裸の中でも、周りの男たちが弘高でないのは雅彦には分かる。弘高の分厚い筋肉の感触がないのだ。振り返って確かめようにも、身体の自由がまるできかないので確かめようがない。第一、両手を上げた雅彦の身体は大床から浮き上がっているので、裸たちのうごめきに身をまかすより術がない。足を踏ん張って前後を見渡すことなどできはしないのだ。

「後ろッ、後ろおおお！」

わっしょい！　わっしょい！

弘高の絶叫は裸たちの雄叫(おたけ)びにかき消されそうだ。

「みんなはどこなー！」

雅彦は声を枯らす。ひと固まりになっていた『チーム奉還町・七人の侍』だったが、今は散り散りになってしまった。

「雅彦さん！　そっちに誰かおらんか！」

「見えんのじゃあああ！」

「雅彦！　こっちじゃこっちじゃあああ！」

横の方から小橋川遼の叫び声がする。

「おお！　そっちに誰かおるかあああ！」

わっしょい！　わっしょい！

ひしめき合っている裸の大きな渦がうごめいて流れ、怒号、呻きが渦巻く。小橋川の返事はない。大渦に巻き込まれてしまったようだ。

「チーム奉還町！　真ん中じゃ！　真ん中に進めえええ！」

雅彦はあらん限りの声で叫ぶ。『チーム奉還町』は全員真ん中にいたのに、徐々に裸の渦に巻き込まれて動き回り、今雅彦は大床の西側の階段に近い位置にいるのだ。大床の真ん中に陣取る作戦を遂行するには何とか真ん中まで戻らなければならない。

その刹那、大波が押し寄せてきて雅彦は大きく揺さぶられる。

わっしょい！　わっしょい！

うおー！　とも、うわー！　ともつかない喚声と共に雅彦を呑み込んでいる裸の一団が大床から弾き出され、雪崩を打って西側の階段から転げ落ちる。雅彦は転げ落ちた裸の一団の中でもがく。激しく落ちた割りには、雅彦を含めて誰一人苦痛に顔を歪めていない。裸がクッションになって衝撃を和らげたのだ。雅彦は誰かに腕を取られて、いとも簡単にひょいと引き起こされた。

「雅彦さん大丈夫⁉」

弘高だ。弘高も一緒になって転げ落ちたのだ。胸の筋肉をせわしなくピクピク動かしている。

「お、おう！　お前はどうな⁉　せわーねーか⁉」

立ち上がった雅彦は手足を動かしてみる。別段、どこかを痛めたということはなさそうだ。

「大丈夫ですよ！　でーれー圧力で最高に気持よかったですよ！」

弘高が何でもないというように笑ってみせる。

「いやいやいやいや！　死ぬかと思ったで！」

小橋川がやってきた。目をまん丸くおっぴろげている。心底びっくりしたようだ。

「何じゃ、おめーも落ちたんか⁉」

と雅彦がいうと、小橋川が三郎と伸司も一緒じゃといい、

「三郎！　伸司！　こっちじゃこっち！」

と後ろを向いて手招きする。

浅野三郎と皆川伸司が土を払いながらやってきた。二人とも全身真っ赤だがケガをしている様子はない。

「いやあ、大床から落とされてよかったすよ！　ギューギュー詰めで、のぼせてしまって気絶しそうでしたよ！」

浅野三郎が苦笑いしながらふうっと大きく息を吐き出す。

「それどころか圧死すんじゃねーかって、マジに覚悟しちゃいましたよ」

皆川伸司が膝に手を置いてがっくり頭を垂れる。

「他のやつらは？　あいつらも一緒に落ちたんじゃねんか？」

雅彦はいいながら心配顔で辺りを見回す。もう倒れている裸はいない。

「おらんな。大床の上じゃな、きっと」

と小橋川がいって大床を見上げる。

わっしょい！　わっしょい！

大床では何事もなかったように、ギューギュー詰めの裸たちの押し合いへし合いが続いている。ライトに照らされた裸たちの頭上は真っ白だ。御福窓から水が浴びせられて湯気が立ち上っているのだ。

「よしッ。一休みしたら再度作戦決行じゃが！」

大床を見上げる雅彦の目が爛々と光る。

「え？　また大床に上るんですか⁉」

浅野三郎がギョッとして目を瞬く。

「当たり前じゃが！　宝木獲得のためには大床の真ん中におらにゃおえんッ」

「無理っすよ⁉　あの裸の固まりの中をどうやって真ん中まで行くんすか⁉」

「そうですよ。髪の毛一本たりとも入り込む隙間はないんですよー⁉」

膝に手をついている皆川伸司も及び腰だ。

「大丈夫じゃが。俺は学習したんじゃ。ほれ見てみー。裸たちがあっちへ行ったりこっちに来たりしとるじゃろうが。それでその波が大きくなったり小そうなったりしとる。それが突然、でーれーでこうなる時があるんじゃ。そん時に、押された方はごそっと境内に落ちてしまう。その後に、反動で逆の力が働いて大きく引く。じゃから、とにかく柱のところに待機しとって、こっちから向こうへ大波が行くのを待って飛び込めば、勢いに乗ってすんなり真ん中へ行けるという訳じゃが」

雅彦は自信満々だ。

「雅彦よ。張り切っとるのはええんじゃが、フンドシがほどけかかっとるで。弘高、雅彦がわいせつ物陳列でつまみ出されんようにギュッと締めちゃれよ」

と小橋川が笑いながら雅彦の白まわしを指さす。

弘高が雅彦の白まわしを強烈に締め上げ、痛テテテテー！　と悲鳴を上げた雅彦の身体が宙に浮く。手足をばたつかせてまるで空中遊泳だ。地面に下ろされた雅彦は居心地悪そうに腰を振る。窮屈極まりないが、いきなり白まわしをポン！　と叩き、

「よしッ。気合いも入ったし、行くでッ」

と大床を見上げる。

「雅彦さん、あの、もう少し頭を冷やしてから行ってもいいですか？　頭が熱くてのぼせ気味なんすよ」

まだ膝に手を置いたままの皆川伸司が、疲れ切ったように吐息混じりにいう。

「おう！　無理すんなや。まだ宝木投下までは時間があるけえなー、元気になったら追いかけてくれりゃあええからな」

雅彦は元気づけるようににっこり笑う。

「ええんか雅彦。三人は行方不明じゃし、この二人が一緒じゃなければみんなバラバラになってしまうで？」

小橋川が懸念を示す。宝木を手にしたら全員で死守するというのが『チーム奉還町・七人の侍』の作戦だ。人数が少なくなればそれだけ守りが弱くなる。

「大丈夫じゃ。具合が悪いのに無理に争奪戦に加われば、倒れてしまうかもしれんけえなー。元気になったら加わってくれりゃあええが。俺たちに合流できなくても、そん時はそん時で散らばり作戦に変更じゃ。それにこっちには弘高がおるから十人力じゃ。弘高、何が何でも俺から離れるなよ」

「分かってます。まっかせなさいッ」

弘高が全身に力を入れて筋肉を盛り上げる。

わっしょい！　わっしょい！

掛け声と喚声が大きくなってまた熱を帯びてきた。

「雅彦さんは大丈夫なんすか？　ちょっと顔色悪いすよ」

と浅野三郎が心細げにいう。

「そういえばそうじゃなー。顔もそうじゃが、全身がちょっと青いな。具合悪いんか？」

小橋川が雅彦を左見右見(とみこうみ)する。

「大丈夫じゃが。宝木投下が近づいてきたから緊張しとるだけじゃが。それともあれじゃ、弘高が馬鹿力でまわしを締め上げたから、タマタマがでーれー痛うて血の気が引いたんじゃろ」

「もう少しここにおって様子をみたらどうじゃ。その方がええで」

「いや、チャンスはいつ来るか分からんけえよー、柱の側までいっとらんと大波に乗り遅れてしまう。大丈夫じゃ。柱の側で少しは休めるじゃろうから、そうすりゃ血の気が戻ってくる。遼、弘高、行くぞッ。お前らは元気になったら大床に来てくれ。具合が悪かったら無理せんよーにな。ここにおって後からてごーしてくれッ」

雅彦はまなじりを決して浅野三郎と皆川伸司にいい置いて大床に上がる。よっしゃッ、行きましょう！　と声を発して小橋川と弘高が雅彦の後に続く。

わっしょい！　わっしょい！　わっしょい！　わっしょい！

大床では裸たちが大きな力に翻弄されて右に左にうごめいている。頭上に差し出された両腕がしおれた草木のように力なく垂れ下がり、裸たちの頭上で折り重なっている。しおれた腕が再び生気を取り戻し、ピンと頭上に差し出されるその時こそ、宝木投下の瞬間を迎えるのだ。それまでには何としても大床の真ん中付近に入っていたい。御福窓から投下される宝木はどこに投げ入れられるという決まりはないが、それでもやはり真ん中付近にいた方が宝木をつかむチャンスは大きいのだ。

雅彦は裸の渦の中に飛び込む機会を伺う。小さな引き波に飛び込めば、真ん中までたどり着くには時間がかかってしまう。渦の端にとどまっていれば、大波に煽られてまた境内に押し出されてしまうだろう。

わっしょい！　わっしょい！

裸がうごめいて向こう側に押し寄せた。怒号と悲鳴が飛び交う。ドッと観客が沸いた。向こう側の大床から裸が転げ落ちたようだ。

「雅彦さんッ、チャンスじゃないですか!?」

弘高がはやる気持ちを抑えきれず、突進しようと突っかける。雅彦は弘高の腕をつかみ止める。

「まだじゃまだじゃ！　波がちいせえ！　これじゃすぐそこまでしか行けん！」

「雅彦よ、早いうちに中に入って、あとは運まかせの方がええんじゃねん？　遅いと真ん中まで行けんような気ーするで」

と小橋川がいう。

「いんや、まだ動きがちいせー。この調子じゃ今入ったとしても真ん中まで行けん！　辛抱じゃが！　絶対に大波はやってくるけーッ」

「そうはゆうけど、真ん中にいた俺たちが境内に転げ落ちるまでえらい時間がかかっとろうが。真ん中に行くまでには相当時間がかかってしまうで」

「大丈夫じゃ。見てみー。裸が多くなっとろうが。階段まで裸で埋まってしもうとる。みんな真ん中に行きたいんじゃから、押し合いはこれからが本番じゃが。これまでのは序の口じゃが。大きな波は絶対やってくるッ。そしたら一気に真ん中まで行けるッ。じゃから今は我慢じゃが！」

雅彦は自信ありげに笑ってみせる。

と、いきなり裸の大波が押し寄せてきた。観客がドッと沸き、悲鳴が上がる。

大床で渦巻いていた裸たちの力の均衡が大きく崩れ、雅彦たちがいる西側の階段に向かって怒濤のように押し寄せてくる。

「避難じゃ！」

雅彦は小橋川の腕を引いてとっさに柱の陰に隠れる。日頃走っているので身が軽い。弘高が慌てて二人に続こうとしたが、階段を転げ落ちまいとワラにもすがる裸の何人かに腕をつかまれ、引きずりこまれるように裸に呑み込まれていく。

「弘高！」

雅彦はつかみ止めようと腕を伸ばす。が、一瞬遅かった。弘高が大床から落下する大勢の裸たちとともに階段を転げ落ちていく。すぐに裸たちに埋もれて消えてしまった。

その刹那、大床の裸たちが、戻ろうとする反動で大きく引いていく。待ってましたとばかりに西側の大床の脇に踏みとどまっていた裸たちが引き波に突進し、階段下の境内で見守っていた裸たちが倒れている裸たちを飛び越えて大床に殺到する。雅彦の周りにいる裸たちも乗り遅れまいと飛び出した。

「今じゃ！　行くで遼！」

雅彦は叫びながら突撃する。待っていた大波がやってきたのだ。このチャンスを見逃す訳にはいかない。

「弘高はどうするんな⁉」

雅彦とともに裸の群れに突っ込んだ小橋川が叫び返す。

「お前と二人だけで作戦決行じゃ！」

「あいつがおらんでもええんか⁉」

チームはバラバラになってしまったけれど、怪力弘高がいれば作戦は何とか遂行できそうだったのだ。その頼りとする弘高がいないのである。

「仕方がないッ。俺たちで何とかしよう！」

わっしょい！　わっしょい！

二人はあっという間に裸の群れに呑み込まれ、押し出す勢いに乗って大床の中心に向かって突き進む。

喚声。悲鳴。怒号。どよめき。

西側からの圧力で東側の階段から裸の群れが押し出される。それでも押し出されてはたまらんと東側の裸が何とか持ちこたえて動きが止まる。一瞬の間を置いて、今度は東側からの揺り戻しに裸の群れが西側に押し戻される。西側の裸がこらえる。東側と西側、それに正面の大階段からの圧力が加わり、大床の裸たちは行き場を失って押し合いへし合いが再開される。

わっしょい！　わっしょい！　わっしょい！　わっしょい！　わっしょい！

強烈な圧力に大床の裸たちからも、もうもうたる湯気が立ち上る。

「遼おおおッ、踏ん張れえええ！」

雅彦は大波に翻弄されて、寿司詰め状態のまま右に左に、前に後ろに大きく揺さぶられる。やがて方々からの圧力が拮抗して膠着状態になり、大波の動きが小さくなった。立ち位置を確めようと雅彦は頭上を見上げる。御福窓が右上に見える。壁が近い。いつの間にか大床の真ん中、しかも御福窓側の壁の近くに留まっていた。願ってもない幸運だ。これから何度も大波が発生して大床の裸たちが揺れ動き、そのたびに何百人、時として千人近くも境内に転げ落ちる乗ればいいのだ。

宝木投下の時間ともなれば必ず裸たちは大きく動く。その動きを見定めて、真ん中に動く波に乗ればいいのだ。

強烈なものとなるが、あとは根性、我慢である。もちろん一人の力では圧力に抗えるものではないが、タイミングを見計らって真ん中まで突撃すればいい。そして宝木投下の時間を計算し、タイミング

だろうが、大床正面の壁際は大波の影響を受けにくい。その分あちこちからやってくる圧力は

絶好のポジションを得た雅彦は、してやったりとニンマリほくそ笑む。とりあえずは一安心だ。あとは何が何でもこの位置をキープすればいい。

ところがホッとしたのも束の間、まずいと瞬時に雅彦の笑みが曇る。頭上にあるはずの両腕がないのだ。腕は無数にあるのだが、どれもこれも自分の腕ではない。押し合いへし合いのどさくさで、いつの間にか気をつけの姿勢のまま裸の群衆の中で固まっている。大床に上がった時の基本中の基本、両腕を頭上に差し出すという肝腎なことを忘れていた。両腕を引き上げようにも、ギューギュー詰めの中に埋もれているのでまるで自由がきかない。

「クッソー！」

雅彦の口から思わず我が身を呪う言葉が漏れる。足を踏ん張り、まずは片手だけでもと右腕を引き上げてみるが、わずかに肩が動いただけで腕はピクリとも動かない。気を取り直してもう一度やってみようとするが、巨大な圧力に押し上げられて身体が浮き上がる。

「遼おお！　どこなあああ！　弘高あああ！　ちゃんと腕を上げとるかあああ！」

雅彦は顎を上げて懸命に叫んでみる。声に力が入らない。懸命に圧力と闘っているので疲労困憊なのだ。それでも小橋川と弘高が近くにいて両腕を上げているかを確かめずにいられない。

二人が腕を上げていたなら宝木投下時につかみ取るチャンスがある。二人も今の雅彦の状態と同じでは『チーム奉還町』が最初に宝木をつかみ取るのはノーチャンスだ。

「チーム奉還町おおお！　誰かおるかあああ！」

わっしょい！　わっしょい！　わっしょい！　わっしょい！

雅彦の息も絶え絶えの苦しげな声は、瞬時に喧騒に押しつぶされてしまう。小橋川も弘高もチームの誰の返事もない。一人としてすぐ近くにいないということだ。完全に離ればなれになってしまったようだ。となれば何としても両腕を頭上に差し出さなければならない。まずは投下される宝木を最初につかむ。そのことに賭けなければ宝木獲得はおぼつかない。弘高の怪力なら宝木をつかんだ誰かから力ずくで略奪することも可能だろうが、いくら毎日ハンドグリップで握力を鍛えてあるとはいっても、雅彦の力ではおいそれとはいかないだろう。雅彦は気を取り直して左腕を抜きにかかる。身体が浮いているので踏ん張ることができず、思うように力が入らない。それでも、片腕だけでも頭上に差し出したい。何としてもあゆみのために福男にならなければならないのだ。

「うりゃあああああ！」

雅彦はありったけの力で身体をよじり、左腕を抜き上げにかかる。だが左腕はピクリとも動かない。物凄い圧力で左腕を抜き上げるどころか、身体をよじることもままならない。

ふいに、雅彦の頭がふらりと揺れた。目蓋が下がって視線が虚ろだ。

わっしょい！　わっしょい！　わっしょい！　わっしょい！

雅彦はハッとして頭を振る。ここで気力を失う訳にはいかない。宝木投下の時間はもうすぐだ。

「クッソー……根性じゃあ……」

雅彦は気力を奮い立たせる。が、声に力がない。それでも雅彦は再び両腕を抜き上げにかかる。雅彦はもがきながら裸たちの渦の中に巻き込まれていく。圧力が弱まることはなく、力を増して雅彦とその周りの裸たちを突き上げる。御福窓から水が浴びせられた。瞬時に真っ白な湯気がもうもうと上がる。

わっしょい！　わっしょい！　わっしょい！　わっしょい！　わっしょい！　わっしょい!!

大床の裸たちの掛け声が天井を突き破らんばかりに大きくなって右に左に揺れ始めた。

と、雅彦の頭がゆっくりと傾ぐ。傾ぎながら、視界が暗闇に引きずり込まれるように小さくなっていく。耳に轟くわっしょい！　の掛け声が小さく遠のいていった。

わっしょい！　わっしょい！　わっしょい！　わっしょい！　わっしょい！　わっしょい!!

わっしょい!!!

裸たちの大音声が目を閉じた雅彦を包み込んだ。

7

午後六時半を回った夕方の奉還町商店街は、柔らかな暖かい空気に包まれている。

西大寺の裸祭りが終われば春が訪れる。昔からそういい伝えられている通り、裸祭りの二日気だ。

後には岡山に居座っていた冬の寒気が抜けた。その翌日の今日は春本番を思わせるポカポカ陽

あゆみは三丁目商店街を『セワーネ』に向かって歩いている。実家で晩ご飯の支度をしてきた帰りだ。短髪にスカーフを巻いてはいるが、コートは春らしいベージュのウールで、一昨日までのダウンではない。十メートル程先の惣菜屋『おふくろ』の店先で、クミ姉さんが接客をしているのが目に留まる。クミ姉さんは白髪のおばさんに惣菜の包みを手渡している。常変わらぬ元気な笑顔だ。勤め帰りのサラリーマンらしきスーツ姿の中年男と、小さい子供の手をひいた若い女が買い物の順番を待っている。クミ姉さんがあゆみに気づいて笑顔を向ける。

あゆみは、

「クミ姉さん、この前はありがとうございました」

と声をかけて通り過ぎようとする。クミ姉さんが接客している時はいつも短い挨拶を交わすだけだ。

「雅彦は元気な？」

クミ姉さんが笑顔を消して真面目な顔つきになる。

「大丈夫。ちゃんと月曜日から勤めに行ったんよ。あれからずっとしょぼくれとるけど、身体はもう何ともないけー心配いりませんからねー」

「雅彦のことじゃからすぐ立ち直るよ。実家の帰り？」

「そうなんよ。じゃあまた。おつかれさま」

「またね」

あゆみは笑顔を返してうなずき、歩き出す。

裸祭りで雅彦は、宝木が投下される前に救急隊によって大床から境内の隅に設(しつら)えた医療施設に運び出された。裸たちの中で気を失ってしまったのだ。救急テントの中の簡易ベッドで点滴を打たれ、程なくして意識を取り戻した。宝木獲得に再度挑戦すると起き上がる雅彦を、医師とあゆみとクミ姉さんが冗談じゃないと怒って止めた。以来雅彦はしょげ返り、意気消沈している。

ふいにあゆみの足が止まる。大きく深呼吸をして目を閉じる。実家まで急ぎ足で行き、ご飯の支度をしてまた急いで戻ってきた。まだ治療が続いていて体力が回復していないから、身体を酷使すると息が切れる。それでも吐き気がしなくなっただけ気分は楽だ。まるでしなくなったという訳ではないが、以前のようにちょくちょく吐き気をもよおすということはない。吐き気は突然やってくるので、不安でどこへも出かけられなかった。トイレに駆け込むと、人間の身体の中にはこんなにも水分があるのだと驚く程の量を吐いた。いつまでも吐き続けて滝のようだった。そのことを、雅彦にも悟史にも、実家の両親にも気づかれないようにした。ガンと向き合った時に、一人で闘っていこうと決めたので、苦しむ姿を見せまいと心に誓っていた。

いくらか息が楽になったので目を開ける。ゆっくりと歩き出す。現代アートショップの店『Ｓａｔｅｌｌｉｔｅ』の明るい照明が通りを照らしている。いつもこの時間には、決まってたこ焼きを買い求める客が店頭にいる『たこ福』は閉まっている。火曜日なので定休日だ。金物屋『トンチカ』はまだ店を開けている。三村のおじさんの姿はない。あゆみは店の奥を覗き込む。店内は商品に埋もれている。狭い通路の奥で、おじさんはイスに座って斜め上を見上げている。テレビを観ているのだ。気配を察した三村のおじさんがあゆみに顔を向けた。あゆみはおじさんに笑いかけて手を振って通り過ぎようとする。するとおじさんが待て待てと手で合図を送って立ち上がった。あゆみが店の中へ入っていくと、おじさんもやってくる。

「どねーな？　雅彦は？」

とおじさんが眉根を寄せる。グレーのセーターに薄手のジャンパー姿だ。

「大丈夫。まだちょっと元気がないだけ。身体はもう何ともないんよ」

「ほうか。まだ元気ないんか。よっぽど落ち込んどるんじゃなあ。立ち直りがでーれー早いのがあいつのトレードマークなのになあ。珍しいこともあるもんじゃが。じゃけど心配いらん。二、三日もすりゃあまたいつもの調子のええ雅彦に戻るじゃろ」

「あゆみさん、こんばんは」

おじさんの背中からおばさんが顔を出した。

「おばさん、こんばんは。膝の具合はどうですか？」

「これはもうしょうがないんよ。それでもあったかくなったからだいぶええよ。それよりも雅彦さん、大丈夫なん？」

とおばさんが小首を傾げる。

「大丈夫なんよ。今おじさんにも話しとったんじゃけど、身体は何ともないんよ。気分的に落ち込んどるだけで、おじさんはすぐ立ち直るから心配せんでええゆうてくれたけど、私もそう思ってます。心配かけてすみません」

いつでも明るい雅彦がしょぼくれているので、みんな心配しているのだ。あゆみは頭を下げてから笑顔で続ける。

「夕食は雅彦さんの大好きなすき焼きを食べさせますから、明日はケロッと元気になっていつもの雅彦さんに戻ると思うんよ。好物食べるとテンション上がる人じゃから」

「それが、雅彦さんはもう元気になっとるんよ。それもやたら元気で明るくて、スキップしとったんじゃから」

「スキップ？　雅彦さんが？」

「そうなんよ。商店街を一人でスキップするなんて、いったいどうしたんじゃろと心配になったんよ。宝木は獲れんわ、途中で気い失ってしまうわで、相当ショックを受けて、ちょっとおかしゅうなってしもうたんじゃなかろうかって、それで心配になって大丈夫かって思ったんよ」

「ちょっと待っておばさん。雅彦さんが商店街を一人でスキップしとったん？」

あゆみは瞬きをするのも忘れ、驚いて問いただす。元々明るい性格の雅彦だが、商店街をスキップするなど尋常ではない。

「そりゃあ本当か？」

三村のおじさんも半信半疑の面持ちだ。

「本当じゃが。さっき店先でお客さんと立ち話しとったら帰ってきたけど、二丁目のずっと先の方からスキップして来るんよ。うれしそういうんか、楽しそういうんか、とにかくニッコニコ笑っとるんよ。どうしたんじゃろ思うて私がポカンと見とると、『おばさんただいま！　今日はいい天気じゃねー。星空が綺麗ですよ！　おばさんも一段と綺麗ですよ！』って、上機嫌で『セワーネ』に入っていくんよ」

とおばさんがいって『セワーネ』を指さす。

あゆみは『セワーネ』を振り向く。電気を消して出た店内が明るい。悟史が一人なら店の照明を点けることはないから、確かに雅彦が帰っているということになる。

それにしても裸祭りが終わってから今朝まで、ずっと力なくヘラヘラ笑ってしょげ返っていたのに、突然スキップして帰ってきたなどにわかには信じがたい。星空が綺麗だのおばさんも一段と綺麗だなどと、初めて聞く言葉だ。確かに上機嫌すぎる。落ち込んでいる気持ちを吹き飛ばす、何かとてつもなくいいことがあったのだろうか。それとも本当に三村のおばさんのいうように、ちょっとおかしくなってしまったのだろうか――。とにかく雅彦に会わなければ事の真相は確かめようがない。あゆみは意を決して『セワーネ』に歩み寄る。三村のおじさんとおばさんも後に続く。

あゆみはそっと窓から店内を覗き込む。店内は明るいが雅彦はどこにもいない。住居の方に着替えに行ったのだろう。と、いきなり住居への出入り口から雅彦が現れた。うれしそうに笑っている。

「何をしとんなら?」

いきなり背後で声がして、あゆみと三村のおじさん、おばさんがギクリとする。驚いて振り向くと、ジャンパー姿の田中のおっちゃんがいつもの恰好で突っ立っている。トレードマークの毛糸の帽子を薄くなった頭にチョコンと載せて、怪訝そうな表情で三人を見やっている。

「もう、おっちゃん、いきなりびっくりさせんでよ。てっきり咎められたと思って、心臓が口から出そうになったが」

あゆみはホッと胸を撫で下ろす。

「いきなりって、俺はさっきからずっとおったで。それなのに三人ともちいとも気づかんで、そこで何をこそこそしとるんじゃ？　咎められることでもしよんか？」

それがなあと三村のおじさんが説明する。聞き終えた田中のおっちゃんは、そりゃあちょっと変じゃなと窓から店内を覗く。あゆみと三村のおじさん、おばさんもそっと覗き込む。店内では雅彦が厨房に立って上機嫌に笑っている。鼻唄でも歌っている雰囲気だ。

「ありゃあ決まっとる。女じゃが」

田中のおっちゃんがあっさりいってのける。

「え？　女って？」

あゆみは目をパチクリさせる。

「男があんなに浮かれているのは女に決まっとろうが。惚れたか惚れられたかは分からんが、女ができたな。十中八九、まず間違いない」

「田中さんじゃあるまいし、雅彦さんはあゆみさんに心底惚れとるんじゃからね。この前の裸祭りだって、命をかけて宝木を獲るゆうてたくらいなんじゃから。それで気絶してしもうて、本当に命懸けじゃったんじゃから。もう、しょうもないことゆわんといて。あゆみさんが気い悪うするじゃろうが」

三村のおばさんがピシャリと打ち消す。

「ありゃりゃ、スキップなんぞ始めよる。ほれ見てみー。ありゃあどうみても女じゃが。よっぽどええ女なんじゃなー。うれしゅうてしょうがないんじゃが」

田中のおっちゃんがいい、みんなが店内の雅彦を見つめる。

満面の笑みの雅彦がスキップしながら厨房から出てきた。テーブルを一周し、そのままスキップをしながら厨房に戻るとニンマリ笑う。確かに浮かれている。

「雅彦があんなに浮かれとるのは見たことねえなあ。もしかしたら、もしかするかもな」

三村のおじさんの声が硬い。

「もうあんたまでなによんな！」

三村のおばさんがおじさんの腕を叩く。

「じゃけど、男がそわそわして機嫌がええのは、昔から女のことじゃと相場が決まっとるからなあ。しかも家の中までスキップしょーるんじゃから、ありゃあもしかするともしかするでー」

「もうやめときなさいよ！　あゆみさんごめんねー。機嫌悪くせんでなー。男はすぐ女がどうたらこうたら始まるからしょうがないんよ。あんたね、雅彦さんにはあゆみさんというできた女房がおるんじゃからね。それなのに他に女なんか作る訳がないでしょうが。本当にもう、男っちゅう生き物は！」

三村のおばさんが、きつい目つきになっているあゆみをとりなすようにいう。

「行きますッ」

あゆみはギュッと口を結んで両手を強く握り締める。

「ど、どうしたんなら？」

「どけー行くんな？」

と男たちがあゆみの勢いにひるむ。

「どうしたもどけー行くんも、店の中の雅彦さんの所に決まってますッ」

「あゆみさん、まあ落ち着きーや。この男の人たちのゆうことを真に受けちゃおえんよ」

「おばさん。考えたら、雅彦さんはちょっと普通じゃないんよ。女じゃろうと何じゃろうと、家の中でもスキップするのは初めて見たもん。ぼっけえうれしいことがあったに違いないんじゃろうけど、あの人は早とちりの達人じゃから勘違いしとって後で騒ぎになったりするけー、ちゃんと訳を聞いておかんと取り返しがつかんようになってしまうんです。じゃから、何がそんなにうれしいのか、ちゃんと聞いておかんといけんのんよ」

「そうじゃそうじゃ。ミス奉還町がおるゆーのに女を作るなんて贅沢じゃが。とんでもないこっちゃ。とっちめちゃれ」

田中のおっちゃんが女だと決めつけている。

あゆみは『セワーネ』のドアノブを押し下げる。

「おかえりー。帰っとったんじゃな」

あゆみは努めて明るい笑顔を作る。

「おう、帰ったんか。お義父さんお義母さんとこに行っとったんか？」

あゆみの笑顔を見て雅彦の笑顔がさらに弾ける。

「そうなんよ。いつも通り盛大な愚痴合戦して元気じゃったよ。雅彦さん、何か機嫌よさそうじゃな」

「そうなんよ、そうなんよ」

雅彦がうれしそうにいってから続きをいおうとして店のドアを振り向き、ん？　という怪訝な顔つきに変わる。

ドアが開けっ放しで、三村のおじさん、おばさん、田中のおっちゃん、いつの間にか弘高もやってきていて一番後ろでみんなと一緒に覗き込んでいる。

「みんな何しとるんですかー？　そんなことより、あゆみ。倉敷じゃ。倉敷行こう！」

雅彦が張り切っていう。朝までのしょぼくれた様子は微塵も見られない。

「倉敷？　雅彦さん、何かあったん？」

「あったも何も、大ありじゃが！　裸祭りでは福男になれんかったけど、今度はもっとでーれー福の神を見つけたんじゃ！　これを見られたらでーれー長生きするんじゃが。さあ行こう。チャンスはそうないんじゃと。身体を冷やさんようにあったかくした方がええ。ダウンコートとかマフラーとか、とにかく真冬の恰好で行かにゃあおえん」

雅彦がもどかしそうに早口でいう。

「ちょ、ちょっと待って。どういうことなん？」

突然のことにあゆみは戸惑う。倉敷だの、福の神だの、長生きするだの、身体を冷やさないようにした方がいいだのと唐突すぎる。

「南極老人星じゃが！」

「南極、何？」

「南極老人星！　南極の老人の星。これを見ることができれば長生きできるんじゃが」

「老人の星ゆーたら、くたびれた星じゃが。くたびれた星を見れば長生きできるなんて、おかしい話じゃねんか?」

三村のおじさんが割り込んで小首を傾げる。

「それが違うんですよ。星の名前が南極老人星というんですよ。えーと、カンタロージャのうて、パンプスじゃのうて、カンプスじゃったかな」

「カノープス」

いきなり悟史の声がして、みんなが住居の出入り口を見やる。悟史がいつの間にか二階から降りてきていて、柱に寄り掛かって天井を見上げている。機嫌悪そうな顔つきと声だ。

「りゅうこつ座アルファー星のことじゃろ。二十一ある一等星の中でシリウスに次ぐ二番目に明るい星。北極星の反対の南極星。じゃから日本では南の低い位置に出るから東北南部から南じゃねーと見られん」

「それそれ。そのカノープスだ。それが南極老人星というんですよ」

「その老人の星を見たら何で長生きできるんじゃ?」

と三村のおじさん。

待ってましたとばかりに雅彦が勇んで口を開く。

「それはですね、中国の古い言い伝えなんです。この星は赤くてぼんやりしているから老人星っていわれていて、これがなかなか見ることができないんですよ。なかなか見ることができないから、見ることができれば長生きできるといわれているんです。実際、その昔には、えーと明だかうんたらの時代だったかに」

「宋の時代じゃろ。誰かから聞いたんじゃろうけど、ちゃんと覚えときーや」

と悟史。小馬鹿にして鼻で笑っている。

「そうそう！　なんちゃって、ハハハハ。お前は何でそんなに詳しいん？」

「悟史は小学生の時に星が大好きじゃったもんねえ。よく倉敷天文台に行って、月のクレーターとか土星の輪を見たよねえ」

あゆみには懐かしい思い出だ。

「そんなことあったっけ？　記憶にないなあ」

「親父は毎晩遅かったから分からんかっただけじゃが」

悟史がなじるように一瞥をくれる。

「イヤッハハハ、毎晩っちゅう訳じゃなかったと思うんじゃがなー。まあええわ。それで中国ではずっと昔からこの星は不思議な星だったんですよ。天下太平の時には見えるけれど、戦乱になれば見えなかったんじゃと。じゃから見ることができれば平和で長生きできると信じられてたとゆーんです。赤いボーッとした星なんで、老人のように長生きしとる星じゃゆーて、中国では赤は縁起のええ色ということもあって、それで宋の時代に神様に奉られて、寿命をつかさどる南極老人になったという訳ですよ。じゃけー南極老人星とゆーて、一目見た者は長生きできるといわれてるんです。南極老人というのは日本の七福神の、えーと、何じゃったっけ？ほら、えーと……」

雅彦が悟史を振り向いて助けを求める。

「寿老人と福禄寿」

悟史はぶっきらぼうに答える。

「それじゃ。長生きと幸せの神様の寿老人と福禄寿の元になった神様ですよ。とにかく縁起のええ星なんです」

「ほー。そんなに縁起のええ星なんかー」

三村のおじさんは感心してうなずく。

「何でめったに見られんのですか？　そんなもん、南極星いうくらいじゃから、南に行けば見られるじゃないですか。倉敷じゃなくて、オーストラリアとかに行けばバッチリですよ」

「弘高よ、あのなあ、めったに見られんからありがたみがあるんよ。この辺は昔の中国の中心だったところと緯度がだいたい同じじゃから、言い伝えがピッタシカンカン当てはまるんじゃ。簡単に見られりゃありがたみがないじゃろうが」

「それが何で倉敷なんよ？　岡山でも見られるんじゃないん？」

三村のおばさんがいう。素朴な疑問だ。

「阿智（あち）神社でその南極老人星を見ようという観測会があるんですよ。ちゃんと星に詳しい人が、あれが南極老人星だって教えてくれるんです。素人はどの星が南極老人星だか分からんじゃないですか」

「分かるわ。一番明るい星のシリウスの真下のちょっと右、地平線に近いところに赤くぼんやりしとるから分かりやすいよ。本当は超明るい星なんじゃけど、地平線上にあるから大気の影響で赤く見えるんじゃ」

と悟史がいう。面倒くさそうなものいいだ。

「そうそう。そういうことじゃね」

雅彦は相槌を打って調子よくおもねる。それからみんなに向き直って、

「じゃけど、星に詳しい人に教えてもらった方が簡単に見つけられるんですよ。じゃから阿智神社に行こうということなんですよ。観測会じゃから」

とうれしそうに笑う。

「なるほど。一目見たら長生きできるありがたい星が簡単に見つけられたら、そりゃあありがたみがありゃせんわなあ。ウーム、南極老人星なあ」

三村のおじさんがうなるようにいう。

「見つけられるんよ。双眼鏡があればすぐ分かる。じゃけど今日は見つけられん」

悟史があっさり否定する。

「何でじゃ？　晴れてええ天気じゃったから、バッチリ見えるじゃろうが。双眼鏡を持って行きゃあええんじゃろ？」

「見つけやすいっていうのは条件がよければなんよ。地平線近くにあるから、空がでーれーすっきりしとらんと見えないんよ。あったかいと地平線上の大気がもやっとしとるし、雲も出やすいし、街の明かりとかが反射して見えないんよ。カノープスを見るには冬の寒い日、空気がキンと冷えとってすっきりしとらんと見えないんよ」

悟史がぶっきらぼうに続ける。

弘高がうなずいて、

「ということは、今日は晴れているけどあったかいから見えないということですよ」

と雅彦にいう。

「ま、一応そうじゃろうけど、何でもやってみんと分からんが。物事は理屈通りにいきゃせんがな。どうな、あゆみ。倉敷行こうやー。阿智神社で南極老人星見て、長生きしようやー」

雅彦は微塵も揺るぎない。

「そうねえ」

あゆみは雅彦の弾ける笑顔につられて顔がほころぶ。雅彦の一生懸命さが気持ちいい。疲れているけれど気分転換も必要だ。

「ええよ。行きましょう」

あゆみはうなずく。

「うん！　行こうや！　南極老人星を見て長生きしようや。そうじゃ、せっかくじゃからみなさんもどうです？」

「そうじゃな。俺たちも行くか。ありがたい神様の星を拝んでこようやー。何しろ一目見たら長生きできるんじゃからなあ」

三村のおじさんがおばさんに笑う。

「行きましょうか。もう何年もどこにも行っとらんから、何だか旅行するみたいでワクワクするわー」

おばさんがうれしそうだ。

みんなで行きましょうと雅彦がいい、田中のおっちゃんと弘高が行くとうなずく。大きなワンボックスカーを持っている弘高が、自分の車にみんなで乗って行きましょうという。

「星空の観測会は遅くまでやっとるんじゃろうから、ご飯食べてから行きましょうよ」

　とあゆみはみんなを見回す。ちょうどご飯時だ。雅彦のためにすき焼きの準備をしてある。

「ご飯は後じゃが。何でも今の時期は八時前後が一番見えやすいゆーんじゃが。じゃから今すぐ行こう。ご飯はそれからでええが。倉敷で何かうまいもの食ってもええし、時間が早かったら家へ帰ってからでもええが」

「八時を過ぎちゃおえんの？」

「八時ぐらいが南中ってことなんよ」

　と悟史がいう。背中を柱につけたままだ。

「八時がナンチャッテ、って、何な？」

　雅彦が首をひねる。

　悟史が鼻で笑ってから、

「ナンチャッテじゃねえわ。ナンチュウ。南の星が一番高い位置に昇ることじゃが。といっても三度か四度の低いところまでしか高くならんのんよ。岡山じゃ南の方に山があるし、街の光が明るいから見えにくい。阿智神社は南が開けとって街の明かりも岡山ほどじゃないから見えるんよ。じゃけど九時過ぎには地平線に隠れてしまうから、大気の関係で実際には見えたとしても八時前後の短い間だけってことじゃな」

　と冷たい視線を雅彦に飛ばす。

「そうか、じゃから八時なんかー。しかし詳しいなあ。お前も誰かから聞いたんか？」

「小学校の時に見たいと思っていろいろ調べたんよ。じゃけど」

悟史がいいよどむ。

あゆみは悟史を見つめる。視線が合うと悟史がきまり悪そうに横を向く。あゆみは悟史が言葉を呑み込んだ訳を悟って小さくうなずき、笑って口を開く。

「そうかあ。お父さんとお母さんが忙しくて、気を回していい出せなかったんじゃね。ごめんごめん」

「関係ないわ。お袋は祖父(じい)ちゃんと祖母(ばあ)ちゃんの世話せんといけんかったんじゃし」

悟史が声を落とす。

「俺じゃ。飲み歩いてばっかりしとったからなあ。イヤッハハハハ」

雅彦が照れ隠しのごまかし笑いを盛大にしてから、

「とにかく、八時なんですよ八時。阿智神社なら見えるゆーんです。だから今すぐ出発しましょう。腹へってるなら、海苔巻きでもおにぎりでもハンバーガーでも買って車で食べましょう」

「そりゃええわ。車の中で何か食べるなんて本当にドライブ旅行みたいで楽しいが」

三村のおばさんはもうすっかり浮かれ気分だ。

「よし。早いとこ店閉めちゃろ。ちょっと待っとってくれ」

あったかくして行かんとねーと三村のおばさんが両手をひらひらさせてはしゃぐようにいい、俺もマフラー持ってこようと田中のおっちゃんが、弘高は着替えをして裏まで車を回しておくといって続けざまに出て行く。

あゆみは冬の支度をしなくてはといって歩き出しながら、

「悟史も行こう」

と誘う。

「おう。そうじゃそうじゃ。小学生の時に連れて行けんかったけど、遅まきながら一緒に行こうや」

雅彦が追従笑いをする。

「行かんわ。迷信を信じるなんてバカバカしい。そんなもん信じたって長生きできる訳がねーじゃろ」

「悟史は迷信を信じなくてもええんよ。小学生の時に見られんかったカノープスを見るだけでええが。病は気からじゃけー、信じて気分がよくなればそれでハッピーなんよ。お母さんは信じるよ。一目見たら長生きできそうな気がするもん」

「そうじゃそうじゃ。絶対長生きするけーよー、絶対じゃが」

雅彦が直情を抑えて静かにいう。

「バッカじゃろ」

悟史が強い口調で雅彦をにらむ。

「悟史！　お父さんをそんなふうにいうなんて許さない！」

あゆみはまなじりを決する。怒るなど久し振りだ。圧倒的な目力で悟史に向き合う。

「だってそうじゃろ。阿智神社の天辺までどうやって行くんよ。あそこの階段、何段あると思っとるん。今だって顔色よくねーのに、あんな階段上れる訳ねーじゃろ。長生きできるどころか倒れてしまうじゃろうが。誰もお袋の身体のこと考えてねーんよ。具合が悪くなったらどうするんよ」

悟史も負けてはいない。あゆみの身体が心配なので引き下がらない。

「だからといってあんないい方は許さない！」

あゆみは毅然といい放つ。

「悟史。大丈夫じゃが。俺がおぶって上りゃあえんじゃから」

雅彦が穏やかに笑って二人の間に入る。

「おぶって上れる訳ねーじゃろ。何段あると思っとるん。途中でへたばってこけたらケガどころじゃすまんのんよ。この前だって途中で気絶してしもーたし、体力ねんじゃからでっけえ口たたくなや」

「いやあ、ハハハ、あれは失敗したなあ。両腕が抜けんで必死こいたのがいけんかった。今度は大丈夫じゃ。いざとなったら弘高がおるけーよー」

「それに階段なんか上らんでも裏の坂道があるんよ。おぶってもらわんでも、ゆっくり上れば大丈夫じゃが。でもたぶん階段でも大丈夫じゃろ思うんよ。毎日実家の行き来で鍛えてあるけーな。悟史、心配してくれてありがとう。とってもうれしい。けど、お父さんをあんなふうにゆうなんていけんよ」

あゆみは語調を和らげる。確かに、身体のことを心配したのは悟史一人だった。そのことがうれしい。

「いや、まあ、悟史のゆう通りじゃが。俺としたことが、お前の身体の具合のことを忘れとったわ。調子が悪かったらまたの機会にするか？」

一目見れば長生きできる。雅彦はそのことだけで頭がいっぱいだったのだ。

「大丈夫よ。悟史も行こう」

「行かんわ。絶対見えんよ。あったか過ぎるんよ。昼間の青空だって冬みてぇにすっきりしとらんかったじゃろうが。こんな日の夜空はぼんやりして星がよく見えんよ。行ってもムダじゃから行くなや」

悟史は落ち着いた物言いに変わっている。それでもあゆみを阿智神社には行かせたくないようだ。

「見えんでもええんよ。気晴らしじゃが。それに阿智神社は芸術と美の神様を祀っとるから、お参りしたら店でいい物が作れて、私もちょっとはきれいになるかもしれんからね」

とあゆみは笑う。

8

夜空がぼんやりと明るい。

大きな夜空に、うっすら光る星々が、ポツン、ポツンと見えている。

倉敷美観地区の一角、小高い鶴形山の上にある阿智神社は静けさに包まれている。本殿から少し離れた広場には、カノープス観測会に集まった人々が残念そうに帰り始めている。あきらめきれずに双眼鏡を目から離さない人もいる。広場に集まっているのは、奉還町からかけつけた雅彦やあゆみたちを入れても二十人ばかりの人々だ。

　雅彦たちが到着したのは八時を二十分も過ぎていた。あゆみは頑として行かないといい張る悟史のために、急いで晩ご飯を作って弘高の車に乗った。三村のおじさんおばさん、田中のおっちゃんたちも集合するのに手間取ったために、カノープスが南中時間に入る八時前後には間に合わなかった。それでもずっとカノープスは見えなかったと観測会の係員が教えてくれた。これからも見えないだろうと悲観的だった。暖かい大気に霞んで地平線付近の星々は見えないのだという。悟史が予想した通りだった。雅彦は見えるとするとどの辺りかと主催した一人に尋ね、教えられた方角に双眼鏡を向けたまま微動だにしない。教えられた方角は地面からほんの少し上の辺りだ。一心不乱に双眼鏡に見入る雅彦の背中が必死のオーラを放っている。

　あゆみは雅彦の隣に立って、雅彦が双眼鏡を向けている方向に目を凝らす。南の地平線辺りは開けているが、靄(もや)がかかって白く、星らしき光はひとつも見えない。

「どうな？　星が見える？」

「うーん、今のところなーんも見えん。赤も黄色も青も、見えるのは街の明かりだけじゃが」

　雅彦が双眼鏡を構えたまましゃべる。

「でも来てよかった。夜の倉敷美観地区は何年振りじゃろ」

　あゆみは美観地区の夜景を見渡す。外灯の明かりに古い家並みが浮かんでいる。陰影が柔らかで落ち着いた佇(たたず)まいをかもし出している。悟史が小学生の頃は、街中にある倉敷天文台に二人で何度か足を運び、夜の美観地区を歩いたことがある。その時以来だ。

　あゆみは大きく息を吸い込む。夜の空気が気持ちいい。冷たいが寒いというほどではない。

駐車場からの坂道がきつかったけれど、息が切れただけで歩けなくなったり具合が悪くなったりということはなかった。いっそ気持ちのいい疲労感だった。そう思えることがうれしい。

「私は夜の美観地区は初めてじゃわー。昼に来たのじゃって、何年振りどころか何十年も前のことじゃが。この人と夜行くのは最上（さいじょう）さんの朔（ついたち）参りばっかりじゃったわ」

三村のおばさんの懐かしそうな声が夜風に流れる。

「最上さんの朔参りかあ。カミサンがのうなってから、とんと行かんようになってしもうたなあ。あいつは朔参りが好きじゃったなあ」

田中のおっちゃんが感慨深げに夜空を見上げる。

「私も好きじゃったんよ。雅彦さんのお義父さんとお義母さんが生きとった頃はよく連れてってもろうたけど、お義父さんとお義母さんがおらんようになってからは数えるぐらいしか行っとらんなあ。もう何年も行ってないわ」

「サイジョウさんって、最上稲荷のことですか？」

と弘高がいう。

当たり前じゃがと三村のおじさんがいってから、

「そうか、あんたは役所勤めじゃから最上さんの朔参りを知らんのんか」

と納得したようにうなずく。

「いえ、朔参りのことは聞いて知ってますよ。行ったことはないですけどね。月末日の夜中に行って、月をまたいで一日になるまでお参りするんですよね。朔参りをすると商売繁盛するいうて、商売している人たちがお参りに行ったり、縁結びの神様なんで、いい縁にめぐり合えますようにって若い人たちがお参りすると聞きました。一度行ってみたいなあと思っているんですよ。なんでも水商売のきれいなおねえさん方がいっぱいお参りしてるっていうじゃないですか」

「おるおる。あふれ返っとるで」

田中のおっちゃんがうれしそうにいって続ける。

「それがな、朔参りじゃ女は誰でも美人に見えてしまうんじゃが。ほの暗いのと、最上さんの山全部が線香の青い煙に包まれてしまいよるから、ぼうっと霞んでみんなきれいに見えるんよ。なにせうちのやつでさえもきれいに見えとったたんじゃからなあ」

「朔参りかあ。久し振りにあっこのあったけーうどん食いてえなー。いかん。そんなことゆうたら腹がグーっと鳴りよった」

三村のおじさんがいうと、俺も腹へったと田中のおっちゃんがいってすぐに、食事に行きましょうとあゆみはいい、

「雅彦さん。係の人が時間的にもうカノープスは見られそうもないというし、ここらで切り上げよう？　何かおいしいもの食べて帰りましょう」

と雅彦の背中に手を置いていう。

あきらめきれない雅彦がもうちょっとといっていつまでも双眼鏡を目に押しつけたまま手放さない。

「うどん！　うどん！　と」

弘高が張り切ってメニューを広げてうどんを探す。

岡山市の市街地の外れにあるファミリーレストランは、空いている席がポツポツあるだけでそこそこの客で埋まっていた。阿智神社を引き上げる時に、お腹が空いただろうから倉敷で食事をしていこうとあゆみが提案したが、三村のおばさんが食事した後にすぐに家に帰れる方がいいというので岡山市まで帰ってきた。

「うどんじゃのうてピザじゃが。俺とあゆみがピザを注文するから、お前もピザを注文したらあゆみが三種類の違うピザを食えるじゃろうが」

雅彦が手を伸ばして、弘高のメニューを強引にピザが出ているページにする。

「えー!? だって俺はうどん食いたいんですよ。三村のおじさんが最上稲荷の仲見世のうどんがうんたらかんたらいうから、もう口の中はうどんの汁が充満してるんです」

「何ゆうとるんじゃ。いいのいいの。分かってますよ。弘高君はあゆみと一緒のピザが食いたいんですよね、本当は。素直にあゆみのためにピザを注文しましょうね。ほら、本場イタリアから直輸入の水牛のモッツァレラチーズ使用のマルゲリータとかがうまそうですよねえ」

やんわりとした口調だが目は恫喝(どうかつ)している。

「やめなさいよ雅彦さん。いいんよ弘高さん。食べたいもの食べてちょうだい。そのために何でもあるファミリーレストランにやってきたんじゃから」

あゆみは弘高のメニューを押さえている雅彦の手を引っ張る。

ウエイターがやってきてみんなの注文を聞く。雅彦とあゆみはミックスピザとマルゲリータピザを、三村のおじさんはまぐろご飯とかき揚げうどんのセット、三村のおばさんはブリの照り焼き御膳、田中のおっちゃんはビーフカレーを頼む。

「僕は三百グラムのステーキ。ミディアムレアーでね。パンでお願いします」

弘高の注文を聞いてみんながガクッと傾ぐ。

「お前はうどんゆうとったじゃろうが。さんざん、うどんうどん、ゆうて、何でステーキになるんよ」

と雅彦が目を剝く。

「食いたいからです。当たり前でしょうが」

弘高は澄まし顔だ。

「まったくお前は、裸祭りの時じゃって、誰にもしゃべらないゆー約束を舌の根が乾かんうちにペラペラばらしてしまうし、二枚舌どころか百枚舌じゃが」

雅彦があきれ顔で弘高をにらむ。カノープスを見られなかったので八つ当たり気味だ。

それぞれが飲み物を注文してウエイターが去っていく。雅彦だけが生ビールで他のみんなはソフトドリンクとお茶だった。

「お待たせしました。ブリの照り焼き御膳はどちらですか？」

ウエイターがやってきてみんなを見回した。はい私、と三村のおばさんが小さく手を上げ、それからウエイターはそれぞれの前に料理を置く。目の前の湯気が立ち上る料理を見てみんなの顔がほころぶ。

「食べよう雅彦さん。ピザは熱いのが一番なんよ」

あゆみはチーズがとろけているピザに思わず頰がゆるむ。チーズの一片を持ち上げると、とろけたチーズが途切れずに長く糸を引く。

「うわあ、すごい！　どこまでも伸びる！」

あゆみはピザを高く上げてうれしそうにはしゃぐ。

雅彦がピザに伸ばした手を止める。あゆみをじっと見つめてくる。

「すごいすごい。本場の水牛のチーズだからですかねえ」

弘高がステーキを頬張りながらいう。

「あらまあ、とろーりとしておいしそうだこと」

三村のおばさんがご飯茶碗を持ったまま笑う。

「すげーなあ。そんなにでーれー伸びるチーズは初めて見たなー」

田中のおっちゃんがカレーを口に運ぶ手を止める。

三村のおじさんがうどんの汁を飲んでから、

「ほう。ほんまじゃが。とろっとろで、でーれーうまそうじゃが」

と感心したようにいう。

みんな笑顔だ。好物を食べているので幸せそうに笑っている。

あゆみは長く伸びたチーズをフォークでからめ、手に持ったピザの上に載せてから口に運ぶ。ピザを食べるのは久し振りだ。放射線治療のために入院し、退院したその日に雅彦と悟史と一緒に宅配ピザを食べて以来だ。

「んー、おいしい！」

あゆみは口の中でピザと言葉がごちゃ混ぜになってモゴモゴとしゃべる。飲みこんでから、

「ああ、おいしい。おいしいものってすぐ幸せになれるよねえ。好きな食べ物をおいしく食べられるって、本当に幸せ」

と笑う。

「ほんとじゃねー。おいしいゆーんは、幸せになれるよねー」

三村のおばさんがしみじみとした口調でいい、三村のおじさんと田中のおっちゃんが食べながらうんうんとうなずく。

あゆみは大きく口を開けてピザをかじる。手に持った食べかけのピザと唇の間に、とろーりとチーズが伸びる。

あゆみはピザを食べ続ける。ずっと幸せそうな笑顔だ。赤いトマトと水牛のモッツァレラチーズのマルゲリータ。とろとろの柔らかいチーズがどこまでも伸びて、あゆみが手に持ったピザとテーブルの上の皿のピザの間で途切れない。あゆみはフォークで伸びたチーズを巻いて口に運ぶ。

「んー、本当においしい!」

あゆみはまた幸せそうに顔をほころばせる。

雅彦はあゆみに釘付けだ。細めた目が思案げだ。あゆみとピザを交互に見ている。あゆみ。手に持ったピザ。またあゆみ。テーブルの上のピザ。ほかほかのピザ。あゆみの笑顔。とろーりと伸びるチーズ。テーブルの赤と白の色鮮やかなピザ。あゆみの口元。雅彦の目が爛々と輝き出す。幸せそうにピザを食べるあゆみと手に持ったピザ。そしてテーブルの上のピザ。交互に見やる雅彦の瞳が目まぐるしく動く。そしてあゆみに視線が止まる。何かが一閃したように大きく目を見開く。

「よしッ。世界一だ！」

気合いとともに、雅彦が右手でパチンと指を鳴らして突然立ち上がる。気持の勢いを止められない。指パッチンをした右手の人差し指が天を差している。眉毛が一文字に上がっている。グッと引き締めた表情に力が溢れている。

雅彦の突然のパフォーマンスに、あゆみだけでなく、弘高、三村のおじさん、おばさん、田中のおっちゃんが呆気にとられて見上げる。

9

あゆみは居間の食卓のイスに座ってふうっと大きく息を吐いた。

テーブルの湯飲み茶碗から湯気が揺らいでいる。エアコンを暖房にしているので、あったかい微風が流れている。ファミリーレストランから家に戻り、明朝の朝ご飯定食のための仕込みをしなければならないのだが、お茶を飲んで一休みしようと雅彦と居間に落ち着いた。家に戻って、ただいまと二階の自室にいるはずの悟史に声をかけたが何の返事もなかった。親に返事をするのが面倒くさい年頃だ。聞こえているのに返事をしないことが多い。十一時を回っているので寝てしまったのかもしれない。

「疲れたんか？」

雅彦が心配顔であゆみを覗き込む。

「ちょっとね。倉敷へ行ったからというんじゃなしにいつものことなんよ。毎日夜になると昼間の疲れが出てしまうんよ。まだすっかり回復してないからじゃね。そのうち体力がつくから心配せんでもええけーな」

「まだ治療中じゃもんなー。何しろ南極老人星を見たら長生きできるいうから、そっちの方ばっかりに気がいっとったもんなー」

「カノープス残念じゃったね。でもなかなか見られんからありがたみがあるんじゃから、そうは簡単に見られんよね。また行けばええが。阿智神社からの夜の美観地区きれいじゃったねー。今度は夜の美観地区を散策してみようよ」

「おお、いつでもええよ」

雅彦がうれしそうに笑う。が、すぐにあらぬ方向を見てニンマリ笑う。心ここにあらずという感じだ。やたらにうれしそうだ。

「あのね、レストランで世界一ってゆうとったけど、何が世界一なん?」

あゆみは気になって仕方がない。雅彦のニンマリ顔が、世界一と叫んだことに関係あるのは間違いない。ファミリーレストランで何が世界一だとみんながやいのやいのと詰め寄ったが、二人きりなら教えてくれるかもしれない。

雅彦は自分だけのことでみんなに話すことではないからと頑なに口を開かなかった。

「なあ、あゆみ。あゆみはうまいピザ食べたら幸せじゃろ」

と雅彦がうれしそうに笑ったままいう。

「うん。大好きじゃからね。食べ物って本当に不思議じゃわ。大好きなもの、おいしいものを食べると、すぐ幸せになれるんじゃもん。小さな幸せじゃけど、でもそれって大切なものよねー」

ピザの味が甦ってあゆみは微笑む。

「本当だよなあ。ピザを食ってる時のあゆみは本当に幸せそうじゃったもんな。ということはだな、世界一うまいピザ食ったら世界一うれしくて、世界一幸せな気分になれるゆーことじゃろ？」

どうだどうだと詰め寄るように雅彦が身を乗り出す。

「世界一おいしいピザねえ。そんなピザがあるなら、世界一幸せな気分になれるかもねー。でもそれはどんなピザなんかなー」

あゆみは雅彦の向こうの遠くを見つめ、世界一おいしいピザに思いをはせてほっこり笑う。

「決まっとろーが。世界一じゃから、ぼっけーと、ぼっこうと、でーれーが一緒につくうまいピザじゃが」

「トリプルとんでもなくうまいじゃね。そんなピザ食べてみたいなー。あ、分かった。世界一ってピザのことなん？」

「そうじゃがそうじゃが。あゆみがあんまり幸せそうにピザを食うから、ピン！　と閃いたんじゃが。世界一うまいピザを食ったら世界一幸せだろうって」

「世界一のピザかあ。食べてみたいなあ」

「まかせとけ。世界一うまいピザ、絶対に食わせちゃるッ」

雅彦は自信満々に貧弱な胸をポンと叩いて請け合う。

「えー!? ということはイタリアに連れてってくれるん? うれしい! 本場のピザを一度食べてみたいと思っとったんよ。そうか。それで世界一なんか。でもすぐには行けんからね。あと一回点滴治療やって、それで経過を見て、お医者さんが海外旅行に行ってもいいといったらになるんかなあ。行けるまで何年もかかるかも。でもうれしい。それを楽しみに頑張れる」

瞳を輝かせるあゆみに、

「いや、その、イタリアもえんじゃけど、俺がゆう世界一のピザはイタリアじゃないんよ」

と雅彦が困ったような笑い顔を作る。

「え? イタリアじゃないん? どこなん?」

「日本じゃが」

「日本? 日本のどこ?」

「ここじゃが」

「ここって……、ここ?」

あゆみは食卓を指さし、どういうことだろうと小さく首をひねる。

「そうじゃが。ここで世界一のピザを食わしちゃる。まかせとけ」

雅彦がまた勢いづいてニンマリ笑う。

あゆみはまるで理解できない。ここで世界一のピザなど、どうやったら食べられるのだろう?

「もしかして、イタリアのナポリ辺りから、空輸便で宅配してもらうん?」

「ノー」

「イタリアで瞬間冷凍したピザを空輸してここで焼くん？」

「ノーノー」

「イタリアから熟練のピザ職人を呼ぶ？」

あゆみはイタリアが頭から離れない。ピザといえばイタリアだ。世界一うまいピザならイタリアが連想されて当然だ。

「ノーノーノー」

雅彦が真横にかぶりを振り続ける。

「じゃよねー。空輸便でも瞬間冷凍でもチンとかオーブンで焼かんといけんもんね。ピザはやっぱり電子レンジとかオーブンとかよりは、生地から作って、ちゃんとしたピザ窯で焼いて、焼き立てを食べた方が断然おいしいよねー。それにピザ職人に来てもらったって、うちにはピザ窯がないし……」

あゆみは口をへの字に結んで思案にくれる。

「俺が作る」

満を持していたかのように雅彦がおもむろに口を開く。いってから口を閉じてうなずく。不敵に笑って自信に満ちあふれている。

「雅彦さんが？」

「おうよ。世界一うまいピザを作ってあゆみに食わせちゃる」

あゆみは一瞬戸惑ったが、世界一とはそういうことなのかと雅彦の真意を知って笑みがこぼれる。

「えー！　うれしいけど、じゃけどピザ作ったことあるん？」

「ない。ないけど、俺の料理のバッグンの感性があれば世界一うまいピザは作れる。絶対じゃがッ」

雅彦の自信はいささかも揺るぎない。

「そうじゃね。やってみんと分からんよね。世界一おいしいピザ、どんなんか楽しみじゃが」

あゆみはホッとした面持ちで笑う。ピザならば、世界一おいしいかどうかは別にして雅彦一人だけでできるだろう。裸祭りのようにみんなを巻き込むことはなさそうだ。『チーム奉還町・七人の侍』のみんなは宝木獲得作戦を楽しんでくれたとはいえ、ケガなく無事に終わってほしいと気が気ではなかった。雅彦の気持はうれしいが、自分の病気のことでみんなに迷惑をかけることはしたくない。

「おお。まかせとけ。絶対に世界一うまいピザを作ってやる。俺のせめてもの罪滅ぼしじゃが」

「罪滅ぼしって、何か罪なことしたん？　隠れて浮気でもしてたん？」

ブフッ！　雅彦が飲みかけのお茶を盛大に噴き飛ばし、ゲホゲホとむせる。

「図星じゃった？」

「な、な、なによんな！　そ、そんなことしとらん！」

雅彦が慌てふためいて目を剝く。

「慌ててる。怪しい」

「浮気じゃなんてゆうからじゃ！　お前と結婚してから初めて聞いたもんじゃからびっくりしてしもうただけじゃが。慌てとりゃせんが！」

「むきになっとる。怪しい」

あゆみは言葉とは裏腹に、雅彦の動転ぶりがおかしくて笑ってしまう。

「むきにもなるわ。お前と結婚してから浮気はいっさいしてません。憧れのお前と結婚したとゆーのに、浮気なんてとんでもありませんッ」

雅彦が身の潔白を訴えるように居住まいを正す。目が真剣だ。

「分かりました。それなら何の罪滅ぼしなん？」

あゆみは身を乗り出して台布巾で雅彦にかかったお茶を拭いてやる。それからテーブルを拭く。

「俺はこれまで俺のことばかり考えとって、それで俺のやりたいことをやってきた。お前に何もしてやらんかった。じゃからお前が病気になって」

雅彦が言葉を呑み込んでいい淀む。あゆみを見る目がうろたえて視線が揺れる。

「うん。私がガンになったんで、いつ死ぬかも分からんから、私のために何かしようと思っとるんじゃね」

あゆみは雅彦に静かに微笑みかける。

「いや、いつ死ぬか分からんとかそんなんじゃのうて、これまでお前のために何もしてこんかった罪滅ぼしのために、俺ができることを何でもやってやりたいんじゃが。といっても、俺にできることはたかがしれとるけどなあ」

雅彦が落ち着きを取り戻して、いつものように人懐こい笑みを浮かべる。それでも涙目になる。悟られまいとごまかすようにあゆみから視線を外して天井を見上げ、

「悟史はもう寝たんかなあ。ちゃんと布団に入って寝とりゃあええけど、またそのまんま床の上で寝とりゃせんじゃろなー」

また風邪ひいてしまうでーと、つぶやくようにいってから両手で湯飲み茶碗を持ってお茶を飲む。

「何度いっても利き目ないよなー」

あゆみは雅彦を見つめたままいう。雅彦が不安にかられているのは手に取るように分かる。あゆみの死の影がつきまとって離れないのだ。

「やっぱり俺に似とるなー。俺も中学高校の頃はしょっちゅう床に寝とったもんなー。親に口やかましくいわれても右から左じゃったもんなー」

「話の続きじゃけど、雅彦さんは何でもちゃんと話してくれるからうれしいよ。隠し事してもすぐに顔とか態度に出るから好きじゃが」

「え、いや、そりゃあ、イヤッハハハ、面と向かってそんなことゆわれるとでーれー照れくさいがー。けど」

といいかけて雅彦がまたいい淀む。死ぬとか生きるという言葉を喉に詰まらせたのはわずかに顔を曇らせた表情にはっきりと書いてある。雅彦が大きく息を吸い込んで表情を明るくさせると、

「浮気はしてません。はい、神と仏に誓って。ほんまじゃが。そんな隠し事はしてません」

と浮気の話題にすり替えてしまう。

あゆみは黙って笑う。雅彦が喉に詰まらせた言葉を先刻承知している。雅彦は隠し事ができない性分なのは分かっている。

「いや、本当じゃが。隠し事はないから顔に出るも何もありゃせんがな。誘導尋問しても無駄です」

「じゃからそのことはもう分かったゆうとるが。お茶、熱いのと替える?」

「いや、まだいっぱい残ってるからいい。それでな、ピザなんじゃけど、どうゆーピザが好きなんじゃ?」

「どうゆーて、ピザは何でも好きじゃが」

「ピザゆーてもいろいろあるじゃろが。ピザ生地が薄くてパリパリしたやつとか、厚くてモチモチしたやつとか、薄くてもモチモチしたやつとか、チーズの種類とか、トッピングはハムとか野菜とか魚とか何が好きとか、いろいろ条件があるじゃろ」

「うーん、ピザなら何でも好きじゃが。しいて挙げると、生地がおいしいのが好きかな。トッピングはあれこれ載っているのも好きじゃし、トマトとチーズだけというんも好きじゃねー」

「よしッ。生地がうまいやつじゃな。どんなんが好きなんじゃ?」

「そうじゃねー、口でいうのは難しいなあ。ちょっと厚めで、食感がきめ細かくて、むっちりしとって、モチモチの柔らかめ、塩加減が絶妙、生地だけでも食べたくなる、ちゅうとこかなー。でもこれがいいってゆうことできないよねー。薄い生地のピザもおいしいって思うことがあるんよ。とにかくチーズが載っていない端のとこも全部食べたくなるのが好きじゃねー」

「なるほどなるほど。トッピングはどうな？」

「アツアツ、とろとろのチーズに合うものなら何でも好きじゃねー。うわあ、想像してたらまた食べたくなってきた」

あゆみはよだれを垂らさんばかりにうっとりする。

「そうかそうか。よっしゃッ。生地は厚くても薄くても端のとこまで全部食いたくなるやつで、トッピングはとろとろのチーズにバッチリ合うやつじゃな。まかせとけって。あゆみがこれまで食べたピザよりもうまい、生地も最高、トッピングも最高の世界一うまいピザを作って食わせてやるけんな！」

雅彦の言葉が熱を帯びる。やる気満々だ。

「じゃけど、それは私が好きなピザゆーだけで、それが世界一おいしいピザとはいえないかもよ。私が食べたことないおいしいピザが、日本とか世界にはきっとあると思うから」

「え？　食ったことがないピザ？」

冷や水を浴びせられたように雅彦は一気にトーンダウンする。確かにそれはそうだ。あゆみは結婚してからほとんど岡山を出たことがない。『セワーネ』や両親のことで岡山を離れることができなかった。だから、世界はおろか岡山以外にあるピザ屋のピザを食べたことがない。

「そりゃそうかもなー。あゆみが食ったことがないゆーピザはどんなんかなー」

「どんなピザじゃろね。世界一おいしいピザって、どんなピザがそうなのかしらねー。ピザは大好きじゃけど、本場のイタリアで食べたこともないし、日本中のおいしいと評判のピザ屋さんを食べ歩いたこともないから、私が食べたピザよりもおいしいピザが本当にもっともっとあるかもねー」

「まかせとけって。そんなピザよりも絶対にうまい世界一のピザを作ってやる」

「ということは、誰も食べたことがないピザじゃゆーことじゃね。楽しみじゃねー。ワクワクしちゃうなあ。でも雅彦さんらしくていいなあ」

あゆみは楽しそうにクスクス笑う。

「俺らしいってなんなー？　ピザ作るゆーことがか？　それが何でおかしいんじゃ？」

「ピザは関係ないんじゃが。こうゆーことって、普通はサプライズで驚かそうとするじゃろ。それが雅彦さんはピザ作るって宣言してしまうが。それが雅彦さんらしいんよ。思ったことを胸にしまっとくことできんもん」

「あ、そうか！　サプライズっちゅう手があったか！　まるで考えんかったなあ」

「いいんよ。サプライズでどっきりさせられた方が感激する人が多いかも分からんけど、私はびっくりしたりどっきりさせられるのは苦手なんよ。雅彦さんは何でもちゃんとゆうてくれるから安心できるんよ。ピザのことも、ゆうてくれてどんなんかなーってずっと楽しめるし、その方が好きじゃが」

「いやあ、サプライズの方が面白かったかもなー、ってそりゃダメじゃが」

「何がダメなん？」

「すぐバレてしまいよる」

「どうしてな？」

「当たり前じゃが。裏庭にデンとピザ窯造ったらバレてしまうじゃろ」

「えー⁉　ピザ窯造るん？　あの狭い庭に？」

あゆみは驚いて大きく目を見開く。裏には小さな庭がある。死んだ雅彦の父が作った庭だ。春にピンクの花が咲く、いい香りのするジンチョウゲと、秋から冬に赤い花が咲くツバキの低木二本は雅彦の父親が植えたもので、その周りに四季の草花が植えられている。今ではあゆみが植えた草花の方が多い。母屋と物置の間に挟まれるように開けた小さな庭だ。ピザ窯がどのくらいの大きさになるのか分からないが、ただでさえ狭い庭なのに、ピザ窯を造るとなったら草花を移動させなければならないだろう。

「さっきピザ窯で焼いた焼き立てがうまいゆうたじゃろ。じゃからピザ窯造ろうと思ったんじゃが。ピザ窯ってどうゆーもんか分からんけど、何とかなるじゃろ。作り方は調べれば分かるじゃろうからな」

「そうじゃね。何でもやってみんと分からんもんね。そうかあ。ピザ窯かあ。裏庭にピザ窯があったら楽しいかもね」

「うん。何から何まで俺の手作りで、世界一うまいピザを作ってあゆみに食わせてやりたいんじゃが。世界一幸せだと思える瞬間を作ってやりたいんじゃが」

雅彦はきっぱりといいきる。

「ピザのことはうれしいけど、気になっとることがあるんじゃけど」

とあゆみはいう。雅彦は何だというように目を向ける。

「この前社長さんがっていいかけてやめたよね。社長さんがどうしたん？」

「おお、そうそう。俺が早く帰ってくるから会社は大丈夫なのかってお前が訊いた時のことな。

部長はみんなの仕事をみなければいかんけー、どうしても退社するのが遅くなってしまうから部長を辞めさせてくれって社長にゆうたんじゃが。何でじゃゆうから、定時に会社を退けたいってゆうたんじゃ。そしたらクビじゃといわれた。辞めてくれって」

「うわー!?　いきなりクビなん!?　だから私は大丈夫じゃから早く帰ってこんでもいいとゆうたのに。悟史も来年は大学じゃとゆーのにえらいことになってしもうたねー。それでどうしたんな?　早く帰らんでもええからクビにしないでくださいってゆうたんな?」

あゆみは驚いて表情を曇らせる。

「いや、いわんかった。クビならすっきりするって、うれしくなって笑ってしまったんじゃが。いずれはどんな仕事でもええからどこかに仕事を見つけるにしても、しばらくはお前と悟史とずっと一緒にいられるけーいいか、と思ってしまったんじゃが。じゃから、すみません、ありがとうございますって社長にお礼をゆうてしまったよ。ハハハ」

雅彦があっけらかんと笑う。

「そうなん。そうじゃねー」

とあゆみは気を取り直して笑みを浮かべる。雅彦はあゆみがガンと診断されてからずっと、どうしても仕事の都合で遅くなることはあるけれど、毎日のように晩ご飯までには帰宅している。それまでは家族はほったらかしで三人で晩ご飯を食べたことは数えるぐらいだった。あゆみにとりついた死の影に怯えて、家族の時間を大切にしたいという思いがそうさせているのは、あゆみには痛いほど分かっている。

「せわーねー。これまで一生懸命働いてきたんじゃから、雅彦さんがやりたいようにしたらええが。家計のことは何とかなるわ。私も頑張るから。うん、力が湧いてきた」

「いやそれがな、こっちがすまんなんだよって社長がゆうんよ。部長はクビで辞めてもらうけど、会社は辞めてもらったら困るゆうんじゃが」

と雅彦は困ったように苦笑する。正式決定はまだだが、営業販売部門を統括する局長兼取締役に昇進させる人事が進んでいる。そう社長にいわれたという。部長は辞めてもらうが会社を辞めてもらっては困るというのはそういうことなのだと。

「ええ⁉　会社の組織のことはよく分からんけど、取締役って会社の役員になるゆーことじゃよねー。とゆーことは出世するということじゃが。すごいすごい！　あ、断ったん？」

あゆみは輝かせた笑顔をかき消す。家族と一緒にいる時間を多くしたいという雅彦なら断ったかもしれないのだ。

「当たり前じゃが。定時に帰りたいし休みもいっぱいとりたいから、すみませんが辞退しますゆうたんじゃ。けど会社に残ってくれとゆーのはうれしいから平の営業に降格させてほしいゆうたんじゃが。給料は減るけど、悟史を大学へやるぐらいは何とかなるしな」

雅彦は平然としたものだ。出世を棒に振ることなど屁とも思わぬ態度だ。

「それで社長さんは何てゆうたん？」

「怒りよった。みんなから望まれてるのに断るとは何事じゃゆうて。とにかく三月いっぱいは部長のままじゃけど、四月の人事異動で役員を断るなら本当にクビじゃゆうたわ。それまでよく考えろと、そうゆーことじゃね」

雅彦が他人事のようにあっさりという。

「雅彦さん」

あゆみは真っ直ぐに雅彦を見つめる。

「な、なんな？」

雅彦がどぎまぎしてうろたえる。中学生の時からあゆみに正面切って見つめられると雅彦は弱い。

「私がガンにならんかったら、昇進は引き受けとったよね？」

あゆみは雅彦の心を見透かすように雅彦の目を捉えて離さない。

「いやあ、引き受けんかったじゃろなー。局長だの役員だのっていう柄じゃありゃせんもんなー。だいたいが俺の器じゃゃせいぜい係長か課長どまりがええとこなのに、部長にまでなったなんて本来はあり得んことなんじゃから。あゆみが病気になってもならんでも、昇進の話は断っとったわ」

「嘘じゃが。私のために断ったんじゃろ？」

あゆみは雅彦を見つめ続けて瞬きひとつしない。

「いや、嘘じゃありゃせんが。あゆみは関係なく、まあ、ここらが潮時じゃと思ったんじゃが」

雅彦の視線がまごつくようにあちこちに泳ぐ。昔から嘘をついている時の雅彦は視線が定まらない。あゆみには分かっている癖だ。

「あのね。前にもいったように、私は今のところ検査結果も大丈夫じゃから雅彦さんは雅彦さんの仕事をちゃんとやってほしいんよ。雅彦さんは営業の仕事が面白くて大好きじゃゆうとったでしょう。それに雅彦さんは会社にとって必要とされているんじゃから幸せなことじゃが。私のことを思ってくれるのはうれしいけど、私のせいで大好きな仕事の昇進を断ったら、雅彦さんに申し訳なくて私がいたたまれなくなってしまうんよ。病気がどうなるかは分からんけど、もしも悪くなった時はその時はその時じゃが。じゃから大好きな会社での仕事はちゃんとやってほしいんよ。その方が私はうれしい」

「会社の仕事はちゃんとやっとるよ。これまでちゃんとやりすぎて二十年近くもお前と一緒にいてやれんかった。じゃからこれからはできる限りお前と一緒にいたいし、お前のために何かやりたいんじゃが」

「私がいつ死ぬか分からん思っとるんじゃろ？」

あゆみはゆっくりと問いかける。

「いや、そうゆー訳じゃありゃせんけど……」

また雅彦の視線が泳ぎだす。

「治療に入る前に、お医者さんの説明を二人で聞いたでしょう？　ステージ2は五年後の生存率は七十パーセントじゃけど、医学は進歩しているので生存率のパーセンテージはもっと高くなるゆうとったが」

「当たり前じゃが。あゆみは絶対死なん。治療の経過も順調じゃしな。じゃけど」

雅彦の言葉がまた喉に詰まりかける。呑み込むようにして息を吸ってから、

「役員を断るゆーのはあゆみのためじゃないから気にかけんでもええことじゃからな。とにかく三月いっぱいは部長のままじゃし、それから先のことは俺に決めさせてくれ。どう転んでも、

悟史はちゃんと大学に行かせちゃる。それまではピザじゃが。世界一のピザを作ってお前に食わせてやりたいんじゃが」

と笑顔を作る。

あゆみはじっと雅彦を見つめる。あれこれいっても雅彦がきかないのは分かっている。それに雅彦の思いも胸に迫る。

「そうじゃね。世界一おいしいピザを食べてみたいし、会社のことは四月までに考えればいいよね」

あゆみは雅彦の笑顔に応えて笑う。

階段の上でドアが音を立てた。悟史がトイレに立ったようだ。

10

翌朝。『セワーネ』開店前の店内で、いつものように雅彦と悟史がカウンターに座って朝ご飯定食の味見を兼ねた朝食を摂っている。壁の時計は六時三十五分。七時開店なので十分前までには食事を済ませなければならない。今朝も雅彦が和定食。悟史が洋定食だ。

「今日はどう？　出し汁加減、塩加減は大丈夫？」

カウンターの中、厨房からあゆみは声をかける。

「バッチリ。味噌汁の出し汁加減もええし、ご飯は相変わらずうまい。四丁目のお義母さん直伝のご飯と味噌汁は本当にうまいなあ」

雅彦はご満悦だ。その横で悟史がサラダのドレッシングもおかしくない、とぶっきらぼうにいう。

「おはようございます」

店のドアが開いて弘高がのっそりと姿を現す。出勤前のスーツ姿だ。今朝も暖かいのでコートは着ていない。もっとも弘高は、厚着は身体のためにはよくないと真冬でもほとんどコートを着ないので当然の出で立ちといえる。あゆみが朝ご飯定食を始めてからは一日も欠かさず食べに寄っている。

「おはようございます。今日も早いわねー」

あゆみは笑顔を向ける。雅彦と悟史が弘高と朝の挨拶を交わし、あゆみがどうぞと弘高をカウンターに促すと、弘高がいつも早くてすみません、朝食はゆっくり食べたいんでと言い訳がましくいいながら雅彦の隣に座る。

「おはようさん」

と続けざまに店のドアが開く。珍しいことに『トンチカ』の三村のおじさんだ。

「おじさん、おはようございます。何かあったん?」

あゆみは驚き顔で三村のおじさんを注視する。別段変わった様子は見られないが、三村のおじさんが早朝に現れるなどついぞなかったことだ。三村のおじさんは雅彦と悟史、弘高と挨拶を交わしてから、

「あゆみちゃん。朝からすまんが、けーちんもーめーでー」

と一万円札を差し出す。

「もちろんじゃけど、用はそれだけ？」

「それだけじゃが。そんな顔して、なんな？」

三村のおじさんが訝しげにあゆみを見る。

「ああよかった。おじさんが朝早くからここに来るなんて、何かよくないことが起きたかと思ってびっくりしてしまったんよ。五千円札が入っていい？」

あゆみはホッとして一万円札を受け取る。

「ああ。昨日うっかりして釣り銭揃えるのを忘れとったんじゃが。そういう時に限って今朝は六時過ぎから客が二人も来よって、釣り銭がのうなってしまいよった」

「あゆみさん。けーちんもーめーでー、なんて岡山弁よく分かりましたねえ」

と弘高が笑う。

「何で？　岡山人なら誰でも分かるが」

あゆみはレジスターを開けながらいう。

「今の若い人たちはそんな言葉使いませんよ。悟史君、分かる？」

「一万円をくずしてくれっていってるんすよね。ゼスチャーつきだったからニュアンスで何となく分かるけど、そんな言葉初めて聞いたから、言葉だけでいきなり早口でいわれると分かんないすね」

悟史が笑いながら小首を傾げる。

「そういやあ、けーちんもーめーでーなんて久し振りに聞いたなあ。親父とお袋が生きてた頃はちょくちょく聞きよったけど、今じゃほとんど耳にせんよなー。年寄りがおらんと使わん言葉じゃよなー」

　雅彦が懐かしそうにいう。

「はい、おじさん。五千円札と千円札が五枚。確かめてください。弘高さん、とゆーことはあれな？　私とおじさんは年寄り同士じゃゆーことじゃね？　私はおじさんと同じ年恰好に見えるん？」

　あゆみが弘高をにらむ。

「お、俺じゃないですよ。雅彦さんでしょうが」

　弘高がギョッとして雅彦を指さす。

「俺が？　そんなことは一言もゆうてません」

「はいよ。確かに一万円。ありがとさん」

　三村のおじさんは札をポケットに入れながら、

「そんで雅彦。昨夜のレストランでの世界一って、あれはなんな？」

　という。

「そうそう。教えてくださいよ。っていうか、俺も仲間に入れてくださいよ。一度ギネスに挑戦してみたかったんですよ。で、何のギネス世界一に挑戦するんですか？」

「いかん。客が待っとるから戻らにゃならん。あゆみちゃん、聞き出して後で教えてくれよな」

　三村のおじさんがそそくさと店を出ていく。

弘高が上着を脱いで隣のイスの背もたれにかけ、あゆみに洋定食を注文して、

「今朝は炭水化物カットデーです。パンもライスもいりません。卵は三個にしてください。ウインナーを二本追加。野菜はたっぷりお願いします。遠慮しなくていいですから、図々しくこれでもかってぐらいでお願いします」

と茶目っ気たっぷりの笑顔で告げる。もちろん、ワイシャツの下の胸の筋肉を盛大にピクピク動かしている。遠慮なんかするもんですか、御勘定を盛大に割り増ししますからとあゆみが笑うと、いやそれは盛大に遠慮してくださいと弘高は苦笑いをしてから雅彦に顔を向ける。

「それで雅彦さん、いいかげんにギネス世界一挑戦のことを教えてくださいよ」

「え？　何それ？　俺そんなことゆうた？　知らんで俺」

雅彦がそっぽを向く。

「すっとぼけちゃって。ギネス世界一挑戦を一人だけで楽しもうなんて虫がよすぎますよ。裸祭りで肌すり合う仲になったじゃないですか。肌すり合うも多生の縁です。喜びも悲しみも一蓮托生でいきましょうよ」

「あのね。袖振り合うも多生の縁ってゆーのは聞いたことあるけど、肌すり合うってのは聞いたことない。だから喜びも悲しみも君とは別々なの」

「そんな冷たいこといわずに、裸祭りの時みたいに一緒にやりましょうよ。雅彦さんは気絶したけど、みんなで盛り上がって物凄く楽しかったじゃないですか」

「弘高！　気絶ゆー言葉は禁句ッ。こう見えてもデリケートなんじゃけーな。思い出すとでーれー落ち込んでしばらく立ち直れんようになってしまうんよ。今度ゆうたら出入り禁止じゃけ

ーな」

雅彦が弘高をにらんで釘を刺す。

「じゃあ、いわないから仲間に入れてくださいよ。入れてくれるまで気絶を連呼しちゃいますからね。気絶、気絶、気絶、気絶、気絶！」

「ゆうとるが！」

「弘高さん、やめてくださいよ。やかましくてメシ食ったたっ気しないっすよ」

悟史がたまらずという風に顔をしかめて笑う。

「悟史君。ぼくは悪くないの。悪いのは君のお父さん。楽しみを独り占めする強欲が招いたことなんだからね。それはそうと悟史君。ぼくは君を見直したよ」

「え？　何がっすか？」

悟史がフォークを持ったままキョトンとする。

「ちゃんと青春してる……」

と弘高がいいかけてから一瞬口を曲げ、頭の中に何かが輝いたように表情を明るくさせる。

「じゃなくて、ちゃんとお母さんのことを考えてるじゃないか。昨夜、お母さんの身体の具合を心配してるのは悟史君だけだったもんなあ。いやあ見直したよ。ハハハハ」

「何だその能天気な笑いは。あ、お前のその能天気じゃ！　それが原因じゃが！」

と雅彦がいきり立つ。

「何ですか急に？　悪いものでも食いました？」

と弘高がいうと、聞き捨てならないとばかりに厨房からあゆみが振り向く。

「ちょっと弘高さん。悪いものは出していません。材料は吟味してるし、仕込みも手を抜いてませんからね。変なことというと野菜サラダを盛大に遠慮しちゃうからね」

「いやいや、そういうことじゃなくて、その辺の道端に落ちていたものを拾って食ったんじゃないかってことですよ。ハハハハ」

弘高が慌てて言い訳する。

俺は犬か？　ワンワンワン！　と雅彦が弘高に吠えてから、大床で気絶したのは俺をガードする役目のお前が、能天気に裸たちと肌スリスリして浮かれて役目を忘れたからだと毒づく。

あゆみが弘高に、目玉焼き三個、ウインナー二本追加、野菜山盛りのサラダという、炭水化物抜きスペシャル洋定食を出すと、ごちそうさんとボソッといって悟史が席を立つ。悟史が二階に上がって行くのを見届けてから、

「あゆみさん。雅彦さん。悟史君があゆみさんに対してやさしくなったといってたでしょう？原因が分かりましたよ。まず間違いないですね」

と弘高が声を落としていう。

「え？　原因って私が病気になったからでしょう？」

「違いますね」

「違う？　じゃあなんな？」

と雅彦が弘高を見つめる。

「タダでは教えません。世界一と交換です」

な、なんじゃと!?　と雅彦が目を剝き、

「さっきいいかけてやめたのはそうゆーことじゃったんじゃな。悟史がやさしくなった原因って何？　青春してるってことなん？」

あゆみは納得してうなずきながらいう。

「さすがあゆみさん。鋭いですねえ。どうです雅彦さん。世界一が何か教えてくれますか？」

「何もないんじゃから、教えるも何もありゃせんがな。それに悟史のやつがあゆみにやさしくなったのは、あゆみが病気になって気を遣っているからじゃが。他に特別な理由はありゃせん」

雅彦がポーカーフェイスを決め込む。世界一うまいピザ作りは自分だけでやりたい。裸祭りではみんなの力を借りて宝木の獲得を目指した。そうしなければ宝木獲得が難しかったからだ。ピザなら一人で作れる。自分一人の手で世界一うまいピザを作って、あゆみが世界一幸せだと思う瞬間を作ってやりたい。弘高やみんなに知れ渡るとあれこれ口出しされてうるさい。ここはだんまりを決め込む手だ。

「イタリアに連れてってくれるんじゃと」

とあゆみはいう。

「イタリア？　それが世界一と何か関係あるんですか？」

「私、ピザが大好きじゃが。じゃから、私の具合がよくなったらイタリアへ連れていってくれて、世界一おいしいピザを食べさせてくれるんじゃと。じゃから世界一なんよ」

あゆみは雅彦へ、話を合わせてと含み笑いをしながら目で合図を送る。

「お、そうそう。そうゆーことじゃね」

「え？　じゃあ、ギネスのピザ大食い世界一に挑戦するとかですか？」

弘高の頭はギネス世界一でいっぱいだ。

「世界一は大食いじゃなくて、世界一うまいピザを食べさせてやるゆーことじゃが。それで悟史があゆみにやさしくなった原因ってなんな？」

「何だ。てっきりギネス世界一に挑戦だと思って期待してたのになあ。まあいいか。悟史君があゆみさんにやさしくなったのは、青春してるからですよ。彼女ができたからです」

弘高がガックリと肩を落とし、胸のピクピクもやめてしまう。

雅彦とあゆみは思わず顔を見合わせる。二人ともまさかという顔つきだ。悟史の日頃の態度に彼女ができたという素振りが見て取れないのだ。子供の頃から喜怒哀楽を表に出さない性格なので、彼女ができても告白したりはしゃぐようなことはしないだろうが、それにしても浮かれた様子はこれっぽっちも見せていない。

「彼女ができたと悟史がお前にゆうたんか？」

雅彦がいいながら、そんなことはないだろうと否定的な顔つきをする。

「悟史君は彼女ができてもペラペラしゃべるタイプじゃないですよ。悟史君と彼女が仲良く笑って歩いてたり、二人でベンチに座って話し込んでいる姿を何度か見かけたんですよ。それもいつも同じ子です」

「同じ子か。じゃあ彼女かなあ。へー、あの愛想がない悟史に彼女がなあ。へー」

と雅彦が感心して悟史がいる二階を見上げる。

「これがいい子なんですよ。気立てがいいというか、やさしいというか、笑顔がステキなんだよなあ。挨拶もきちんとしてるし」

弘高がその子のことを思い出してうれしそうに笑う。

「弘高さん、その子のこと知っとるん？」

「知ってるも何も、同じマンションの子ですよ。セーラー服の高校生です。名前は高橋沙織ちゃん。ちょっと小柄な子で、たまにエレベーターで一緒になるけど必ず笑顔で挨拶してくれますね。慎み深いけど明るくて、ほんわかとした癒されるような笑顔なんですよ。何かホッとさせられるようないい子なんです」

「慎み深いけど明るくてほんわかかあ。若い頃のあゆみみたいじゃなあ」

雅彦はじっとあゆみを見つめて表情を崩す。あゆみの向こうにたたずむセーラー服姿のあゆみを見ているような面持ちだ。

「えー!? あゆみさん、あんなかわいい子の時があったんですか？」

「その子みたいにステキじゃないけど、おばさんの私にもセーラー服の少女時代がありました。それに今のいい方だと、少女時代の私も今の私もちっともかわいくないようないい方じゃけど」

あゆみは腰に手を当ててやんわり笑ってにらみつける。弘高が慌ててそんなこと一言もいってませんと手を振る。

「弘高。イエローカードじゃ。もう一枚でスペシャルメニューの注文は受け付け拒否になってしまうで。で、どんな子な？」

「エレベーターで会った時に、おはようとか寒いから風邪ひかないようにねとか、そんなことぐらいしか言葉を交わしたことがないからよく分かりませんけど、夕方とか休みの日にパンパンに膨れた買い物袋を持っている時があります。野菜とかはみ出してあるやつ。マンションのおしゃべりおばさんがよくスーパーで一緒になるっていってました。お父さんと中学生の弟と三人暮らしで、彼女が食事の支度をしているみたいですねえ」

弘高が口を止める。悟史が階段を降りてくる音がした。

居間から玄関へと向かう気配がする。雅彦とあゆみと弘高は無言で顔を見合わせる。家の玄関で靴を履いている音がする。ドアが開いた。

「いってらっしゃい」

あゆみが声をかける。返事はない。いつものことだ。ドアがバタンと音を立てて閉まった。

「沙織ちゃんの話、聞こえたかしら?」

「聞こえなかったと思いますよ。聞こえたら何かいってきますよ」

「しかし本当に無愛想なやつじゃなあ。あれでよく彼女ができたもんじゃよなあ。まあ俺も高校生の頃は親に返事するんが面倒くさかったけどなあ」

「コクンとうなずいてましたよ。返事してるつもりでしょうね」

「それで弘高さん、その子、お父さんと弟と三人暮らしって、お母さんはどうしたんな? 離婚して離ればなれになってしもうたん?」

「いや離婚じゃなくて、沙織ちゃんが小学生の時に死んじゃったみたいです。おしゃべりおばさんたちがいうには病気だということでした。それからは家族三人の生活みたいですね」

「そうなん。お母さんは死んじゃったん……。それで家族のためにご飯を作ってるのね……」

あゆみがつぶやくようにいって固まる。目の色が悲しげに曇る。

「そうなんです。だから沙織ちゃんは小学生の時から家のことはみんなしているみたいなんです」

「偉いなあ。高校生の女の子じゃ遊びたい盛りなのに、家事を全部やってるんじゃ遊びにも行けんじゃろ。今時そんな子はそうおらんよなあ。しかしどうしてそんないい子があんな無愛想な悟史の彼女なんじゃろうなあ」

「それをゆうたら、雅彦さんとあゆみさんも同じですよ。男と女は分かりません」

「そうそうそう。俺みたいないい男にどうして」

といいかけて雅彦はハッとして口を閉じる。あゆみが不敵に笑ってにらみつけていた。

「いや、まあ、それはそれとして、彼女ができたからやさしくなったというのはどうしてなんじゃ？」

「そりゃあ沙織ちゃんがいい子なんで、つき合っているうちに悟史君の心があったかくなったんでしょうねえ。雅彦さんだってあゆみさんが岡山に戻ってきてつき合うようになって、ずいぶん丸くなったって小橋川さんがいってましたよ。やんちゃな性格がすっかり消えてしまったって」

弘高がニヤニヤ笑う隣で雅彦は、あいつはまた余計なことをと渋い顔でぶつくさいってから、

「つき合ってるかどうかはまだ確定じゃないな。同じ地区に住んどるんじゃ、行き帰りが一緒になったゆーだけかも分からんじゃろ」

と味噌汁の椀を口に持っていく。

「つき合ってますね。悟史君がかわいい買い物袋をぶら提げて沙織ちゃんと肩を並べて歩いているのを見たし、夕方、公園のベンチに仲良く座って話し込んでいるのを見ましたよ。行き帰りが一緒になっただけという雰囲気じゃないですね」

そういってから弘高があゆみを見上げ、ウインナーをかじる。ポリッと乾いたいい音がした。

「買い物袋を提げてって、うちの食料品の買い物に行ったこともない悟史が？」

あゆみがまさかという顔つきでいう。

「ええ。沙織ちゃんの買い物を手伝ったんでしょうね。何だかいい雰囲気で、同棲している若いカップルと思われてもおかしくないくらいでしたねえ」

と弘高がいったとたん、雅彦は味噌汁を飲み損なって咳き込む。

「ちょッ、ちょっと待てッ。同棲って、あいつはまだ高校生じゃが。同棲は早すぎるじゃろうがッ」

「ムキになることはないが。悟史はずっとうちにおるじゃろうが。もう本当にそそっかしいんじゃから」

とあゆみが笑う。

「あ、そうじゃな。もう、びっくりさすなやー」

我に返って雅彦は弘高をこづく。何いってんですか、雅彦さんが勝手に変な妄想しただけじゃないですかと弘高が口を尖らす。

「へー。そうなん。ちっとも知らんかったわ。つき合うているかどうかは別にして、並んで歩いたり、ベンチでしゃべり合える彼女がおるんかー。よかった」

あゆみがうれしそうに笑みを浮かべて小さく息を吐き出す。

「お父さんと弟のために家事をやっとるなんて、しっかりしとる子じゃが。さすがは俺の息子じゃが。女を見る目がある」

雅彦はいっている途中から口を開け放し、いい終えてから大きなあくびをする。何いってんだかとあゆみが笑う。弘高が雅彦の顔をジロジロ見つめて、

「眠そうですね。さっきから気になっていたんですけど顔色があまりよくないですよ。寝不足ですか？」

という。

「まあちょっとな。調べ物しとったんよ」

雅彦は眠そうな目を擦りながら満足げに笑う。

昨晩、二階の寝室に上がってから朝まで、パソコンのインターネットでピザのことを調べていた。人気の店。ピザのレシピ。生地の作り方。いろいろなトッピング。焼き方。道具のあれこれ。ピザ窯のこと。動画もあった。それらを片っ端から見ていたら朝になっていた。ピザの世界に引き込まれて時の経つのも忘れて見入ってしまった。五時すぎに目を覚ましたあゆみにおはようと声をかけられた雅彦は、開口一番、

「あゆみ。絶対に世界一うまいピザを作ってやる」

と大見得を切った。昨日まではピザのことを何ひとつ分かっていなかったが、ピザとはそういうものなのかと知識を得て世界一うまいピザ作りに希望の明かりが灯ったのだ。

「調べ物って、仕事のことですか？」

「まあ、そんなとこじゃな」

と雅彦は軽く笑って受け流す。世界一うまいピザ作りの楽しみと希望が甦ってニヤニヤ笑い始める。

すると、弘高がいきなりフォークを握った手を雅彦の胸に押し当てる。

「な、何しよんなら!?」

「動かないでください」

弘高の持つフォークが大きく揺れる。

「嘘ついてますね。針が大きく振れている」

「振れているってお前が振っとるだけじゃろが。それに針じゃなくてフォークじゃが」

「これはただのフォークじゃありません。嘘発見器の針です」

「う、嘘発見器!?」

「そうです。針が大きく振れるのは雅彦さんが嘘をついている証拠です。質問。雅彦さんはあゆみさんを世界で一番愛してますね？　ほら、針がびくとも動きません。嘘発見器が正常な証拠です。ということは、仕事の調べ物をしていなかったということです。やたらにニヤついてるから変だと思ったんですよ。白状しなさいよ。何を調べていたんですか？　ギネス世界一に挑戦することですよね？」

弘高が騙されませんと圧力をかけるようにエエイッと唸り声を上げて力を入れ、胸と肩と腕の筋肉を膨らませてワイシャツを盛大に盛り上げる。

「その嘘発見器はヒット商品じゃけど、雅彦さんには必要ないものじゃが。だって嘘ついてると顔にすぐ出るから分かるもん」

あゆみが声を上げて笑う。

「それは分かってます。だけど証拠をつきつけないと白を切り続けます。またへたくさいんですよね、白の切り方が。本当に顔に出ます。嘘だとすぐバレる。エエイッ、『セワーネ』屋・雅彦ッ。キリキリ白状しませい！　嘘発見器で証拠は挙がっておるんじゃッ。この鍛えし桜吹雪筋肉が全てお見通しじゃが！」

「へへー。おみそれいたしやした、お奉行様！　って大岡越前は岡山人か？　大岡越前はじゃがじゃがいわんのじゃが！」

「いいから早う食べて。あったかいお味噌汁もウインナーも目玉焼きも冷めてしまうで」

あゆみが笑い続けながら二人の会話を止める。放っておくと脱線しっ放しになっていつも取り留めがなくなってしまう。

11

陽気に浮かれるように子供のはしゃぐ声がアーケードに反響する。子供の元気な声が店の中まで聞こえてくるのは珍しい。あゆみはウインドー越しに通りに顔を向ける。ベルトを作っている手を休めて通りを見つめる。子供が数人、はしゃぎ声を上げて二丁目の方に走っていった。

土曜日なので家族連れの子供たちだろうか。それとも町内の子供たちかもしれない。壁の時計は二本の針が12の上で重なろうとしている。雅彦はもう東京の目的地に到着している頃だ。

　暖かい日で、奉還町商店街を歩く人の姿がすっかり春の装いだ。行き交う人々の笑顔がやさしい。土曜日のアーケードは午後からが人通りが多くなる。『セワーネ』への来客もそうだ。あゆみは昼食にと作っていたサンドイッチを食べようと厨房に向かいかける。いつも土曜日は客が来る前に昼食を済ませることにしている。

　ふと、ウインドーに明るい気配を感じて顔を向ける。

あ、またあの人……。あゆみは赤いコートの女を見つめる。間違いない。先日見かけた赤いコートの女だ。店内を眺めながら通りすぎようとしている。今日もサングラスだ。それにしてもよく目立つ。色鮮やかな赤い春のコートとサングラスが似合っている。女は歩調を弛めたが、立ち止まろうとせずに店内を見回しながらそのままウインドーから消えた。斜向かいの『トンチカ』の店先で、三村のおじさんが女が通りすぎた方に首を回したまま茫然と見送っている。後ろ姿に見とれているのだろう。ポカンと惚けているようなその姿がおかしくて、あゆみは失笑しながら厨房に入る。ラップをかけてあったサンドイッチを載せた皿に手を伸ばす。

　すると、赤いコートの女が戻ってきてまたウインドーに現れた。あゆみはウインドーに目を向ける。商店街をブラブラ散策している買い物客に違いない。昔懐かしい雰囲気が残っている既存の商店と、若い人が店主の新しい垢抜けた店や奇抜な店がポツポツできているので、奉還町商店街のアーケードは独特の雰囲気がある。見物に訪れてアーケードを行ったり来たりする人が増えてきた。女はウインドーの真ん中で立ち止まり、陳列棚をしげしげと見下ろしている。

それから店内を見回すようにゆっくりとサングラスの顔を動かす。あゆみに顔を向けて動かなくなる。あゆみは笑みを浮かべて会釈する。赤いコートの女は気づかない様子を見せてまた店内を見回し、少ししてからすっと身を翻してウインドーから消えた。

あゆみはしばらくウインドーを見つめている。また赤いコートの女が現れそうな気がしたのだが、それっきり赤いコートの女は戻ってこなかった。


雅彦は中目黒駅の改札を出た。

目の前を横切る大きな山手通りを眺める。

コートを手に持ち、ツイードのベージュのジャケット、白いシャツ、ノーネクタイという出で立ちだ。

山手通りは土曜日だというのに交通量が多い。東京、中目黒、山手通り、という名前から連想される落ち着いた山の手の街というイメージとは少し違って、駅前の光景は人の温もりが伝わってきそうな庶民的な佇(たたず)まいをかもし出している。それでも道行く人々や空気にはどこか都会的な洗練された雰囲気が感じられる。

雅彦は山手通りを渋谷方面に向かって歩き出す。暖かい日で、歩道を行き交う人々はすっかり春の装いだ。目指すピザの店は地図で確かめてある。

『ピッツェリア・エ・トラットリア・ダ・モーレ』。

『ダ・モーレ』という通り名で知られている。まだ開店四年目の新しいピザ屋だ。オーナーは日本人で、ナポリのピザ職人世界大会で二年連続一位になったピザ職人だ。東京にはうまいピザ屋があるはずだと思い、もしかしたら世界一うまいといわれている店があるかもしれないと、パソコンのインターネットで『東京ピザの店　世界一』と適当に入れたら最初にダ・モーレが出てきた。オーナー兼ピザ職人は森脇令嗣という名前だ。まだ三十六歳という若さだ。口コミを読むと評判は上々で、連日行列のできる店だという。世界一うまいピザ作りを目指すなら、まずは世界一になったピザ職人が作るピザを食べれば、そのレベルがどのくらいのものか分かるというものだ。

あゆみにはピザ作りの研究に行ってくるといい置いて朝の新幹線に乗った。世界一うまいピザを作ってあゆみに食べさせてやると宣言してから昨日まで、毎日ピザ作りに関する書物やインターネットを開いてピザの研究に勤しんだ。昼休みのランチは毎日ピザを食べた。市内のピザを食べさせる三つの店に日替わりで出向いて、いろいろなピザを食べてみた。生地の食感、チーズの柔らかさ、トッピングのあれこれ、焼き具合。だいたいこんなものかとピザの味をつかんだ。雅彦は特別にピザが好きだという訳ではないが、ピザが大好きなあゆみにつき合ってちょくちょく食べてきた。宅配ピザも含めていろいろピザを食べているが、どのピザを食べてもあまり代わりばえしないと思っている。どれもおいしく食べられたのだが、これはうまいとびっくりするほど記憶に残っているピザはなかった。生生地を使って、とろけるチーズの上に吟味したトッピングを載せ、焼き立てを食べればおいしいピザになると漠然とした自分のピザレシピを作り上げていた。あとは微妙な味加減だ。これが一番うまいという味を極めればいいのだ。まずは世界一うまいと折り紙がつけられたピザだ。それが当面の指標となる。ピザ職人世界一の作るピザは果たしてどんなピザなのか、これまで食べたピザとどこが違うのか、食べてみれば分かるだろうと東京にやってきたのだ。

雅彦は『ダ・モーレ』に向かって足どりも軽やかに歩いていく。脇目も振らない。ピザのことで頭がいっぱいだ。信号が変わって山手通りを横切る。山手通りに沿って歩いていくと、やがて前方に人だかりがする賑やかな一画が見えてきた。

人だかりは席待ちの人の列で二十人ほどが歩道の脇に並んでいる。雅彦は列の後ろに立って店を眺め回す。店の前のテラス席を覆うオレンジ色のテント張りの日除けに、

『Pizzeria e trattoria Da MORE』

と黒く店名が横に書いてある。店内とテラス席はガラス張りのアコーディオン・ドアで仕切られているが、暖かい日なので両端が開けられている。もっと暖かい日は全開になるのだろう。テーブルの間隔が狭く、内装もめかし込んではいない。テーブルもイスもシンプルで小さめだ。気取ったレストランという感じではない。話し声や笑い声がざわざわと沸き上がっている。雑然として、いかにもナポリの飾り気のない庶民的な食堂という雰囲気だ。

店内の奥に大きな薪窯がでんと据えられている。外側いっぱいには小さく割った白と赤のタイルが無造作に張り付けられている。取り出し口がこちら側を向いていて、手前にピザの厨房がある。厨房は客席や外のテラス席とは仕切られていない。その中でテキパキと素早くピザ生地を伸ばしている一人のピザ職人がいる。ピザ職人は一人だけだ。顔に見覚えがあった。本の写真と同じ顔だ。二年連続でピザ職人世界一を獲得したモーレこと森脇令嗣だ。

雅彦は厨房の世界チャンピオンの手際をじっと見つめる。息をもつかせぬ早業で生地を伸ばし、トッピングをし、大きなヘラで窯の中のピザの焼き具合を確かめる。矢継ぎ早の早業だ。

満員の客が注文するピザを一人で一手に引き受けている。あまりの手際よさに雅彦の視線は吸いよせられるように張りついてしまう。

「お客様。何名様ですか？」

声がして、雅彦は我に返る。人懐っこい笑顔の男の店員が側にいた。雅彦が一人だと答えると、店員は外のテラス席でよければ早く案内できますがという。雅彦はもちろんといってうなずく。暖かい日だ。それにテラス席からの方がピザ職人のピザ作りがよく見える。雅彦はまた厨房の中のピザ職人、森脇令嗣のテキパキとした仕事ぶりに目を戻す。それにしても手早い。まるで倍速コマ送りの映像みたいだ。次から次へとピザを作っては焼き上げる。

少しして雅彦に声がかかってテラス席に案内される。二人掛けのテーブルで、雅彦はもちろんピザ窯とピザ職人が見える側に座る。メニューを開くが、ピザはもう決めてある。ナポリ食堂と謳(うた)っている店の看板メニュー、ナポリ生まれのマルゲリータ。一番人気のピザだ。それにマリナーラ。その店の実力を確かめるにはピザの基本中の基本、マルゲリータとマリナーラを食べれば分かる。本やインターネットでそう書いてあるものが多かった。マリナーラとは、漁師風、という意味だ。トッピングに魚介類が載っているということではない。それどころかチーズも載っていない。生地にトマトソースと薄切りニンニク、バジリコ、オレガノが載っているだけだ。チーズでごまかしがきかない分、生地のうまさがよく分かるピザだ。これを注文されるとピザ職人は待ってましたと自慢の腕をさするのだという。その逆もあって、生地作りに自信のないピザ職人は恐れおののくという代物だ。ナポリの漁師が好んで食べていたことからマリナーラ、「漁師風」という名前になったのだ。

「注文は決まりましたか？　まだでしたら決まったら呼んでくださいね」

男の店員がやってきて気軽に声をかけて戻ろうとする。忙しげだ。レストランのように慇懃ではない。これがナポリの下町食堂風流儀というやつなのだろう。雅彦は引き止めてマリナーラとマルゲリータ、グラスの生ビール、それにピザが出てくるまでのつまみにとエビのセモリナ粉揚げを注文する。喉が乾いていたし腹もへっていた。飲んでつまんでピザ作りを見ながらピザが出てくるのをゆったりと待つことにする。

店内も外のテラス席も満席だ。暖かい日和に浮かれるように客の表情が明るい。話し声や笑いに満ちて幸せ気分に溢れている。そこかしこからおいしいと声がする。数名の店員が狭いテーブルの間をぬって給仕に勤しみ、ピザ職人のモーレこと森脇令嗣がきびきびとピザを作っている。

雅彦はモーレの一挙一動に目を凝らす。とにかく手際がよくて手早い。次々に焼き上げている。さすがにプロの職人だ。動きに無駄がない。

生ビールがやってきた。雅彦は口に運んで一口飲む。ふーっと笑みを浮かべる。ようやく人心地がついた。すぐにエビのセモリナ粉揚げがくる。レモンを絞りかけ、尻尾を持って口に運ぶ。カリッとした食感でエビの香ばしい風味が広がる。生ビールをグイと飲んでフウッと息を吐き、また顔をほころばせる。生ビールもうまいしつまみもうまい。これでピザが出てくるまで退屈はしない。じっくり構えてモーレのピザ作りを見物できる。窯の焼き口が丸見えなので、焼き方を見物するにはもってこいの場所だ。

イスにもたれてじっくり腰を据えようとした矢先、目の前に大きな皿に載ったピザが現れ、ドンとぞんざいにテーブルの上に置かれる。これもナポリの庶民食堂という演出なのだろう。

トマトソースの赤の上のバジルの緑が鮮やかだ。

「はいマリナーラ。アッアッなので気をつけて。でもアッアッを食べてね。でもアッアッなので気をつけてね」

持ってきた外国人の店員が、イタリア語っぽい日本語を気安い感じでいう。栗毛色の短髪、鼻梁がすっきりと通った高い鼻。イタリア人なのだろう。テーブルがいくつあって何人座っているのかはっきりした数は分からないが、ざっと見ても五十人はいそうだ。ピザを作る職人は店主のモーレだけなので、ある程度時間がかかりそうだと覚悟はしていた。それが待たされることなくやってきたのだ。さもありなん。あの早業だ。雅彦はモーレこと森脇令嗣を見やる。相も変わらずせわしく動き続けている。次から次へとピザを焼き上げている。

雅彦はテーブルの上のピザに目を移す。出来立てのマリナーラ。厚くて大きい。皿からはみ出している。所々に小さなコゲがある。いい香りが立ち上っている。いびつな縁のピザ生地がぷっくらと膨らんでいる。まん丸ではないざっくり感と凸凹具合、小さなコゲが手作り感満載で食欲をそそる。

雅彦はピザに手を伸ばす。一切れ持ち上げる。軽い。厚みがあるので手にずっしりきそうだが、思いの外軽い。しかも生地が柔らかい。所々に焼きコゲがあるのでパリッとしていると思いきや、ふんわりしている。雅彦は深呼吸をひとつ。匂いを嗅ぐとともに世界一のピザを前に精神統一だ。最初の食感がどんなものなのか、しっかり記憶しておかなくてはならない。目を凝らして焼き具合を確かめ、いよいよ口に近づけてかぶりつく。

一口噛んで、

「うまい……」

雅彦は呻くように声を上げて目を見張る。すぐに驚き顔が笑顔に変わる。口の中のピザを噛みしめる。トマトソースがさっぱりとしてバジルの香りが効いている。生地は塩加減が絶妙で、塩味が効いていながら粉の風味がある。柔らかいがモチモチしすぎていない。食感が軽く、食べやすい。これまで食べたピザとは一味も二味も違う。雅彦は驚き顔を厨房のピザ職人森脇令嗣に向ける。森脇令嗣は相も変わらず一心不乱にピザ作りに集中している。次から次へと手早く作業しているのに、目を見張るうまさのピザを作り出すとはさすがは世界一の腕前だとうなずく。

雅彦はハフハフと口で息をしながら、皿の上のアツアツのマリナーラを口へと運ぶ。

「はい、マルゲリータ。モッツァレラチーズが熱いから気をつけてね。でもアツアツを食べてね」

外国人の店員がテーブルに皿を置く。マルゲリータだ。モッツァレラチーズ、トマトソース、バジル。イタリアの国旗を模した色合いだ。とろっとろに焼かれたモッツァレラチーズの香りが匂い立つ。無造作に散らされた緑のバジルがチーズの海に漂っている。

雅彦はマルゲリータを一切れ口に運んでまたうまいとひと言。それから満足の大きな吐息をひとつ。生ビールを一気に半分ほど飲んで満面の笑みからまた幸せの吐息をひとつ。確かにおいしいものを食べるとすぐ幸せになれる。目を閉じてゆっくりと大きな吐息をもうひとつ。それからビールを一気に飲み干す。店内に流れている明るいイタリア音楽が漏れ聞こえてきた。

音楽に促されるように雅彦は大きくうなずき、手を上げる。

「すみません。あの、お願いします」

店内を忙しく歩いている店員たちに声を上げる。声が届かないのか、店員たちは雅彦を振り向かない。雅彦は手を振る。

「すみませーん！」

「はーい！　ちょっと待ってください！」

あらぬ方向から声がする。

雅彦は声がした方向、ピザ窯の方を振り向く。森脇令嗣が雅彦に笑いかけている。本の写真と寸分違わぬ人好きのする笑顔だ。脇目も振らずピザ作りに集中していたのに、オーナーとしてちゃんと店の客に気を配っていたのだ。

モーレはピザ作りの手を休めずに、外のお客さんが呼んでいるよと店員に声をかける。イタリア人らしき店員が雅彦を振り向き、分かりましたというように軽く手を上げてやってくる。

やってきた店員はイタリア語訛(なま)りの日本語で注文を聞く。

「グラスワインの赤ちょうだい。ワインの量は遠慮しなくてもいいからね」

雅彦は張り切って声を上げる。アツアツ、トロトロのモッツァレラチーズにはワインだ。

とたんに、隣の席にいる三人の若い女性連れが一斉に雅彦を振り向き、それから互いを見やって噴き出した。

12

あゆみは店の厨房で朝ご飯定食の準備をしながら時計を見上げる。六時二十分になろうとしている。日曜日だが雅彦は毎日六時半には味見をすることになっている。まだ起きてくる気配はない。

昨日、雅彦は朝ご飯定食の味見をして慌ただしく出て行った。夜の八時過ぎにメールが入り、東京駅を出たばかりだから先に寝ていてくれとメッセージが送られてきた。あゆみは十一時には床について眠ってしまったので、雅彦の帰宅には気づかなかった。もう一度時計を見上げる。東京日帰りで夜中に帰ってきたのなら疲れていて起きてこられないかもしれない。悟史も起きてくる様子がない。あれこれの調味料はいつもと変わらぬ分量のつもりだから、極端に甘いとか塩辛いということはないはずだ。それでも味加減が気になる。商売だろうとなかろうとおいしいものを食べてもらいたい。七時前になってもまだ起きてこなかったら無理やり起こして味見だけでもしてもらおう。その前に岸本弘高がやってきてくれたら味見をしてもらおうとあゆみは思案を巡らせる。

住居の二階で物音がした。裏庭に近い方なので悟史の部屋だ。階段をトントントンと軽いフットワークで降りてくる。悟史が姿を現した。

「おはよう」

あゆみは笑顔を向ける。

「うん……」

悟史がコクリとうなずく。目がまだ起きていない。眠そうな目だ。青いトレーナーパンツに同色のチェック柄のシャツ。髪があちこちに飛び跳ねている。

「ありがとう。まだ時間があるから顔を洗ってきたら？　それとも味見してくれたらまた寝る？」

「もう起きるわ」

悟史が無表情に答えて姿を消す。

今度はドタバタと慌てた様子で階段を降りてくる音がする。雅彦だ。

「おはよう！　寝坊してしもうたかと焦ってしもうたよ。よかった。試食タイムに間に合った」

いいながら雅彦が壁の時計を見て、それからニッと笑ってカウンターの前に座る。白いトレーナーパンツに青いチェック柄のシャツだ。おでこが後退している頭髪があちこちに飛び跳ねている。

「おはよう」

あゆみは笑ってしまう。

「何がおかしいんじゃ？」

「だって親子じゃなあと思って。悟史は今顔を洗いに行ったけど、二人とも同じような恰好じゃし、髪も同じ寝癖じゃし。昨夜は何時に帰ってきたん？」

「丁度夜中の十二時じゃった。本当は夕方の新幹線に乗ろうと思っとったんじゃけど、どうしてももう一回食って味を覚えとうて、夜の部に入ったから遅くなってしもうたんじゃが。これがまた世界一になったピザ職人のピザでな……、あ、しもうた。ゆうてしもうた」

雅彦が顔をしかめる。

「そんなことじゃろうと思っとった。ピザの研究しに行ってくるって出て行ったけど、ピザを食べに行ったんじゃろうと思っとったんよ。内緒にしておこう思っとったんじゃろ。残念でした。ちゃんとお見通しです」

あゆみは急須にお湯を注ぎながら笑う。

「失敗してしもうた……。まあしょうがねー。そんで、昨日からどうな？」

雅彦は声を落としてあゆみを見つめる。身体の具合はどうかということで、二人だけに分かる会話だ。悟史がいる時はあゆみに尋ねない。悟史がいるとあゆみは具合が悪くても大丈夫というからだ。

「うん。夜になると疲れが出てしまうのはいつも通りじゃけど、今朝はだいぶ楽になったから心配せんでもええよ」

あゆみは湯飲み茶碗にお茶を注ぎ、雅彦の前に置いて笑みを浮かべる。

「そうか。せわーねーか。まだちょっと疲れてねーか？」

治療が継続しているあゆみの笑顔に少し陰りが見える。ガンの治療中なので仕方がないのは分かっている。それでも雅彦は心配で毎日確かめずにはいられない。

「そうね、ちょっとだけ。まだ身体が生活のペースについていけないって感じ。でも段々に慣れるし、動いとる方がリハビリになるしスタミナもつくじゃろうから大丈夫じゃが」

「そうか。無理せんようにな」

休んでいろといっても大人しく聞き分けるようなあゆみではない。そのことを分かっている雅彦はうなずくしかない。

「それでどうだったんな？　世界一になったピザ職人のピザは？　やっぱりおいしかった？」

「そりゃもう、さすがは世界一になったピザ職人じゃが。ぼっけーとぼっこーとでーれーが束になってもまだ足りんぐらいうまかった。あんまりうまいんでそのまま夜の開店時間の五時半までまた並んでしもうたよ」

ダ・モーレで昼のピザを食べ終えた雅彦は、営業の邪魔にならないようにと店の外の端に立ってピザ作りをじっと見学していた。ランチは二時がオーダーストップで、モーレこと森脇令嗣は二時を過ぎるまでピザを焼いていた。それから夜の部の開店まで歩道脇に立ちっぱなしだった。

「昼食べてからそのまままた並んだん？」

「そうじゃが。昼も行列がすごかったし、夜はもっと行列ができると思ったから、いの一番に並んだんじゃが。二時間ぐらいじゃからどうってことなかったわ」

悟史がやってきた。雅彦がおはようと声をかけるとウンと小さく声を出してカウンター席に座る。

「今日はどっち食べる？」

あゆみが二人の顔を交互に見ていう。

「俺は今日は和定食じゃな。昨日はずっとイタリアンじゃったからなあ」

「今日はって、いつも和定食じゃろうが」

悟史が仏頂面でいう。

「悟史も和定食にする？」

「いいよ、洋定食で。洋定食も味見せんといけんのんじゃから」

「そうそう。そういうこと。早いもん勝ち早いもん勝ち」

雅彦がニンマリ笑う。


あゆみはまた二人を交互に見て苦笑する。父子のセリフがまるで逆だ。普通の父子は息子に食べたいものを食べさせて父親が残った方を食べるものだろう。あゆみは二人にそれぞれの定食を出しながら、

「そんなにうまいピザが本当にあるんじゃねー。ピザ職人世界一って、どうやって決めるんな？」

と雅彦にいう。

「ナポリで大会があるんじゃと。世界中からピザ職人が集まって、伝統部門とか創作部門とかナンチャラ部門ちゅうカテゴリーがあってそれぞれの優勝者が決まるんじゃが。さらにその優勝者の中から最優秀者が選ばれて総合優勝が決まって、それがその年の世界一のピザ職人ということになるいうんじゃって」

「へー、それはすごいことじゃねー。世界一になったピザってどういうものなんじゃろーねー。

食べてみたいなあ」

「へへへ。それがちゃんとあるんじゃが」

雅彦がうれしそうに笑って立ち上がると、小走りに住居に入って行く。すぐにビニール袋を持って戻ってくる。中には紙ナプキンに何かがくるまれてあり、ビニール袋はきっちり結ばれている。雅彦がカウンターの上でビニール袋をほどく。

何な？　とあゆみは身を乗り出す。紙ナプキンにくるまれたものは細長く、人の手の中指ぐらいの大きさだ。雅彦がうやうやしく取り出してカウンターに置く。ゆっくりと紙ナプキンを剝がす。

「ジャーン！　世界一のピザ職人が作ったピザ、マルゲリータのピザ生地じゃが！」

ピザの縁を丁寧にカットしたピザ生地が二本。少し黄色がかった生地に焼きコゲがついている。トマトソースやチーズはついていない。

「へー、私に食べさせようとして持ってきたん？　お土産？」

「たったそれだけなんか。どうせならテイクアウトで丸ごと一枚持ってきたらよかったが」

悟史が口を挟む。小馬鹿にした口調だ。

「あ、そういう手もあったなー。じゃけど、ピザは出来立てのアツアツじゃが。じゃけーテイクアウトはやめた。母さんはいつでもその店に連れて行きゃあええ。これは母さんへのお土産じゃのうて、俺のためじゃが。毎日チビチビ食って、この味を舌と身体で覚えて、これに負けないピザ生地を作るんじゃが。そのために持ってきたんじゃが。またこれが本当にうまいんよ。さすがはピザ職人世界一のピザ生地じゃが。食べてみー」

雅彦が一本を半分に切ってあゆみに差し出す。

いいの？　といいながらもあゆみは手を差し伸べる。へー、これが世界一になったピザ職人のピザ生地かあ、とためつすがめつしてから口へと持っていく。食感と味を確かめようとゆっくりと噛む。それから、うん、うん、と声に出してうなずきながら噛む。顔中に笑みが広がっていく。

「どうなどうな？」

「おいしい！　冷たいのに全然固くない。もちもちしとる。でも軽い。舌が変わって塩味が苦手なんじゃけど、これは塩味が苦くない。塩味が効いとるけど口に残らんし、粉の味もちゃんとする。香りもいい。こんなにおいしいピザ生地、初めてじゃわー。アツアツじゃったら本当においしいじゃろうなー」

「じゃろじゃろ？　そうじゃろそうじゃろ！　とりあえず目指せこのピザ生地じゃけど、絶対にこれよりうまいピザ生地作ってやるけーな。これを超えたら世界一じゃが。お前も食ってみー」

雅彦が悟史にちぎった半分を差し出す。

「いらんわ。そんな冷めたやつ」

悟史が顔をしかめてあからさまに拒絶する。

うまいから食ってみーと雅彦が、おいしいから食べてみーとあゆみが同時にいう。いらんてと、悟史がしつこいなあといわんばかりにそっぽを向くと、じゃあお前が食えよと雅彦があゆみに差し出す。

「研究材料なのに食べてえん？」

「もうひとつあるから大丈夫じゃが」

あゆみはラッキーといって受け取って食べ、

「本当においしい。いくらでも食べられるって感じじゃわ。こんなにおいしいピザ生地があったんじゃねー」

と感心して笑う。

「じゃろう？　じゃけどこれよりうまいピザ生地があるんじゃが」

フフフと雅彦が自信タップリに笑う。

「え？　どこのピザ屋さん？」

「これから俺が作るピザ生地に決まっとろうが」

「百年かかっても無理じゃわ」

即座に悟史が笑う。

「何ゆうとるんじゃ。絶対に作ってみせるから腰抜かすなよ」

「おはようございます」

弘高が店のドアを開けて入ってくる。日曜日だというのにいつもと同じ時間のお出ましだ。休日なのでラフな恰好だ。三人が挨拶を返すと弘高は雅彦の隣のイスに腰掛ける。目ざとく紙ナプキンの中のピザ生地に目を留め、

「あれ？　どうしたんですか、そのナンの切れ端。洋定食につくんですか？」

という。ナンの切れ端だと勘違いしている。

「つきません。洋定食はパンです。昨夜雅彦さんが持ってきた残りなんよ」

「何だ。食べ残しですか。もったいない」

「食べ残しじゃありゃせんがな。後生大事に持ってきたんじゃからな」

「ふーん。もう誰も食べないんですか?」

「当たり前じゃが。もう食わん」

「悟史君は?」

「食べませんよ、一日経った冷たいやつなんか」

「もったいないなあ。じゃあいただきます」

いうが早いか、弘高がさっと太い腕をのばしてピザ生地をつまみ上げ、ポイと口の中に放り込む。

「ウワッ、待て! な、何すんじゃ!?」

雅彦が慌てて止めたが、ピザ生地はもうその時には弘高の口の中で咀嚼され始めていた。

13

作業台を前にイスに座っているあゆみは壁の時計を見上げ、ふうっと大きく息を吐く。

もうすぐ五時だ。『セワーネ』の店内に黄昏時の穏やかな気配が忍び寄っている。今日はずっとベルト作りに没頭した。無地のベルトに春らしいカラフルな布を縫いつけた。ワンピースやスラックス、ブラウスに合わせると華やぐ色合いのものばかりだ。治療の副作用による手のしびれがまだ残っていて、ゆっくりと根気よく作業した。それでもすぐ疲れてしまい、休み休みの作業になった。ほどよく来客があれば息休めになるのだが、今日は店のドアを開けて入ってくる客は少なかった。休み休みではあったが根を詰める時間が長かったので身体の芯まで疲れた。

あゆみは背もたれに身体をあずけて目を閉じる。小さな深呼吸を何度かして身体を休める。四丁目の実家の両親に晩ご飯の支度をしてあげる時間だ。サワラを食べたいといっていたのでストアに寄っていかなくてはならない。その前にクミ姉さんの惣菜屋『おふくろ』で惣菜だ。両親ともクミ姉さんの味付けが好きなので手間が省ける。

あゆみは後片付けをして店を閉め、実家に行ってくるからと二階の雅彦に声をかけてアーケードに出る。雅彦は一日中ずっと二階の部屋に籠もりきりだ。昼ご飯に降りてきたときにピザの本を持っていたので、ピザに関する調べ物か勉強をしているのだろう。

奉還町商店街は夕方の買い物客で昼間よりは人通りが多い。アーケードを吹き抜ける微風(そよかぜ)は今日も昨日に続いて暖かい。このまま春になってくれればいいのだが、この暖かさは二、三日のもので、明日の夜からまた寒くなると天気予報はいっていた。『トンチカ』の店を覗くと、店の奥に座っている三村のおじさんがいた。あゆみは小さく手を振って通り過ぎようとする。すると待て待てと手をひらひらさせておじさんが立ち上がり、あゆみの元へとやってくる。

「また実家な?」

「そうなんよ。今日もあったかくてよかったけど、また寒くなるというから風邪ひかんようにね」

「それは俺のセリフじゃが。何かくたびれた顔しとるなー。客がいっぱいで忙しかったんか？」

「ううん。そうでもなかったから集中してベルト作ったんよ。そしたら疲れてしもうて」

「そういうことか。無理しちゃおえんで。ところで昨日、また店の前を赤いコートの女が行ったり来たりしとったじゃろ？」

「おじさんも気づいとったん？」

「赤いコートにサングラスじゃからなー、目立ちすぎて気づくなゆうても気づくわ」

「確かに目立つ人じゃったわねー。おじさん、あの女の人のこと思い出した？」

「せーがな、いくら考えても思い出せんのじゃが。どっかでみたような気がするんじゃがなー。本当に知らん人なんか？」

「それが全然知らん人なんよ。何度も店の前を通るから誰だろうと気になったんじゃけどねー。知り合いでもないし、店のお客さんでもないし」

「まあしかし、用があるなら店に入ったじゃろから、ウインドーショッピングに来たんじゃろ。最近商店街を見物しにくる客もようけおるからなあ。俺が記憶にあるゆーのも、たぶん以前にこの通りで見かけたゆーことじゃろ」

「私のことじっと見とったようで気になったけど、そうよね、用があるなら店に入ってくるわよね」

じゃあねとあゆみは手を上げて『おふくろ』に向かって歩き出す。

おじさんのいう通り、赤いコートの女はウインドーショッピングに来ただけなのだろう。それにしても鮮やかな赤いコートだった。さっそうと行き来している姿や、サングラス越しにじっと見つめてくる姿が目に焼きついている。三村のおじさんが赤いコートの女に釘付けになっている姿が目に浮かんで、あゆみはクスリと笑う。

あゆみは『おふくろ』の店に入っていく。買い物客は一人だけだった。日曜日の夕方は何人もの客が順番待ちをしているのが常だが、丁度買い物客が途切れたのだろう。クミ姉さんがショーケースを挟んで初老の女性と話をしている。あゆみはクミ姉さんに手を振って近づく。クミ姉さんが女性と話しながらチラリとあゆみを見てうなずく。あゆみの気配を察した女性はじゃあまたねとクミ姉さんにいってから、あゆみに軽く会釈をして立ち去った。あゆみはクミ姉さんと挨拶を交わすと、ふっくら肉団子とヒジキ入り野菜炒めを注文する。

「どうな？　雅彦は元気になった？」

クミ姉さんがふっくら肉団子を紙パックに入れながらいう。

「元気元気。裸祭りの時よりすごい元気。物凄く張り切っとる」

「えー!?　物凄く張り切っとるん!?　また何かしでかすん？」

「そうなんよ。ぼっけーおいしいピザを作るゆうて、部屋に閉じ籠もってあれこれ調べ物したり、昨日は研究じゃゆうて、ピザ職人世界一になった人の店にピザを食べに東京まで行ってきたんよ」

「あ、分かった。あゆみさんのためにおいしいピザを作るゆうんじゃろ」

「いやー、クミ姉さん、ピッタシカンカンじゃが。雅彦さんから聞いたんな？」

「聞かんでも分かるわ。あゆみさんがピザ好きじゃけー、おいしいピザを作って喜んでもらおうゆうんじゃろ」

クミ姉さんが全てお見通しだといわんばかりに笑い、ヒジキ入り野菜炒めを紙パックに詰め始める。

「それがねえ、世界一おいしいピザを作って食べさせてやるゆうんじゃが」

「世界一おいしいってどんなピザなん？」

「ほう、世界一のピザか。そりゃうまそうじゃなー」

二人の会話を耳にしてクミ姉さんの夫の道雄さんが奥の厨房からやってくる。興味深そうな顔つきだ。

「さあ、どんなピザなんじゃろ。庭にピザ窯造るって張り切っとるから、本格的なピザなんじゃろうけど」

「世界一うまいかー。ピザはよう食わんけど、世界一と聞くと何だか食いとうなってくるなあ」

「あゆみさん、気いつけんとおえんよ。雅彦が張り切って何かをしでかす時は、ブレーキぶっ壊れて暴走してしまう時があるからね。周りのみんなが振り回されて大騒ぎになることが多いんじゃから。この人じゃってもう気い惹かれとるからね。あいつはまた、周りを乗せたり気い惹くことがうまいんじゃが。あゆみさんはノータッチの方がええかもよ。振り回されて身体に障ったらおえんけーな」

クミ姉さんは真面目な顔つきになって、あゆみに惣菜を入れた袋を差し出す。

「大丈夫よ、クミ姉さん。今回は一人でやるゆうとるから。一人だけで世界一おいしいピザを作るんじゃゆうて、仲良しの弘高さんにも内緒にしとるんよ」

「弘高にも内緒にしとるんか。じゃあ本当に一人でやるつもりかもなー。うーむ、こりゃあ本気じゃが。あの賑やか好きの雅彦がなー」

と道雄さんが呻くようにいう。信じられないという顔つきだ。

「それじゃったらみんなに内緒にしとかんとね。誰かに知られたらみんな面白がって寄ってくるけーなー。特に裸祭りの『チーム奉還町』のみんなには内緒にしとった方がええね」

クミ姉さんが確信してうなずく。『チーム奉還町・七人の侍』のみんなは雅彦同様乗りがいい。世界一おいしいピザを作るということが耳に入ったら、我も我もと押しかけて大騒ぎになるのは目に見えている。

「うん。特に弘高じゃな」

「弘高さんは雅彦さんが何か面白いことをするというのは勘づいとるけど、雅彦さんは弘高さんに根掘り葉掘り突っつかれてもはっきりいわんのんよ。ちょっかい出されるのが嫌なんじゃね」

「一人でやりたいんじゃねー。世界一おいしいピザかー。どんなんじゃろ。私も食べてみたいわねー」

「何じゃ。俺にはもう気い惹かれとるゆうとったくせに、お前も気い惹かれとるんじゃが」

「雅彦のじゃのうて、ほんまもんの世界一おいしいピザじゃが。そんなピザなら食べてみたいゆーことじゃが。けど、雅彦がどんなピザを作りよるんか、ちょっと楽しみは楽しみじゃね。

あいつのことじゃからとんでもないもの作りそうじゃけどな」

「私もちょっと楽しみなんよ」

といってあゆみは勘定を済ませる。

あゆみはクミ姉さんと道雄さんに別れを告げてアーケードを四丁目に向かって歩き始める。少し歩いてふいに歩みを止める。顔色がみるみる失われていく。薄手のベージュのコートの上から胸に手を置く。突然の吐き気だ。吐き気はいつも突然なのだが、ここのところしばらく吐き気をもよおすことはなかった。疲れがたまっていたのかもしれない。とにかくアーケードの真ん中で吐く訳にはいかない。あゆみは家に戻ろうと踵(きびす)を返す。『おふくろ』を通りすぎようとして振り向く。店先に客はいない。店の中にもいない。クミ姉さんと道雄さんがいるだけだ。客がいないなら迷惑をかけることを許してもらえるかもしれない。あゆみは急ぎ足で店の中に入っていく。

「クミ姉さん、ごめんなさい。トイレ貸してもらっていい?」

あゆみのただならぬ顔色に目を留めたクミ姉さんの表情が固まる。

「こっちよ」

クミ姉さんが手招きをしながら慌ててカウンターの中から飛び出してくる。あゆみから惣菜の袋を受け取り、あゆみの腕をつかんで厨房の奥へと急ぎ足で引いていく。トイレのドアを引き剝がすように勢いよく開けてあゆみを中に入れ、

「助けが必要な時はドアを叩いて」

というが早いかドアを閉める。

あゆみは便器の蓋を開け、しゃがみ込んで便器に身を乗り出す。ウッ、と声にならない呻きが口に突き上げる。嘔吐物が便器の中に吐き出される。次から次へと滝のように流れ出る。ほとんど水のような液体だけになってもまだ吐き出される。

しばらくしてあゆみは口を閉じる。吐き気が治まった。心臓が高鳴っている。トイレットペーパーで口の周りを拭いて便器の中に落とす。蓋を閉じて水を流す。そのまま便器にうつ伏せになる。流れる水音が身体の中を洗い清めるように大きな音を立てる。あゆみはフゥーッと大きく息を吐いて目を閉じる。便器の中を洗い流す水音が止み、貯水槽に流れ落ちる水音がコロコロと小さく響く。

「あゆみさん、大丈夫な?」

ドアの向こうからクミ姉さんの切羽詰まった声がする。心配してドアに張りついていたようだ。水音がしたので声をかけたのだ。

「大丈夫。ごめんね、クミ姉さん。もう落ち着いたから」

あゆみは声に力を入れて明るく答える。それからじっと左胸を見つめる。そっと手をあてがう。ガン細胞ごと四分の一を切り取った左の乳房。吐き気が襲ったのは久し振りだ。ガン細胞が復活して吐き気が襲ったのでないことは分かっている。治療の副作用だ。それでも左胸を気遣ってしまう。さっきまで早鐘(はやがね)を打っていた心臓の鼓動が静まり返っている。鼓動を止めたようには何の響きもない。あゆみは右手で左手首を押さえる。

トクン、トクン……。かすかな鼓動だ。

あゆみは立ち上がり、水道の蛇口をひねって水をすくい取る。口に含んでうがいをする。ペーパータオルを口の周りに押し当ててから、鏡の中の自分と向き合う。

「やっぱりそうしよう。残された時間は誰にも分からない。悟史に嫌われるかもしれんけどね」

と鏡の中の自分にいう。悟史に言っておきたいことがあったのだが、ずっとどうしようかと迷っていた。鏡の中のあゆみが決心してコクンとうなずく。

14

「ああ、やっぱりここが好き……」

沙織がホッと吐息をついてしみじみという。

「つか、いつも同じセリフじゃが。ここにくると必ずそういうよなあ」

悟史はあきれて苦笑する。

沙織が噴き出してから、

「何いってんだか。そういう悟史君の反応じゃっていつも同じセリフじゃが」

と少しムキになっていう。今日は日曜日なので制服ではない。淡い春色のカットソーにセンスのいいパンツ。ボタンを外したベージュのフードコートが小柄な沙織によく似合っている。

悟史の方はジーンズに朝から着ている青いチェック柄のシャツ、沙織がクリスマスプレゼントに編んでくれた長いマフラーを首に巻いている。マフラーは家では机の引き出しに隠してある。見つかると雅彦が騒いでうるさいことになるのは分かっている。

悟史の沙織へのクリスマスプレゼントは、奮発して洒落た小ぶりのサイフにした。滑らかな革の小銭入れだ。といってもブランド品だったので、夏から貯めた小遣いでやっと買えたという高価な代物だ。沙織の買い物につき合うようになって、レジで沙織が出した小銭入れから、折り畳んだ千円札が飛び出すことがしばしば発生した。小銭入れが小さいので無理やり詰め込まれているからだ。そのたびに沙織は、もう少し大きい小銭入れにしないと、と照れ笑いをしていたのだ。

プレゼントを開けた沙織の反応は悟史には衝撃だった。包みを開けて革のサイフが現れたとたん、みるみる沙織の笑顔が歪んでいき、見開かれた黒い瞳に涙が盛り上がってどっと溢れ出たのだ。あ、俺、何か、悪いことしたかなあ、としどろもどろの悟史に、沙織が激しく顔を振って盛大に涙をまき散らし、違う違うッ、物凄くうれしいッ、男の人から初めてもらったプレゼントなので本当にうれしいと、涙でくしゃくしゃになった笑顔を向けたのだった。女の子に明け透けに感情を投げつけられたのは初めてだった。しかもど真ん中、160キロ級の剛速球だ。いつも笑みをたたえている沙織が泣いたのを初めて見た。というか、目の前で女子に泣かれたのは初めてだったのだ。目の前で沙織にうれし泣きされて不覚にも胸に迫るものがあり、悟史は俺もマフラーめっちゃうれしい、あったけーといいながらマフラーで顔をグルグル巻きにして隠してしまった。

二人がいる石関町（いしぜきちょう）の旭川堤は夕焼けに染まっている。風もなく穏やかだ。二人は月見橋に向かって土手の道をそぞろ歩いて行く。旭川の川面が黄昏時の空を映して白く光っている。川を挟んで後楽園のこんもりとした森がゆるやかなシルエットを浮かび上らせ、夕日を反射している黒塗りの岡山城が黄昏の空にくっきりと浮かんでいる。

沙織が広々とした水辺の風景が好きなので、二人は休日によくこの場所を訪れる。沙織は、眼下に屋根しか見えないマンションの高層階に住んでいるから、水のある景色を見ると心がホッとするのだという。ウイークデーは沙織が家事をしなければならないので、二人の束の間のデートは沙織のマンションに近い津島運動公園や、沙織がスーパーへの買い物をする道すがらだけということが多い。休みのデートはファミリーレストランで食事をしたりアイスクリームを食べたりして、それから岡山電気軌道の路面電車に乗って沙織が大好きな後楽園付近の旭川までやってくる。沙織は岡山電気軌道の路面電車も大好きだ。旭川にやってくる時は必ず乗る。桃太郎通りを路面電車にのんびり揺られていると、どこか異次元にワープするような感覚があるのだという。この日も岡山駅から城下まで路面電車に乗ってやってきた。

二人が夕方まで一緒にいられるのは月に一、二度だ。その日は決まって、沙織の父が晩ご飯のカレーライスを作ってくれるという日だ。だから沙織が晩ご飯の支度をしなくていい。沙織の父は父なりに、年頃の沙織をたまには家事から解放してあげようと気を遣っているのだ。

二人が歩く旭川沿いの土手の道は、ずっと遠くまで散歩を楽しむ人々が点在している。川向こうの後楽園の川縁をのんびり歩く人々も見える。

「私って本当に所帯じみとるよな」

沙織は唐突にいってクスクス笑い出す。

「は？　そんなことないよ。あ、ていうか、ご飯作ったりとか、家のことあれこれやっとるからってこと?」

「ううん。悟史君と会う時のこと。みんながデートするゲーセンとかカラオケとかショッピングモールは行かんし、いつもファミレスとかスーパーとか、夫婦や家族が散歩を楽しむことか公園ばっかりじゃもん。それに出会った時もスーパーで買い物した帰りじゃったし」

夕方のそぞろ歩きはいくつもの思い出が見える。

二人が出会ったのは今と同じ夕方だった。悟史も沙織も学校からの帰宅途中で、沙織はスーパーに寄って買い物をし、レジ袋を持って歩道を歩いていた。自転車の悟史は道の端に寄って信号待ちを、歩きの沙織は歩道の前で信号待ちをしていた。二人とも制服だった。沙織のレジ袋からネギの青い葉が収まりきらずに突き出していた。悟史の目は自然に沙織へ向いた。制服姿の女子高校生が買い物袋を提げて信号待ちしているなんて珍しい。小柄だが立ち姿がすっと真っ直ぐできれいだった。かわいい横顔だった。

その時、悟史の後ろから胴間声(どうまごえ)で話をする声が近づいてきた。馬鹿笑いの二重唱が悟史の背中で左に曲がった。白髪の初老の男が二人、ママチャリに乗っていた。フラフラと危なっかしいハンドルさばきで、案の定歩道に乗り上げてから大きくバランスを崩した。そのうちの一人が沙織に向かって真っ直ぐ突っ込んでいった。

「危ね!」

悟史が沙織に叫んで、

「きゃッ」

沙織が短い悲鳴を上げたのはほんのわずかの時間差しかなかった。

沙織が身体をひねって飛び退いた。とっさのことで余裕などあるはずもなく、勢いよく歩道に倒れこんでしまった。買い物袋からタマネギや豆腐、肉のパックが飛び出して歩道に散乱した。男の方は転ばずに両足を着いて踏ん張っていた。

男が沙織を見下ろし、

「ああびっくりした。ねえちゃん、気ーつけなおえんで」

とへらへら笑って、もう一人の自転車に乗った男が足を着いて待っている歩道に向かってハンドルを切り、立ち去ろうとした。もう一人の男もへらへら笑って見ていた。沙織は動転してしまって身体を動かすことができずに目を見開くばかりだった。スカートがめくれ上がり、膝から血が滲んでいた。悟史はまなじりを決した。目の前で同じ高校生の、しかもかわいい子にケガをさせておいて、大人のくせに謝りもしないで立ち去るなんて黙って見逃す訳にはいかない。

「ちょっと待てよおっさん。気ーつけろって、ぶつかったのはそっちじゃろ？　その子、ケガしとるかもしれんが。血を流しとるってのに知らんぷりして立ち去ってえんか」

「何じゃあ？　おっさんじゃあ？　お前は何なら？」

「ほっとけほっとけ。ガキじゃが。早う行こ行こ」

悟史を恫喝するようににらみつけた男を、もう一人の男が悟史を見下すようににやけて急かした。

「ぶつかって転ばせておいて血を流しとるってのに心配せん訳？　ガキじゃけーってだけでどうでもいいって無視する訳？　おかしいが？」

「ガキのくせに口だけは一丁前じゃな。じゃけどな、ぶつかってないんじゃが。その子が勝手に転んだんじゃが。そうじゃろ？　ぶつかってないよな？」

男が沙織にいった。

「はい……」

沙織が男の問いかけに我に返ってうなずいた。血の滲む膝をわずかに動かして痛みに顔をしかめた。

「そういうことじゃが。ぶつかってもいないんじゃから謝る必要はどこにあるんじゃッ。ガキのくせに変なこと抜かすと承知せんぞこらッ。文句があるならこけー来いッ」

男が逆上して声を荒らげた。脅かせば悟史はすごすごと引き下がると思ったらしい。いいからほっとけほっとけと向こうにいる自転車の男が逆上男を呼んだ。

「しょうがねーなー」

悟史は自転車から降りた。自転車を歩道の街路樹に立てかけて逆上男に近づいていく。女子高校生のかわいい子の手前、尻尾を巻いて逃げ出す訳にはいかない。逆上男に目を据える。

「な、なんならッ!?　変ないいがかりつけた上に、ぼ、暴力振るうっちゅうんか!?」

白髪逆上男は、自分を見据えて興奮もせず冷静な表情で近づく悟史に逃げ腰になりながらも、虚勢を張って大声を上げた。

「ぶつかってねーにしろ、その子はおっさんが暴走してきたから避けようとして倒れたんじゃろ？　ぶつかっとったら大ごとになっとったって分からんの？　すんでのところで避けてくれたその子に感謝してもバチは当たらんのんじゃねん？　ケガしてたらどうするんな？」

「な、なによんな⁉　バチも何も、ぶつかってねんじゃから知ったこっちゃないがな！」

「ちょっとおじさんッ。あんた大人げないが！」

いきなりおばさんの声がして悟史と白髪逆上男が振り向いた。

「私は一部始終見とったけど、誰が見たってあんたたちが悪いんじゃが！　こっちのにーちゃんがいう通り、ぶつかってないから関係ないって態度は情けないが！」

カールした茶髪、白塗りの分厚い化粧、大きな口の真っ赤な唇。物凄い迫力だった。胸に不動産屋の刺繍が入ったベストを着ていた。目の前の不動産屋だ。

にーちゃんって俺のこと？　悟史は仏頂面で迫力おばさんを見やった。気安く呼ぶんじゃねーよ、せめて「お」をつけろよ、「お」を、と目で訴えた。

「な、何なら⁉　関係ないやつはすっこんどれ！」

「あ、そう。話しても分からんのなら出るとこ出ましょうか？　自転車の人身事故は自動車と同じなんじゃからね」

「じ、人身事故じゃとお⁉」

「あの、私大丈夫ですから。擦りむいただけだと思いますから」

沙織が血の流れる膝をかばいながら立ち上がろうとして痛みに顔を歪めた。

「えーけー、面倒くせーから謝っておけ。それでえんじゃけー」

もう一人の初老の男が、口をパクパクさせて憤る逆上男の腕を引っ張って諭した。

「せわねーの？　どっかおかしいとこないん？」

迫力おばさんは立ち上がった沙織の腕を支えて心配そうに沙織の顔を覗き込んだ。

「大丈夫です。ありがとうございます。本当に擦りむいただけですから」

「本当にせわねーんじゃな？　どっこもおかしいとこないんじゃな？」

ええ、大丈夫ですと沙織がうなずくと、

「せわねーならよかったな、おねーちゃん」

白髪逆上男は面倒くさそうに不承不承という態度でいうと、まったく今のわけーもんはどうしようもねーなと悟史に向かって捨てゼリフを吐いて立ち去ろうとした。

「ちょっと待てよ。そんな謝り方でえんか？」

悟史は素早く反応した。

すると迫力おばさんは手のひらをいっぱいに広げて悟史の胸をドンと押しとどめたのだった。それから、

「事務所の中のみんなが見とったけーな！　この子がケガしとったならみんな証人になるんじゃけーな！」

と去っていく二人の男の背中に大声を投げつけた。

悟史が沙織を見ると目線がぶつかった。

「あ、えーと、本当に大丈夫？」

「ええ。すみません。ありがとうございました」

沙織が笑った。あまりのかわいい笑顔に悟史は言葉を失って見つめてしまった。

「ちょっとにーちゃん。ボケーッと突っ立っとらんと、拾うのてごーしてよ」

散乱した食材を拾い集めている迫力おばさんの言葉に悟史は顔をしかめた。にーちゃんじゃ

ねーよ。「お」をつけろよ、まったく！

　迫力おばさんは悟史に歩道に散乱した食材を拾わせ、沙織を不動産屋の中に引っ張って行って傷口を消毒液で洗い、大きな絆創膏を貼ってくれた。少し時間が経つと痛むところが出て動けなくなるかもしれないから念のため家まで送っていきなさい、と悟史にいいつけた。沙織は大丈夫ですと遠慮したが、いいからそうしなさいと押し切られてしまった。迫力おばさんと別れた二人は沙織のマンションに向かって歩いた。沙織は恐縮しまくり、悟史はどうってことないから気にすんなよとくり返すだけだった。買い物袋は自転車を押し歩きする悟史が持った。沙織は擦りむいた膝をかばって少し足を引きずり気味に歩いていたが、マンションに到着する頃には痛みも取れて普通の足どりに戻っていた。

　ありがとうございました、と沙織が悟史に礼をいって買い物袋を受け取り、

「私のせいで嫌な思いをさせてしまってすみませんでした。私、びっくりしてしまっておじさんたちに何もいえなかったのに、文句をいってくれてうれしかったです。本当に、あ、それとあのおばさんは私を偉いといってくれたけど、ちっとも偉くないんです。お母さんを手伝ってなんかいないんです。買い物とか家事は私の役割ってだけで、だからちっとも偉くないんです。あ、何いってんだろう私。すみません」

　と真っ赤になって照れ笑いをしたのだった。

今、旭川の土手を歩いて悟史を見上げる沙織の顔は、夕日に輝いてその時と同じように赤い。

「沙織は全然所帯じみてねえーで。かわ……、ていうか、普通の女子高校生じゃわ」

悟史は、かわいい、という言葉をいいかけてすんでのところで呑み込んで続ける。

「男子から見るとそうかもしれんけど、女子はすぐ分かるんよ。滲み出るんよね、毎日の生活が。遊んどる子は遊んどる子なりに、所帯じみとる私は私なりに。女子はそういうところは敏感じゃから」

「じゃからってそれが何？　所帯じみてよーが何じゃろうが、沙織は沙織じゃわ。俺はそのまんまの沙織が」

と悟史はいいかけて口を閉じる。沙織の何ともいえないかわいい笑顔が真っ直ぐに見つめている。じっと見つめられたら何もいい出せなくなる笑顔だ。

「そのまんまの私が何？　何？」

沙織の笑顔が悟史に近づく。

「え、ちゅーか、その、じゃから」

悟史はごまかしまぎれにあさっての方を向き、それから背後の白いジャージーに気づいて後ろを振り向く。

見覚えのあるジャージー姿だ。空を見上げるように走ってくる。だぶつき気味の白いジャージーが盛大にはためいている。痩せた体型だ。丸顔。額が後退している。悟史はじっと目を凝らしてから、

「ゲッ。マジか。やっべ……」

と呻く。

「何？　どうしたの？」

「親父じゃわ。河原に下りよう」

「え、お父さん!?　走っとるあの人が？」

「何で今頃走っとる訳？　おかしいが？」

「じゃっていつも走っとるってゆうとったが。ちっともおかしくないが」

「おっかしいわ。走っとるのは裸祭りに出るんでスタミナつけるためじゃったんよ。裸祭りが終わったら走らんくなったのに、それに走るのはいつも朝じゃったのに今日に限って何で今な訳？　それもよりによってタイミングがいいというか悪いというか……。そんなことより河原に下りよう。見つかったらずっとうぜえことというに決まっとる」

「挨拶しちゃおうかなあ。じゃって私、悟史君のお父さんの大ファンじゃもん」

「な、何いっとるんで！　本当にやべッ。行こうッ」

悟史は沙織の腕を引っ張って身をかがめながら河原に下りる。

二人は土手に背を向けて傾斜地に並んで座る。悟史は急いで顔をマフラーでグルグル巻きにして隠す。背中を丸めて小さくなる。沙織は悟史の慌てようがおかしくてクスリと笑い、振り向いて土手を見上げる。

「やめてくれん!?　後ろを向くなよ。気づかれたらほんまに面倒くせーんよ」

「気づかれる訳ねーが。お父さんは私を知らないんじゃもん」

沙織が土手を見上げたまま言う。

「ち、違うんじゃって！　沙織はかわいいけー絶対にこっちを見るに決まっとるんよ」

「え？　今かわいいっていった？　いったよな!?」

沙織がパッと顔を輝かせて悟史を覗き込む。

「うッ……、いったいったッ。じゃから頼むから後ろを向かんでくれる？」

いってしまったものはしょうがない。それよりも父に気づかれないことが先決だ。

「よかった」

沙織が悟史の腕にギュッとしがみつく。

「そ、そんなことするなってェ。目立ったら見られてしまうがッ」

悟史は沙織を振りほどこうとする。

「動くと目立ってしまうけどえんかなあ？」

「う……」

悟史は言葉に詰まって動きを止める。

「あ、来た来た。へー、やっぱり悟史君と似とる」

「じゃから振り向くなやッ」

悟史は沙織の頭を押さえ付けて前を向かせようとする。

「きゃーあ」

沙織がわざとらしい悲鳴を上げる。小声なので土手道を走る雅彦には聞こえないはずだ。それでも悟史はギクリとして手を引っ込めてしまう。

「今度はもっと大きな声出してしまうで」

「グッ……」

悟史は諦めてマフラーでグルグル巻きの顔を膝に挟むようにして隠してしまう。沙織の方が一枚上手だ。

「えー!? 悟史君のお父さん、泣いとるみたい」

「泣いとる? まさか。親父は超楽天家じゃから泣くなんてことはねーよ」

「じゃって、涙を拭きながら走っとるよ」

「目にゴミが入ったんじゃわ」

悟史はマフラーに手をかけ、隙間から目だけを出して振り向く。

土手道を走ってくる雅彦が顔を歪めて空を向いている。頬に流れる涙が夕日にきらめいている。袖口で目頭を拭き、今度は頭を垂れて走り続ける。また袖口で涙を拭く。確かに泣いているみたいだ。目にゴミが入っただけならあんなに涙を流し続けはしない。雅彦は二人に気づかずに走り抜けて行く。

「マジかよ……」

悟史は雅彦の後ろ姿を見送りながら呆然とする。お調子者で笑ってばかりいる父親が泣きながら走っている。とても現実とは思えない。泣いている姿を見たのは初めてだ。しかも走りながらだ。

「何かあったんかなあ……」

沙織が心配そうにつぶやく。

悟史は沙織の声に我に返る。ポケットから携帯電話を取り出して父の番号を呼び出し発信ボタンを押す。

後ろ姿の雅彦が、走りながらジャージーの左のポケットに顔を向けた。携帯電話が鳴ったのだ。ポケットに手を突っ込んでいる。携帯を取り出して見つめる。発信人を確かめている。立ち止まった。向こうむきのまま携帯を耳に持っていく。

『お、悟史。何じゃ？』

強張った雅彦の声が飛び出してきた。

「え、いや、お袋なんじゃけどな」

あの能天気な父が泣くなんて。考えられるのは母に何かあったということだけだ。

『何⁉　母さんがどうかしたん⁉』

雅彦が噛みつくような声で聞き返してきた。緊張が伝わってくる。

悟史はホッと安堵する。父が聞き返すというのは、母に何かあったという訳ではなさそうだ。

「知らんわよ。俺は家におらんのんじゃから。んーと、あんな、お袋、祖母ちゃんとこに行ったんか聞きたかっただけじゃが」

『何じゃー、びっくりさすなよ。お前が電話かけてくるなんて珍しいから、てっきり母さんに何かあったかと思ってしまったが。ああびっくりしたー。おお、母さんは四丁目の実家じゃが。とゆーことはお前はもう家におるんか？』

雅彦の声もホッとしている。

「いや、まだ帰っとらんよ。晩飯は何時頃かなあと思って、それでお袋が祖母ちゃんとこに行ったかどうか確かめたかったんよ」

『お、そうかー。母さんが四丁目に行きよる時は、いつも帰りはだいたい七時過ぎじゃけー、今日もそのくらいじゃろ。話がなごーなるともうちょっと遅くなるよな。それまでには帰れるんか？　俺は今走りに出とるけど、七時前には帰るけーな』

「うん。じゃあ。あんな、泣きながら走んなよな」

『お、おお、そうじゃな。じゃあな』

雅彦が携帯をポケットにしまうと走り出す。すぐに立ち止まり、ん？　というしぐさで辺りを見回し始める。

沙織が噴き出し、いっけねッ、悟史は小声でいってから身体を丸める。笑うなってッ、気づかれてしまうってばッ。だって、と口に手を当てる沙織の陰に悟史は隠れる。雅彦からは悟史の姿は確認できないはずだ。やがて雅彦が首をひねってから、まあいいかというように肩をすぼめて走り出す。

「行ってしもーた。悟史君はやっぱりお父さんと似とるが。ちょっとおっちょこちょい。気づかれるとヤバイっていいながら、泣きながら走るなよっていったら気づかれてしまうが」

沙織がクスクス笑いながらいう。

「似てねーわ。泣きながら走るなんておかしかろ？　じゃから気づかせてやったんよ」

悟史はマフラーを外して雅彦を見やる。雅彦の後ろ姿が小さくなっていく。

「あーあ、残念じゃったなあ。悟史君と私に気づいてほしかったなあ。そしたらちゃんと挨拶できたのに」

「じゃけーなー、親父はあんな間抜けで周りに気を遣うってことねーから、そんなことしたらいつまでもうぜぇんじゃって。だいたい何だってあんな能天気親父のファンなんで？　おっかしーが？　マジでいっとるん？」

悟史は仏頂面だ。面白くない。雅彦に似ているといわれたのもそうだし、雅彦のファンだというのも面白くない。

「真面目です。だってかっこいいもん」

「は？　かっこいいって、どこが？　髪は後退しとるし、いつもニヤニヤ笑って締まりはねーし、突拍子もないことをいきなりやり始めて落ち着きがないし、ダッセー親父丸出しなのにどこがかっこいい訳？」

「見てくれじゃないんよ。裸祭りとかカノープスとか、悟史君のお父さんはお母さんを喜ばせるために一生懸命じゃが。それってとっても素敵じゃが。それに見てくれじゃって、親子なんじゃから悟史君はいずれはお父さんみたいになるんよ。ダッセーなんていってえん？」

「ゲッ。俺は絶対に親父みたいにならんわ。それにお袋のために一生懸命っていったって、お袋を裸祭りに引っ張りだしたり、カノープスに引っ張りだしたりした時も、親父はお袋の体調のことを全然考えていないで？　今度は世界一うまいピザ作ってお袋に食わせてやるなんて寝言いっとるしな」

　雅彦があゆみに世界一おいしいピザを作って食べさせると宣言した時に、張り切っていて声が大きいものだから二階まで筒抜けだったのだ。

「え⁉　世界一おいしいピザを作るん⁉」

　沙織がパッと顔を輝かせる。

「作れる訳ねえ。まだ一度も作ったことねえし。毎日本読んでピザの研究しとるし、昨日は研究じゃっていってピザ職人世界大会で世界一になった人の東京の店に日帰りで行ってきたけど、そんなことしたって簡単にうまいピザ作れる訳ねえが。本格的にやるから庭にピザ窯造るっていっとるけど、自分で造るっていうけーちゃんとしたピザ窯造れるかどうか怪しいもんじゃしな。何か今回も盛大に空回りしそうな感じじゃわあ」

「空回りしたってええがッ」

沙織がキッとなってにらむ。目に涙が滲んでいる。

「な、何なん？」

悟史は沙織の突然の剣幕にたじろぐ。

「お母さんのために一生懸命やっとる悟史君のお父さんはかっこいいッ。一生懸命やっとる人のことをバカにするなんてよくねーッ。私のお母さんが病気になった時、私もお父さんも悲しむばっかりでお母さんが死ぬまで何もしてあげられんかった。お父さんも私も、いまでもそのことをずっと後悔しとる。お母さんが喜ぶこととか、幸せじゃと思うことを、小さなことでもいいから、ひとつでもいいからしてあげたかった。してあげたいことはあったのに、落ち込んで何もできんで本当に後悔しとるッ」

沙織の潤んだ目がギュッと閉じられる。うつむいた顔から大粒の涙がこぼれ落ちる。

悟史は言葉を失って沙織を見つめる。沙織が顔を上げる。また真っ直ぐに悟史をにらむ。

「悟史君はお父さんのことをヘラヘラ笑っとるっていうけど、悟史君のお父さんは素敵じゃがッ。本当は悲しいじゃろうし、不安でたまらんと思うけど、そのことを見せんでいつも笑顔でおるなんてとっても素敵ッ。お母さんもうれしいと思うッ」

一気にいって沙織が口を閉じる。見開かれた目からボタボタと涙がこぼれ落ちる。息を吐き出しながらゆっくりと目を閉じる。心を落ち着かせるように息を吸い込む。少しして沙織は静かに目を開ける。もうにらんではいない。

「ごめん。本当は悟史君はお父さんを本気でバカにしとらんことは分かっとる。お母さんのことを思い出したら悲しくなってしもーたんよ。悟史君のお父さんは本当に素敵じゃわ。私の好きな人のお父さんじゃから自慢したい。誰かにいうのは照れくさいから、私、悟史君に悟史君のお父さんを自慢しちゃう」

沙織が涙を拭ってにっこり笑う。

「俺の親父を自慢されてもなあ……。やることが抜けとるし……。けど、俺も誰にもいえんけど、沙織のことをすげえいいやつじゃしかわいいって自慢したいわ。本当は世界中に自慢したいわ」

悟史は沙織の反対に顔を振って夕焼けを浴びる。これなら火照っている顔を見られないし、たとえ見られても夕焼けに赤く染まっているからごまかせる。


雅彦はゆっくりと月見橋を走り抜ける。額にうっすらと汗が滲んでいる。月見橋を渡り切ると水辺のももくんを目指して右に折れ、少しスピードを上げる。

雅彦は奉還町の家から清心町(せいしんちょう)を目指して走り出し、清心町の交差点を右に曲がり、出石町まで真っ直ぐ来て旭川に出た。それから土手道を走り続けてきた。裸祭りまでは毎日走っていた。終わってからは一日も走っていない。その割りには息が切れていない。日々の鍛練の賜物といえるほど走り込んではいなかったが、少しずつ蓄えたスタミナがまだ残っている。

水辺のももくんは後楽園がある大きな中州の突端に立っている。桃を掲げた子供の桃太郎像だ。水辺のももくんと呼ばれて市民に親しまれている。雅彦が水辺のももくんに会うのはほぼ十日ぶりだ。裸祭りまでは朝のランニングで二、三日置きに会っていた。

水辺のももくんは夕焼けの中でポツンと独りぼっちだった。暖かいとはいえまだ早春だ。日が傾くと肌寒い。ももくんへと続く散歩道でそぞろ歩きやジョギングを楽しんだ人々も、寒くなる前に家路についたので水辺のももくんは独りぼっちになったのだ。雅彦は水辺のももくんまでやってきて立ち止まり、ポケットからタオルを取り出してももくんの頭から拭き始める。拭きながらももくんに語りかける。いつものことだ。

「ももくん、久し振りじゃが。元気しとったん？　いやあ、残念じゃったけど宝木は獲れんかった。情け無いことに大床で気絶してしもうたんじゃが。それから南極老人星も見られんかった。南極老人星を見れば長生きできるゆーんじゃが。じゃからあゆみを連れて行ったんじゃけど、あったかすぎて空がスカッと晴れんかったから見えんかった。まだチャンスはあるじゃろうから、またトライするつもりじゃが。じゃけどな、その帰りにいいこと思いついたんじゃが。あゆみはピザが大好きじゃから、世界一のピザ作ってあゆみに食べさせたいと思ったんじゃが。あゆみはうまいもの食うと幸せじゃゆうから、世界一うまいピザを作って世界一幸せな気分を味わってもらうんじゃが。どうな？　いい思いつきじゃろ？　どれどれ、ももくん。うん。男前になったが」

雅彦は拭き残しはないかとももくんをためつすがめつする。ももくんはテカテカ光って夕焼けを反射している。気持ちよさそうだ。

「そうそう、桃も拭いてやらんとな」

雅彦はももくんが捧げ持つ桃を拭きにかかる。

「せーがなー、さっき無性にやるせなくなってなあ、走りながら涙が止まらんようになってしもうたんじゃが」

夕日が沈んで西の空に浮かぶ雲が茜色に染まる。水辺のももくんが赤銅色に映える。旭川の水面が夕焼けを映して燃えるように輝く。

「夕焼けがあんまりきれいなもんじゃけー、センチメンタルになってしもうてなあ。もしもあゆみがおらんようになったらと思ったらどうしようもなく切なくなってしもーたんじゃが。口には出さんようにしとるけど、寝ても覚めても不安なんじゃが。こんなこと誰にもいえんけど、クミ姉にだけはついゆうてしまうことがあるけど、ももくんが一番しゃべりやすいんじゃが。ありがとうなあ、ももくん。いつも嫌な顔せんで黙って聞いてくれて。とにかく、世界一うまいピザをこしらえてあゆみに食わせてやりたいんじゃが。俺にはそんなことしかできゃせんけど、それでもなーんもせんよりはいいじゃろ。本当に、俺はあゆみがおらんようになったらどうすりゃえーんじゃ……」

雅彦の声が詰まる。唇を噛み、目を瞬く。ギュッと目を閉じて、

「なのにッ、なのに俺は何もできんがあああッ」

声を絞りだす。ももくんに手を置いたまま、激しくしゃくり上げる。

ひとしきりしゃくり上げた雅彦は桃を拭き始める。

「うん、桃もピカピカじゃが。どうな？　でーれーうまそうになったじゃろ。また来るけーな。それまで元気しとってな。前みたいにはしょっちゅう来れんけど、たまにゃー走らんとでーれ

ーメタボになっちまうんじゃが」

雅彦は苦笑してジャージーの上からポンと腹を叩く。

「ももくん、じゃあまたな」

雅彦は水辺のももくんに別れを告げて走り出す。涙を拭いて夕暮れの空を見上げる。小鳥が二羽、紫色の空を後楽園の森へと飛び去っていく。すぐに梢の向こうに隠れて消えた。


「ただいま」

雅彦は玄関を開ける。開けたとたんにいい匂いがする。野菜の煮物の匂いだ。

「遅かったわねー。どこまで行っとったん?」

キッチンからあゆみの声がする。

「後楽園までじゃが。水辺のももくんに会ってきた」

雅彦はランニングシューズを脱いでキッチンに歩いていく。あゆみが夕餉の支度をしている。自作のモスグリーンのエプロン姿だ。悟史が居間のソファーに寝転がってテレビを観ているのが見える。

「お、悟史、帰ってたんか」

笑いかけた雅彦に、悟史がうんとうなずく。

「どこでって俺を見とったん?」

「どこでって、何のことで?」

悟史がすっとぼける。

「携帯で泣きながら走るなよってゆうたじゃろ。どこで俺を見とったんで？」

「見とらんわ。走っとるっていうから、久し振りじゃと思ってくたびれてヒーヒー泣いとるんじゃねんかと思ったんよ」

悟史が雅彦からテレビに視線を戻す。ポーカーフェイスを決め込む。

「お、そういうことかあ。じゃから泣きながら走るなよじゃったんかあ。俺はてっきりどっかで俺を見とると思ったんじゃが。道理でどこを探してもおらんかった訳じゃが」

雅彦は大きくうなずいて笑う。

「泣きながら走っとったん？　どうしたん？　何かあったん？」

あゆみが振り向く。顔色はよくなっているが、白分のことで泣いたのではという思いがある。

雅彦を見つめる目に力がない。

「お、いや、悟史のいう通りで、久し振りに走ったから胸が苦しくてヒーヒー泣きながら走っとったんじゃが。泣きながらゆーのはそうゆーことじゃが、ハハハハ」

雅彦もすっとぼける。

「そうなんか。せっかくメタボが少し解消したと喜んどったんじゃから、毎日じゃのうてもええけーまた走った方がええよ」

「そうじゃなー。そうするわ。で、お前はどうな？」

雅彦は悟史に聞こえないように、テレビの音量よりも声を小さくしていう。

「え？　顔色おかしい？」

あゆみがギクリとして顔を手でなでる。

「おかしくねーけど、何か元気ない気がするなー。何かあったんか？」

「何も。じゃからな、体力が回復しとらんから夕方になるとちょっと疲れが出るんよ。それだけじゃが」

あゆみもすっとぼけて鍋の煮物を突っつく。『おふくろ』で嘔吐してしまったことは、今まで通り内緒にしたい。雅彦にも悟史にも、治療の副作用で時々吐いてしまうということは隠している。

「そうか。ならええけど、無理せんのんよ。それで四丁目のお義父さんお義母さんは元気じゃったんか？」

「元気元気。とゆーても、いつもの通り盛大に愚痴合戦のなじり合い合戦じゃけど。でも愚痴でもなじり合いでも、口が達者じゃゆーことは、元気な証拠じゃからまあええよね。どうせならしょうもない冗談とか駄洒落ゆうて笑っとった方が、健康のためにはええんじゃけどね」

「そうゆーことじゃけど、まあ愚痴合戦もなじり合いもお義父さんお義母さんのペースじゃゆーことじゃね」

雅彦が速攻でシャワーを浴びてくるといって行きかけ、はたと立ち止まる。

「そうそう、庭の草花、適当に移しちゃうぞ。いよいよピザ窯を造るんじゃが」

雅彦が張り切っていう。

「どの辺りに造るん？」

「どま真ん中に決まっとろうが。世界一うまいピザを作るんじゃからでんとど真ん中じゃが。端っこじゃ気分が小そうなる気がしておえん。ど真ん中で気合いを入れて焼くんじゃが」

「ど真ん中はええけど、通り道はどうすんな？」

庭には玄関から裏道に伸びる通り道が真ん中を突っ切っている。両脇に庭木と花壇があるのだ。

「ピザ窯を迂回させればええが。ただ、どんくらいの窯になるかまだ設計図はできとらんから、庭全体のレイアウトはまだじゃけど」

「じゃあ、どっか隅の一箇所に仮植えしといて。そんでピザ窯ができてから庭のレイアウトを考えて植えるから」

「お、分かった。了解じゃが」

雅彦がにっこり笑う。シャワーを浴びに行きかけてまた立ち止まって振り向く。

「忘れるとこじゃった。なあ、あゆみ。お前、今度の週末、東京に行けるかなあ」

「東京？」

「そうじゃが。一緒に世界一のピザを食うてこよーや。お、もちろん体調しだいじゃけど。疲れんようにゆっくりしよーや。金曜日に行ってホテル泊まってもええし、土曜日行ってホテル泊まってもええが。お前にもダ・モーレのマルゲリータとマリナーラを食ってもらいたいんじゃが」

「うわあ、あの世界一になったいう職人さんのピザ屋さんじゃね。食べたいなあ。じゃけど、世界一になったピザを私が食べてえん？　私が食べてしもうたら世界一のピザを作るハードルが高くなるんよ？　そのピザよりもおいしいピザを作らにゃならんのじゃけー」

「当たり前じゃが。まっかせなさい。そのためにお前にダ・モーレのピザを食うてほしいんじゃが。俺が作る世界一うまいピザは、ダ・モーレのピザよりうまくなけりゃおえん。そうじゃねーと世界一とはいえんのじゃが。じゃから、お前にダ・モーレのピザを食ってもらいたいんじゃが。そうじゃねーと、世界一かどうか比べられんが。それに、今の時点ではダ・モーレのピザは世界一じゃが。食えば世界一の幸せを味わえるんじゃが。どうな？　行こうやー。ぼっけー幸せになれるでー」

「食べてみたいなあ。でも、やっぱり止めとく」

あゆみは小さく首を振る。

「何でや？　行こうやー。目の玉が飛び出るほどうまいピザをお前に食わせてやりたいんじゃが。幸せじゃゆー気持ちになれること請け合いじゃが。俺が幸せじゃ思ったんじゃから、ピザが大好きなお前じゃったらぼっけー幸せじゃ思うんは間違いなしじゃが」

「目の玉が飛び出すんじゃったら、雅彦さんが作った世界一うまいピザを食べたら心臓が飛び出してしまうが」

あゆみは楽しそうに笑う。

「当たりめーじゃが。ぼっけーの百万乗くらいも幸せになって、目の玉でも心臓でも、それに悪いもの何でも飛び出していきよって元気になること間違いなしじゃが」

雅彦が何でもに力を込めていう。

「百万乗はすごいなー。それじゃったらガン細胞もびっくりして飛び出していくな」

あゆみはあっけらかんといって笑う。

「お、おお、そうじゃが。じゃから、それまでとりあえず、東京でぼっけー幸せになりに行ってこよーや」

「うれしいけど、やっぱりやめとく。私ね、ここにおりたいんよ。ここにおるの好きなんよ。居心地がいいし、雅彦さんと悟史と両親と、それに親しい人も楽しい友達もおるし、店のお客さんもおるし、それが私の幸せじゃからここにおりたいんよ。じゃから東京のピザ屋さんは食べに行かんでも大丈夫。十分幸せじゃわ。世界一のピザは雅彦さんが作るのを楽しみにしとる。どんなんができるかワクワクして待っとけるだけで幸せじゃが。それに」

あゆみはしゃべっている勢いで喉まで出掛かった言葉を呑み込む。しばらく治まっていたのに久し振りに嘔吐したことが気にかかる。突然の吐き気がいつやってくるか分からない。飛行機や新幹線での移動中や、ピザ屋さんで吐き気をもよおしてしまうかもしれない。そのことを考えると東京行きをためらってしまう。

「ん？　何じゃ？　ゆうてみー」

「週末は『セワーネ』を休みたくないんよ。週末に『セワーネ』に来るのを楽しみにしとるお客さんがおるんよ。私の新しい手作り物を見るのが楽しみじゃゆうて。そんなお客さんをがっかりさせたくないもん。雅彦さんの世界一のピザ、本当に楽しみにしとるから、東京に行って張り切って研究してきて」

あゆみがいい終えると、じっとあゆみを見つめていた雅彦がうなずく。にっこり笑い、シャワーを浴びてくると立ち去る。居間のソファーで耳をそばだてている悟史が、ホッと小さな吐息をついた。

15

会議室のブラインドの隙間から昼前の明るい日差しが差し込んでいる。テーブルに着いているのは五人。統括営業部長の雅彦とその部下たちだ。第二課の課長と主任、若手の営業部員が二人。雅彦は手にした見積書から目をあげる。

「よし。これで行こう」

雅彦は全員を見回してきっぱりといい切る。きりりとした口元にうっすらと笑みを浮かべる。目に力がみなぎっている。ストライプ入りの紺地のスーツ。皺ひとつない真っ白なシャツに明るいブルーのネクタイをきっちり結んでいる。家にいる時のヘラヘラ笑っているジャージー姿と違ってどうして男前だ。

「細かいコストダウンも塵も積もればじゃな。これだけの数字が出せることによく気づいたなあ。二人ともよく頑張ってくれた」

雅彦は若い二人の営業員に笑顔を向ける。二人が顔を紅潮させてうなずく。

「さて、じゃあ飯にしよう」

雅彦は人懐こい笑顔になってみんなを見回す。

課長と係長が腕時計を見る。置き時計は十二時二十分になろうとしている。若い二人は顔を紅潮させたまま雅彦を見ている。大きな仕事の見積りが、自分たちの提案した数字で決まったことに興奮を抑えきれない様子だ。

「部長、益田屋でランチ一緒にどうですか？」

と課長が立ち上がる。

「お、ありがとう。俺はちょっと勉強じゃから、この次一緒に食おうや」

雅彦はそそくさと書類をまとめながらいう。

「部長は最近、昼休みはデスクでも外の店でも熱心に本を読んだり、本を見ながら何か書いていますよねえ。仕事関係でしたら俺も読んでみますよ。何という本ですか？」

雅彦が仕事に関係する本を読んでいるものと課長が決めてかかる。あゆみがガンと診断されてから定時に帰るようになった雅彦だが、それ以前は仕事の虫だった。朝早くから出勤し、夜は遅くまで仕事や接待、同僚との飲み会という毎日だった。読んでいる本は仕事関係の本と決まっていた。

「お、おお、いや、仕事の本じゃねんよ。ちょっとな。じゃあな」

雅彦はごまかし笑いをして会議室を後にする。ピザの本を読んでいるのか分からないようにいつもカバーをかけたままにしてある。ピザの本を読んでいることが知れたら、なぜそんな本を読んでいるのかと質問されるに決まっている。その都度答えるのは面倒だ。ダ・モーレに行く前はピザについてのレシピ本だったが、最近はピザ窯の造り方がいろいろ載っている本だ。本を見ながらあれこれ思いを巡らせ、庭の設置場所を思い浮かべて簡単な図面を引いたりしている。

雅彦はデスクに戻ると引き出しから本を取り出し、会社を出て少し離れたイタリアンレストランに入る。四人掛けテーブルが十席の店内は三分の一ほどの入りだ。ほとんどが勤め人風の男女だが、窓辺のテーブルにカジュアルな恰好の男が座ってペンネを食べている。ぱっと見は三十前後で、少し長めの巻き毛をオールバックに整えている。グレーのファスナー付きニットブルゾンを小粋に羽織っている。雅彦はその男の隣のテーブルに座ってスパゲティーのボンゴレを注文する。ランチセットなのでサラダとコーヒー付きだ。コーヒーは食べた後にとオーダーする。注文を終えるとすぐさま本を開く。スパゲティーがきてからも本を読むのを止めない。食べ終わり、コーヒーが運ばれると、本に折り畳んで挟んでおいた紙をテーブルの上に置く。

まっさらな紙にピザ窯を設置する庭の長方形を描く。真ん中に本に載っている煙突付きの大きなピザ窯の写真の外形を大雑把に書き写す。蒲鉾形のピザ窯なので長方形になった。その横に『ダ・モーレ』と書いて、同じく庭の長方形を描き、記憶にあるダ・モーレのドーム型のピザ窯の外形を描く。大きな丸い円になった。二つのピザ窯の外形を見比べる。今度はダ・モーレの立体図を描き、天辺に煙突を立ててみる。

「あのう、すみません。失礼ですが、ちょっといいでしょうか?」

突然、自分に向けられた声に雅彦は振り向く。

隣の席でペンネを食べていた若い男が遠慮がちな笑顔を向けている。けれんみのない、柔らかな物腰だ。ペンネは食べ終えていて、テーブルにはコーヒーカップが載っているだけだ。

「はい?　私ですか?」

雅彦は持ち前の人懐こい笑顔を向ける。

「はい。すみません。あの、別に覗いた訳ではないのですが、チラッとピザ窯の図面が目に留まりまして。それでさしでがましいということは分かっているんですが、ピザ窯のことを考えているような御様子でしたので思わず声をかけてしまいました。お邪魔でしたらお詫びします し、私はもう帰るところだったのでこのまま失礼します」

丁寧な口調で恐縮している様子が態度に現れている。

「いやいや、せわーねー、あ、岡山の方ですか？」

若い男は完璧な標準語だ。岡山訛りのイントネーションは混じっていない。岡山弁は理解できないような感じだ。

「いいえ。東京です」

「やっぱりそうですか。全然大丈夫ですよ。ピザ窯のことで何か？」

「お邪魔してすみません。あの、ピザ窯をお造りになるのかなあと思って、つい声をかけました」

「ええ。そうなんです。それであれこれ考えていたんです」

「もう何度か造っていらっしゃるんですか？」

「いいえ。初めて造るんですよ。本格的なピザ窯を造りたいんですが、あれこれ迷ってましてね」

「やはり初めてですか。たぶん、そうじゃないかと思いました。そのデザインの煙突の位置が、あまり効率がよくない位置なんです。ドーム型のピザ窯でしたらピザの取り入れ口の近くでなければならないんです」

男は雅彦のスケッチを指さす。

雅彦は男の指摘に、ん？　と眉根を寄せて図面を見る。確かに煙突はドームの天辺につけてある。

「あ、いやいやいや、ついボーッとしてました。仕事のこととかあれこれ考え事をしながら描いていたので、とんでもないところに煙突をつけてしまいました。ここにつけたらせっかくの熱がそのまま外に出てしまいますよね」

「ええ、そうなんですよね。でもいろいろ勉強されてるみたいですね。煙突のこともちゃんとご存じだし、すみません、余計な口を出してしまいました。あの、するとやはりあれですか、コーティングに使う耐火コンクリートとか、底石のところにはウシマドの例の土を混ぜるのですか？」

「はあ……、ウシマドの例の土って、何ですか？　ウシマドって、岡山県の牛窓のことですか？」

雅彦はポカンとした顔つきで男を見る。ウシマドの土のことはインターネットのピザ窯の造り方にも本にも出てこなかった。

「ええ。岡山県の牛窓です。そうですか。ご存じありませんでしたか。地元の方らしいのでもしかしたらご存じかと思いました。でも、ご存じなくても当然ですよね。私もあれこれ調べましたが、備前市のレンガ屋のお年寄りの方からその話を聞くまでは知りませんでした。いろいろ話をしていたらその土の話が出たんです」

「あの、あなたはピザ窯の、その、どういう関係の方ですか？」

雅彦は男の方に身を乗り出す。ピザ窯のことに詳しそうだ。牛窓の土のことも気になる。例の、というからには耳寄りな情報なのかもしれない。

「あ、失礼しました。私は岡部と申します」

男がポケットから素早く紙入れを取り出し、名刺を差し出す。『岡部順治(おかべじゆんじ)』という名前だ。名前の他には携帯電話の番号があるだけだ。

「イタリア料理の料理人です。独立して店を出そうとしているところなんです。おいしいピザをメインにと思いまして、イタリアのピザ屋で半年間修行してきて帰ってきました」

「ええ⁉ プロの料理人の方ですか。道理で詳しいはずだ。いやいや、これはいい方とお会いしました。そうですか。イタリアのピザ屋さんで半年間修行してきたんですか」

「ええ。といっても二カ月ずつで、しかも大きい声ではいえませんけど、モグリで働いてきたんです」

岡部順治がいたずらっぽい笑顔で声を潜める。

「モグリって、不法就労ってことですか？」

「はい。無給ですから労働といえないのかもしれませんけど、私はお金よりももっと価値のあるものをもらったと思っています。意識としては不法就労って気分なんです」

「お金よりもっと価値のあるものというのはピザのことですね」

「はい。イタリアは外国人が働くにはいろいろ面倒くさい手続きとかハードルが高くて、働いてもいいよっていう許可証をもらうのに時間がかかるんです。のんびり待っている訳にはいきませんでしたので、遊びに来た旅行客として店に居させてくれと頼み込みました。私はオーナーの知り合いの日本人の友達で、ナポリに遊びにきているということにしたのです。ピザ屋が大好きで遊びにきていて、楽しみで掃除とか皿洗いの手伝いをしているということにすれば、店は当局に処罰されることはない訳です。無給ですしね。本場のピザ屋に遊びにきている、一日中ピザ屋にいたいピザ屋が大好きな変な日本人という訳です」

岡部順治が淀みなくしゃべり続けて笑う。

「なるほど。うまい手を考えましたね。遊びにきているだけだとなれば、不法就労にはならないですよねえ。しかも無給だし」

雅彦は感心してうなずく。

「何とか本場のピザ作りを覚えたくて必死でしたので、無い知恵を絞りました。でも最初の二カ月間は何も教えてくれませんでした。毎日皿洗いと掃除です。次の二カ月めで少しずつ教えてくれて、最後の二カ月で一通りマスターすることができたんです」

「すると、実質四カ月で本場のピザ作りをマスターしたということですね。誰でもそのくらいでマスターできるものでしょうか？　つまりその、何も知らずに一からピザ作りを始めるとして、ということですが」

あゆみの具合が今後どうなるか分からない。今は具合が良さそうだし、この先ももっと良くなってほしいが、それは誰にも分からないことだ。もしかしたら具合が悪くなってしまうかもしれない。そうなる前に世界一うまいピザを作って食べさせたいし、少しでも早く世界一幸せだという笑顔を見たい。

「さあ、どうでしょうかねえ。作り方を覚えるだけだったら何回か作ってみれば覚えると思いますよ。ただおいしいピザとなったら粉の水加減、塩加減、トッピングの分量とか、微妙な加滅を身につけるまで時間がかかると思います。それにやっぱり焼き方ですよね。今が完璧だという焼け具合を見極める目を持つまでには、ある程度の枚数を焼かないとだめですよね」

「なるほどなるほど。そりゃそうですよねえ。やっぱりただ焼けばいいってもんじゃないですよねえ。とすると、世界一うまいピザを作るとなったら、作れるようになるまで半端じゃない時間がかかるということですよねえ」

雅彦は少し気落ちした声を出す。

「世界一おいしいピザですか？　失礼ですが、お店をなさるんですか？」

岡部順治が目を丸くしていう。

「いえいえ。あ、申し訳ありません。遅くなりました。私、こういう者です」

雅彦は名刺を差し出す。

「店をやる訳じゃなくて、家の庭でピザ窯を造って、それで世界一うまいピザを作りたいんです。世界一うまいピザを作って、そのピザを食べさせたい人がいるんですよ。それも少しでも早く作って食べさせたいんです」

「会社の部長さんですか。個人でピザ窯を造るんですね。そうですか。早く世界一おいしいピザを作りたくて、それでおいしいピザを作れるようになるまでどのくらいかかるかということだったんですね」

岡部順治がうなずきながらいう。

「そうなんです。ですからピザ窯も本格的なやつにしたいんですよ。それなのにボーッとしてたとはいえ、こんなところに煙突をつけるようじゃだめですよねえ」

雅彦は紙に描いたドーム型のピザ窯を指で叩き、自嘲して笑う。

「でも世界一おいしいピザを作るというその情熱があれば、案外短い時間でおいしいピザを作れるかもしれませんよ。やる気があるかどうかで時間は短くもなるし長くもなりますからねえ」

「そうですよね！　情熱が大事ですよね！　情熱だけは誰にも負けないぐらいにあるんです。いやあ、元気が出ました。プロの方にそういっていただけると百万人力です。ありがとうございます！」

雅彦の笑顔に力が溢れる。希望に満ちた笑顔だ。

「でも、世界一おいしいピザを作るのでしたら、ピザ窯もちゃんとしたピザ窯を造る必要がありますよね。それでしたらやはり遠赤外線効果が抜群のドーム型のピザ窯がいいのはもちろんですが、ピザ窯の温度のこととか保温効果のことも考えた方がいいかもしれませんね。それには牛窓の例の土がいいんですがねえ」

「あ、そうでした。耐火コンクリートに混ぜるというその牛窓の例の土というのはどんな土なんですか？」

雅彦は真顔になって岡部順治の目を覗き込む。

「これは本当に凄い土なんです。まさに奇跡の土です。これを混ぜると耐火と蓄熱効果が格段によくなるんです。そのドーム型のピザ窯にダ・モーレとお書きになってますが、東京の中目黒にあるピザ屋さんのダ・モーレですか？」

雅彦は岡部順治が指さしたテーブルの紙に目を落とす。それから岡部順治に親しげに笑いかける。共通の知っている店があるというのは親しみが湧く。

「いやあ、ダ・モーレをご存じなんですね。この前の土曜日に行ってきたんです」

「もちろん知ってます。ダ・モーレの森脇さんは有名ですからね。ダ・モーレのピザ窯は、材料を全部イタリアから取り寄せて造ったんです」

「ええ、ええ、本に書いてありました。職人さんもイタリアから呼び寄せて造ったんですよね」

「みたいですね。都内のマンション一戸買えるぐらいの費用がかかったらしいんですが、炉底の石板はどんな石を使っているかご存じですか？」

「炉底の石板ですか……。さあ、分かりませんね。あんなにうまいピザが焼けるんですから、さぞ貴重で高価な石なんでしょうねえ」

炉底の石板のことは本に書いていなかった。それに都内のマンションを一戸買えるぐらいの費用がかかったということもだ。そうとう高価な代物に違いない。

「はい。貴重で高価です。あれはナポリの近くのベスビオ火山の溶岩なんです」

「ベスビオ火山というと、ポンペイの町を消滅させたという、あの火山ですか？」

「ええ、そうです。ステーキなんかを溶岩プレートで出すお店をご存じですか？」

「はい。おお！　なるほど！　そういうことですか。溶岩プレートは蓄熱効果が高いからステーキが冷めにくいんでしたね。だからピザ窯の炉底の石も溶岩ということか」

雅彦は合点して大きくうなずく。

「ええ、そうなんですが、溶岩石は加熱すると遠赤外線を出すんです。ですからステーキは冷めにくく、しかも中が柔らかいままなんです。ピザも同じことなんです」

「そうか。外は蓄熱効果でカリッと焼けて、中は遠赤外線効果で柔らかくてジューシーって訳ですね」

「まさしくその通りなんです。だったら日本の火山の溶岩でも同じだろうと思うでしょうが、ベスビオ火山の溶岩は成分がちょっと違っていて蓄熱効果と遠赤外線効果がより高いんです」

「そうでしょうそうでしょう。だから貴重で高価なんですね」

雅彦はしきりにうなずく。

「日本ではベスビオ火山の溶岩石はただでさえもなかなか手に入りづらいんですが、ダ・モーレのやつは大きな一枚溶岩石なんです。継ぎ足していないんです。これを日本に持ってくるのが大変なんです。だから貴重で高価なんです。その分ピザもおいしく焼けるという訳です。私もピザ窯の炉の底の石板はベスビオ火山の一枚溶岩石にしたかったんですけど、高価で手が出ませんでした」

「都内のマンション一戸買える窯ですからねえ。相当高いんでしょうねえ」

「とんでもない金額なんです。そこでいろいろ調べてベスビオ火山の溶岩石に近い成分を持つ日本の溶岩石を探してみました」

「なるほどなるほど。それで、あったんですか?」

雅彦はさらに身を乗り出す。岡部順治の話に釘付けだ。

「それがですね」

といって岡部順治がコーヒーカップを持ち上げる。途中で止めて雅彦を向く。カップの中が空だ。

「あの、難波さんはお時間大丈夫ですか？」

「ええ、ええ、大丈夫です。あ、岡部さんは大丈夫なんですか？　すみません、話に夢中になって気がつきませんでした。そうでしたそうでした、帰られるところでしたね？」

「もう少しなら大丈夫なんです。話も途中ですし」

そういうとコーヒーお代わりお願いしますと岡部順治が従業員に告げる。雅彦は間髪をいれずにぼくの伝票につけておいてという。恐縮する岡部に、こっちが引き止めて話を聞いているようなものですから遠慮なさらずにという。ではお言葉に甘えてといって岡部順治が話し始める。

「溶岩石のことなんですけど、あったんです。完璧とはいえないんですけど、日本ではただ一箇所、ベスビオ火山の溶岩石に近い石が。なんと、すぐ近くなんです。豊島から産出される凝灰岩なんです。これは耐火性と蓄熱性が物凄く高いんです」

「豊島というと、小豆島の西にある豊島ですか？」

「そうです」

「だけどギョウカイガンというのは、その、溶岩石とは違う石ですよね？　名前が違うし。それでも同じ特性なんですか？」

「名前は違いますけど、凝灰岩も火山の噴火によってできた石なんです。大昔に海底火山が噴火してできた石で、それが豊島で産出されるんです」

「そういうことですか。ということは溶岩石の一種なんだ」

「その通りです。ところが豊島の凝灰岩だけではベスビオ火山の溶岩石にかなわない。そこで牛窓の例の土なんです」

コーヒーが運ばれてきた。岡部順治が一口飲んで喉を潤す。

「いよいよ真打ち登場ですね」

雅彦は期待に胸を膨らませて目を輝かせる。

「私の店にピザ窯を設置するにあたって、どうせ造るならいい材料を揃えたいと思っていろいろ検討したんです。その結果備前の耐火レンガと豊島の凝灰岩で造ろうということになったんです。備前の耐火レンガは日本一です。生産量もそうですが耐火性と蓄熱が抜群なんです。いい風合いのアンティーク耐火レンガも豊富にあって、窯の装飾に使おうと思いまして、それで備前の耐火レンガ屋さんを巡り歩いたんです。その時にあるレンガ屋さんの社長さんが、『これは知ってる人は知ってることだけど、本当は牛窓にもっといい土があって、これを使って耐火レンガを作りたいんだけどなにせ量が少ないから採算がとれない。だけどおたくみたいにピザ窯を造るならその土のレンガが最高なんだよ。耐火性、蓄熱性、遠赤外線効果、どれをとっても超最高なんだ』というんです」

「超最高!?　いやあ、そんな凄い土があるなんて知らなかったなあ。へー」

雅彦は話に引きずり込まれて呻いてしまう。

「難波さんは地元の方だから知っているものと思って、その土を使ってピザ窯を造るのだろうと思ったんです」

「そうか。それで最初に牛窓の例の土っていったんですね。備前地区の耐火レンガが生産量日本一で品質もいいというのは知ってましたけど、そんな超最高の土が牛窓にあるとは知りませんでした」

「それでどんなものか、試しにその土を使って小さなピザ窯を試作してみたんです。その土を地主の人に分けてもらうまでが一苦労でした。ちょっと偏屈な方なんです。だから親しくなるまで何回も通ったんです。おいしいピザを作ってみんなに喜んでもらいたいということを話しました。熱意が通じたんですね、お前のことを気に入ったから分けてあげるといったんです」

「なるほどなるほど。それで、その例の土の効果はバッグンだったと」

雅彦は興奮して大きく目を見開く。

「はい。ドームは備前の耐火レンガ、炉底の石板は豊島の凝灰岩です。牛窓の奇跡の土を耐火コンクリートに混ぜて炉底とドーム全体に塗りました。もちろんレンガとレンガの隙間は奇跡の土を混ぜた耐火コンクリートをびっちり詰めました。乾くのを待って、一日かけてそろりそろりと火を焚いて徐々に窯を温めていったんです」

「そうでしたそうでした。冷えた窯を温めるのは慎重にやらなければいけませんでしたね。特に最初の火入れは。急に温度を上げると窯が暴れてヒビが入ったり割れたりするんですよね。いやあ、当たり前とはいえさすがはプロだ。それでそれで、どうでした？　牛窓の例の奇跡の土の効果は？」

雅彦は急き込んでいう。話に引きずり込まれてすっかり虜になっている。

岡部順治が首を傾げて満足げに笑い、フウーッと長いため息を吐く。

「信じられませんでしたよ。びっくりしました。三十秒ぐらいの時間で完璧な焼き上がりでした。外はパリッ。中は柔らかくてジューシーです。ダ・モーレのマルゲリータに負けず劣らずのおいしさなんです」

「おお！」

「凄いのはここからです。蓄熱が凄くて、小さい窯だというのに追加の火を焚かなくても五枚は同じ時間で焼き上がりました。しかもみんなパリッ、ジューシーなんです」

岡部順治が感激を抑えきれないかのように胸の前で両手を丸めて上下に振る。

雅彦は釣られて同じしぐさをしながら、

「ということは、ダ・モーレとかナポリのピザ屋さんのピザ窯に負けず劣らずの性能だったということで、ベスビオ火山の溶岩石と同じ性能を発揮したということなんですね⁉」

と目を爛々と輝かせる。

「はい。本当に信じられませんでした。難波さんがどのくらいの大きさのピザ窯をお造りになるのか分かりませんが、牛窓の奇跡の土を使えば小さくても性能はバツグンなんです。ましてや世界一おいしいピザを作りたいとおっしゃるのであればぜひとも使うべきです。何か深い事情がありそうですし、こうしてお会いしたのも何かのご縁です。難波さんのお力になれれば私もうれしいし、牛窓の奇跡の土が出る土地の地主さんに少し分けてくれるよう、私が頼んでみましょうか？」

岡部順治が控えめな笑みを浮かべて申し出る。

「え？　いいんですか？」

「はい。さっきもいいましたけど地主さんはちょっと偏屈な方で、いきなり難波さんが行って分けてくれといってもたぶん無理だと思いますから」

「いやあ、それはもう、そうしていただければ願ったり叶ったりです。お言葉に甘えさせてもらいます。ありがとうございます。この通りです」

雅彦は岡部順治に向き直って膝を揃え、深々と頭を下げる。

「いやあ、そんな大層なことじゃありませんから」

「いやいやいや、もう地獄に仏の心境です。それでそのう、代金はどのくらいなんでしょうか？」

「値段はあってないようなものなんです。何しろ売るつもりはないというのですから。私の場合は試作品の小さな窯の分も含めて三十万円支払うことになっています。ですがベスビオ火山の溶岩石を取り寄せることを考えたら安いものです」

「三十万円ですか。結構な金額ですけど、確かにベスビオ火山の溶岩石を輸入することを考えたら安いものですよねえ」

雅彦は納得顔でうなずく。岡部順治が笑いながらはいと答えて大きくうなずく。

「難波さんの窯は私の窯よりも小さいでしょうから大分安く済むと思いますよ」

「そうですか。一度に一枚焼ければいいですから、だいたいこのくらいの炉があればいいと思うんですけど、でも世界一うまいピザを焼きたいのでもう少し大きくしたいですね」

雅彦は両腕を広げて大きな輪を作る。

「八十センチぐらいの炉ですね。そのくらいならば中と外に使う分を考えても、そうですね、五万円支払えば十分でしょう」

「五万円ですか。本当ですか？　いやあ、そのくらいで済むなら御の字です。もちろん岡部さんには謝礼をお支払いします」

都内のマンション一戸や三十万円に比べたら、五万円と謝礼を支払っても安いものだ。

「いえいえ、謝礼なんていりません。地主さんに連絡しようと思っていましたから丁度いい、難波さんの分もお願いしてみましょう。少しなのでたぶん大丈夫だと思います。その前に用事がありますから、返事は夕方ぐらいになると思いますが」

岡部順治がでは後ほど電話をしますからと立ち上がり、ゆっくりと伝票に手を伸ばす。すかさず雅彦が手を出して素早く伝票を押さえつけた。

16

穏やかな午後だ。ほんわかとした暖かい空気が奉還町商店街を包んでいる。

まどろみそうになる空気を蹴飛ばすように、『セワーネ』の店内は女二人の明るい笑い声が弾け飛んでいる。

「そうなー。雅彦兄さん気絶したんなー。でも大事にならんで本当によかったわー。雅彦兄さんらしい落ちじゃけど」

とフリーアナウンサーの竹田友子（たけだともこ）は笑う。声のプロらしい張りのあるきれいな声だ。毎日のように岡山のテレビやラジオに出演していて、彼女が水曜日と木曜日の朝に担当するＦＭ放送の番組を聞くのがあゆみの習慣だ。竹田友子はあゆみが作るベルトとバッグ、それにエプロンが好きでちょくちょく店を訪れている。奉還町商店街の横丁を入ったところに住んでいたが、高校生の時に引っ越ししてしまった。同じ町内だった雅彦とは年が離れた幼馴染みだ。

「ぐったりして運び出された時は本当に心臓が止まりそうになったんよ。雅彦さんは身体が細いから白まわしがゆるゆるになっとって、隠してあるところがはみ出すんじゃないかと気が気じゃのうて、本当に心臓が止まりそうじゃったんよ」

「そっちの方で心臓が止まりそうになったんな？　もうあゆみさんは！」

竹田友子が噴き出し、あゆみも顔を赤らめて笑う。二人は喫茶コーナーのテーブルを挟んで向い合っている。それぞれに紅茶のカップが置かれてある。二人がクスクス笑いになってから竹田友子が口を開く。

「笑い話で済んだからよかったけど、雅彦兄さんは本当に何かしでかしてくれるわよねえ。今度はあゆみさんのために世界一おいしいピザを作るというんじゃろ？　またまた何かしでかしてくれる予感がしちゃうわよねえ」

「え？　どうしてそれを知っとるん？」

「さっき『おふくろ』のクミ姉さんから聞いたもん。どんなピザができるか楽しみじゃーゆうて、道雄さんもクミ姉さんも張り切ってた」

「もうクミ姉さんは、オフレコじゃからねってゆうたのに。あ、本当にオフレコじゃからね。放送でしゃべったらおえんからね。雅彦さんがみんなに内緒にしとるんじゃから」

「しゃべりません。雅彦兄さんがみんなに内緒にしとるゆーんは、本気であゆみさんのために世界一おいしいピザを作りたいからじゃが。本気の雅彦兄さんを応援したいし、秘密にしとって楽しみにしていたいもん」

竹田友子がうれしそうに笑ってティーカップを口に運ぶ。

「それなんよ。雅彦さんがみんなに内緒にしておきたいゆーんは。雅彦さんが何かするゆうと、どういう訳かみんなが一緒にやりたがるんよ。この前の裸祭りだって雅彦さんが出るゆうたらみんなが集まってくれて、それで『チーム奉還町』が結成されてお祭り騒ぎになってしまったんじゃから。また、雅彦さんはみんなでワイワイするんが大好きなんよねー。今回は固い決意で静かに一人でやりたいゆうとるけど、いつまで持つか怪しいもんじゃが。ちょっと浮かれるとペラペラしゃべってしまうのは目に見えとるもん。みんなに知れ渡るのは時間の問題じゃが」

「内緒にしたいゆーのは確かにその通りじゃな。でも私がしゃべらんでも、雅彦兄さんがみんなにしゃべってしまうのは時間の問題。雅彦兄さんはどんなことでも内緒になんかできんもん。って、雅彦兄さんじゃのうてあゆみさんがクミ姉さんにばらしてしもうとるが。偉そうに人のことはいえんのじゃが」

竹田友子は笑ってなじる。

「じゃって私がしゃべらんでも、どうせ雅彦さんはクミ姉さんにはしゃべってしまうもん。代わりにゆうてあげたんよ」

「似た者夫婦じゃが。いいコンビ。じゃけどあゆみさんがそんなにおしゃべりだなんて知らんかったわ」

「私ね、ガンになってから生まれ変わったんじゃが。おしゃべりは好きじゃったけど、もっと好きになったんよ。でもこのことをしゃべったのはクミ姉さんだけじゃが。他には誰にもゆうてません。そうじゃ、知らんかったといえば、私知らんかったんじゃけど、商店街の『婦人服へいたいや』さんは何で『へいたいや』ゆー名前か知っとった？」

「えー？　そういえばそうじゃな。分からんわー。何で『へいたいや』ゆーんじゃろ？　物心ついた時から『へいたいや』と覚えとったから気にもかけんかったけど、どういう意味なんじゃろ？」

「でしょう。私もそうじゃったんじゃけど、この前田中のおっちゃんが教えてくれたんよ。明治時代だか大正時代に『婦人服へいたいや』さんの家の誰かが近衛兵になったんじゃと。それでみんながあそこの店の人は天皇陛下をお守りする兵隊さんじゃ、兵隊さんの店じゃ、兵隊屋じゃとしかいわんようになって、それで『へいたいや』と名前を変えたとゆーんよ」

「へー、そうなん。知らんかったわー。それで婦人服屋さんなのに『へいたいや』さんなー」

竹田友子が納得してうなずく。

ドアが開いた。赤いコート、黒いサングラスの女が店に入ってきた。小首を傾げてあゆみを向いている。

あゆみの表情が一瞬固まる。間違いない。この前店の前を行ったり来たりしていた赤いコートの女だ。今日もショートカットの黒髪に黒いサングラスだ。あゆみはすぐに笑顔を作り、

「いらっしゃいませ」

と明るい声を出す。

「じゃあ、あゆみさん、私帰るわ。また来るけー。元気でよかった。身体、大事にしてね。雅彦兄さんによろしく」

竹田友子が気をきかせて立ち上がる。

「ありがとう。あ、忘れ物じゃが。ベルト、ベルト」

あゆみも立ち上がり、テーブルの端に置いてあった紙袋を手に取る。綺麗にラッピングされた包みが二つ、竹田友子が自分の分と友達にプレゼントすると買い求めたベルトだ。

「あ、いっけない。最近多いんよ、物忘れ」

「忙しすぎるからじゃが。友子さんこそ身体を大事にね」

あゆみは紙袋を差し出す。竹田友子が苦笑しながらはーいと紙袋を受け取って出口に向かう。

赤いコートの女は壁際に展示してあるエプロンを手にしている。じゃあまたと竹田友子がドアを開けて別れの挨拶をしてあゆみがまたねと答えてドアが閉まると、赤いコートの女がいきなりあゆみを振り向く。サングラスはかけたままだ。

「あなたが難波さんの奥さんね」

赤いコートの女が藪から棒に言葉を投げつける。

「え？　ええ、そうですが」

あゆみは面食らって目を見開く。来店した客にいきなり難波さんの奥さんねと尋ねられたのは初めてだ。

赤いコートの女がフッと口元を弛めて背中を向ける。またエプロンに手をやる。

「『靴のトマト』、お店閉めてしまったのね」

赤いコートの女が向こうむきのままいう。平板な声でまるで感情がこもっていない。

「ええ。『靴のトマト』ご存じなんですね。奉還町商店街のこと詳しいんですか？」

「まさか。だいぶ前に一度来たきり。記憶に残っていたのは『靴のトマト』だけ。だって店の名前が変わってるし、店内は靴が積み重なるようにいっぱいで、アーケードの通りにまで靴の山がはみ出していたんだもの。印象が強烈で覚えていただけ」

「それが名物だったんですよ。人気のお店でした。私も大好きでした。それであの、失礼ですがどちら様でしょうか？　主人を知っていらっしゃるんですね」

あゆみは明るく振る舞う。赤いコートの女が雅彦を知っていることは間違いない。どういう知り合いか確かめて挨拶しておいた方がいいかもしれない。

あゆみの声を背中で受け止めた赤いコートの女がゆっくりと振り向いてサングラスを外す。涼しい顔であゆみを見つめる。きりりとした顔立ちの美人だ。

「あなた、ガンなんですってね」

赤いコートの女がズバリと切り込む。いいにくそうな素振りも見せず、デリカシーのかけらもない。冷ややかな目つきだ。

「え？」

あゆみは一瞬言葉を失う。すぐに気を取り直して笑顔に戻る。

「ええ。今治療中なんです」

「そういう運命になっていたのね。でも大丈夫。後のことは心配しなくていいわ」

「はい？　どういうことですか？」

あゆみは矢継ぎ早の礼を失した言葉にいささか顔色を変える。後のことは心配しなくていいのあとに、死んでも、という言葉が隠されているのは明白だ。

赤いコートの女がまた小首を傾げてあゆみを見つめる。相変わらず無表情のままだ。

「あなたは難波さんと結婚してはいけなかったのよ。だからガンになってしまったんだわ。間違ったことをしたら報いを受けるものなのよ。私も同じなの。間違ったことをしたから罰を受けたの。やっと運命には逆らえないって気づいたわ。だからこの後どうなったとしても、あなたが私を恨んだり、難波さんを恨んでも仕方のないことなのよ。そのことを分かってほしいの」

「同じということは、あなたも間違った結婚をしてガンになったんですか?」

「ガンにはならなかったけど罰を受けたわ。ずっと虐げられた辛い結婚生活をしてきたの。屈辱的なといってもいいわ。それが罰だったの」

「それで、どうなったとしてもあなたを恨んだり、主人を恨んだりするなとは、どういうことなんです?」

「それはいわないでおくわ。あなたにとって酷なことだから。これは仕方のないことなのよ。人の運命は決められていて誰も逆らえないものなのよ」

赤いコートの女がうっすらと不敵な笑みを浮かべる。勝ち誇ったような笑みだ。

「そうかもしれませんね。確かに私は罰を受けても仕方のないことをしてしまいました。でも、あなたは勘違いしています」

あゆみはやんわりと笑みを返す。

それで？　というように赤いコートの女が黙って小首を傾げる。

「罰を受けたとしても、主人と結婚したから罰を受けたのではないんです。私自身のことなんです。だからあなたには関係のないことなんですよ」

「とにかく、私と難波さんはそれぞれに間違った結婚をしたのよ。元々難波さんは私と結婚するはずだった。だから後のことは心配しなくていいの。運命には逆らえないのよ。人はちゃんと納まるところに納まるものなの。それが運命。それだけ」

赤いコートの女がサングラスをかける。話はもうお終い。そんな素振りだ。

「どなたか知りませんが、私が死んだら主人と結婚するといいにきたんですね」

あゆみはサングラスの奥の目を覗き込むようにしていう。やっと話が見えてきた。雅彦とこの赤いコートの女は、若い頃に結婚を誓い合った恋人同士だったのかもしれない。それがどういう事情か分からないが結婚できずに別れてしまったのだ。そういうことなのだろう。あゆみは赤いコートの女を見つめたまま小さくうなずく。

「あなたがガンの治療を受けているなんて知らなかったわ。さっきある店の人と話をして知ったの。だから早くあなたに教えてあげた方がいいと思ったのよ」

「この前店を覗いた時に入ってこなかったのは、私がガンだと知らなかったからですね。ガンだと分かって私が死ぬものと決めつけて、遅かれ早かれ主人と再婚できるとうれしくなって入ってきたのね。だから後のことは心配しなくていいということなんですね」

赤いコートの女がまた黙って小首を傾げる。小首を傾げるのがトレードマークのようだ。口元にうっすらと笑みが浮かんでいる。あっけらかんとした笑みだ。その笑みがゆっくりと口を開く。

「悪気はないのよ。むしろ親切。難波さんのことを心配しなくてもいいように。でもあなたがどうなろうと関係ないわ。私と難波さんはあなたに関係なく結婚することになっているの」

「ご親切に。でも私にいくら揺さぶりをかけても無駄ですよ。私、主人と別れるつもりはありませんから」

「でも運命には逆らえないわ。私が悪いという訳じゃないし誰が悪いという訳ではないのよ。そういうことなの。じゃあ」

赤いコートの女がもう一度小首を傾げて笑みを浮かべる。コートの裾を翻してさっそうとドアへ向かう。ドアを押し開けると風のように消え去った。

赤いコートの女を見送ったあゆみはクスクス笑い出す。笑いが込み上げてくる。雅彦と別れるつもりはないなどと初めて口にした。ためらいもせずにすらりといえた自分がおかしくてたまらない。顔が赤くなる。

そろり、と店のドアが開いた。『トンチカ』の三村のおじさんとおばさんがおずおずと顔を覗かせる。

「あ、おじさん、おばさん。こんな時間に二人揃って珍しいが。どうぞどうぞ」

「いや、ちょっとな、せわーねーかいなと思って来てみただけじゃが。あの赤いコートの女が入っていくのが見えて、そんで別に監視しとった訳じゃねんじゃけど、あの女と話しとった時に、なんかきつい顔しとったもんじゃから、何か事件かいなと思って様子を見に来たんじゃが」

とおじさんはいう。

「何でもないんよ。心配してくれてありがとう。大丈夫じゃが」

あゆみはクスクス笑いを堪えていう。

「ほっれみー、あんたはもう。この人が、あゆみさんが見たこともないきつい顔してしゃべっとるゆうて、一大事かもしれんゆうて騒ぎよるんよ。私はただのお客さんじゃろゆうたのに、この人ったら、ありゃー客じゃねー、談判しとる雰囲気じゃーゆうて、心配じゃから行ってみよーゆーて私を引っ張りだしよったんよ。ほんでもよかったわ。この人が顔色変えてしゃべりよるから、ほんまに一大事じゃないか思ってドキドキしたわー。わろーてるぐらいじゃから大丈夫そうじゃねー」

おばさんがホッとしたように表情を緩ませる。

「すみませんおばさん、おじさん。お騒がせしました。突拍子もないこといわれたもんじゃから、ちょっとびっくりしただけなんよ。せっかくじゃからお茶飲んでいって。どうぞどうぞ」

あゆみの言葉に、二人は店を開けっ放しじゃからと辞退して帰って行く。三村のおじさんとおばさんが顔を見せただけで店内の空気が和やかになった。またクスクス笑いがぶり返す。あゆみは気分を変えようと大きな吐息をひとつ。

「こんにちはー」

若い女性客がドアを開ける。常連さんだ。淡いピンクの明るい春のコート姿だ。

「いらっしゃい。あらー、ステキなコート」

あゆみの声が弾む。店内がいつもの空気に戻った。

17

雅彦はいそいそと市役所筋の広い道の歩道を駅に向かって歩いて行く。夕方の六時半になろうかという時間で、夕暮れ迫る空にはまだ昼の明るさが残っている。

四時過ぎに岡部順治から電話があった。牛窓の例の土が産出する土地の地主に掛け合ったところ、幸いにも機嫌よく分けてくれるとの返事だったという。ついては土を運ぶ段取りを相談したいので夕方会いましょうということだった。

雅彦はご満悦だ。ほしくても買えない最高の材料が格安で手に入るのだから、浮かれるのも無理はない。これでピザ窯の材料は完璧だ。豊島の凝灰岩と耐火レンガに耐火コンクリートは市販されているのだから手配さえすればすぐにでも手に入るだろう。

雅彦は岡山タカシマヤの角を右に曲がって飲食店が軒を連ねている通りに入る。カラフルな電飾が氾濫している賑やかな通りを進んで二つ目の十字路を桃太郎大通りに向かって左に折れる。外灯に照らされた小さな看板が目に留まる。

『ひとびと』

雅彦の行き付けの喫茶店だ。看板と同様に小さな店構えだ。今は昼の外回り営業の時にちょっと寄るだけだが、あゆみがガンと診断される前はほとんど毎夜顔を出していた。夜十一時まで営業していることもあって、接待などの飲み会の帰りには必ず寄っていた。お目当ては店特製のヨーグルトソフト。口当たりがさっぱりしていて飲んだ後には最高にうまいし、酔い醒ましになるのだった。

雅彦はドアを開ける。

「こんばんは」

「あらー、いらっしゃい。まあ、噂をすればじゃね。珍しいが、夜に顔を出すなんて」

カウンターの脇に立っているママが笑顔で迎える。ママは常変わらずほっこりとしたあたたかい笑顔が満開だ。白髪混じりの髪がきれいにセットされている。

「おお、ほんまじゃなー。丁度噂をしとったとこなんじゃが。ぼっけーくしゃみしまくっとったろーが」

カウンターの中でコーヒーを淹れているマスターが顔を上げる。張りのある大きな声が小さな店内にどよもす。出身の連島（つらじま）訛りのイントネーション丸出しだ。白髪混じりの長髪を後ろで束ねている。

「うわー、雅彦兄さん、久し振り！」

三人も座ればギューギュー詰めになるカウンター席に一人座っている、フリーアナウンサーの竹田友子がパッと顔を輝かせて振り向く。

「おお、友子じゃねーか。久し振りじゃなって、いつもテレビとかラジオで姿見たり声聞いとるし、それにここに来るとマスターとママからお前のこと聞いとるから、なんか毎日会っとる気分じゃが。どうな、元気な？」

雅彦はコートを脱ぎながらいう。

店内はカウンター席の他に四人掛けのテーブルが二つと二人掛けテーブルが二つ。それだけだ。客は竹田友子の他にカウンター寄りの四人掛けテーブルにサラリーマンらしきネクタイ姿の男が二人、二人掛けテーブルに若い女性が一人いる。

「元気元気。今日あゆみさんに会いに行ってきたんよ。元気そうでよかったわー」

「お、そうか。ありがとな。お父さんお母さん変わりないか？」

「めちゃくちゃ元気だよ。雅彦兄さんも相変わらず元気そうじゃねー」

「難波さん、そんなとこ突っ立っとらんと、こっち来て座りーよ」

笑顔満開のママがカウンター席を指さす。

「そうじゃが。今、友ちゃんから話を聞いて、べリーぼっけー感激しとったんじゃが。なんならわしが備前のレンガの」

「あー！　マスター！　じゃから、ワッフル頂戴！　ワッフル！　時間ねんよ時間ねんよ！」

竹田友子が慌ててマスターを制する。「じゃから」といいながら「シーッ」サインを出すように口に指を持っていった。世界一のピザ作りのことをしゃべってしまっていたのだ。

「ねえ、ほんまにもう、早うワッフル作ってあげーよ」

ママの笑顔が困ったようにマスターを向く。

「お、おお、そうじゃったそうじゃった、いけんいけん！　よっしゃ、ハッスルしてワッフルじゃが。ハッスルワッフルでハッフルじゃが！」

マスターが目をおっぴろげて盛大にごまかし笑いをする。とたんにテーブル席の客が小さく噴き出す。

「なんな？　マスター、備前の何がベリーぼっけー感激したんな？」

雅彦はきょとんとする。

「いやいや、備前にレンガ造りのベリーぼっけーうまいラーメン屋があるいう話じゃが。いいから突っ立っとらんとこっちの席にカムヒヤー、わしゃカムヒヤ冷やじゃが、ハハハハ」

ドアが開いて雅彦が振り向く。

「遅くなりました」

岡部順治だ。ショルダーバッグを肩から下ろしながら笑っている。

雅彦は岡部順治とコーヒーを注文して窓際の四人掛けテーブルに着く。雅彦がカウンターに背を向けて座り、岡部順治が窓際の席に着く。

「さっそくですが、五万円ということで地主さんと話をつけてきました」

岡部順治が少し声を潜めていきなり切り出した。

「いやいやいや、それは助かりました。ご足労をおかけしました。ありがとうございます」

雅彦も釣られて声を潜める。

「それと、地主さんは酒が好きな方なんです。当日は一応挨拶にうかがってから山の方に行こうと思います。ですから、清酒を二本ばかし手土産に持って行きましょう。その方がスムーズに作業できると思います。よろしいですか？」

「スムーズに作業というと？」

「気難しい方なんで、機嫌よくさせておけば、一緒に山に行って持ち出す土の量を監視するとかいい出さないと思うんです。好きなだけ持っていけというと思うんですよ」

「なるほど。そうゆーことですよね。分かります分かります。清酒を二本用意します。そうゆーことならベリー特別大吟醸酒にしましょう」

雅彦がにっこり笑ってうなずく。マスターの口癖が伝染している。

お待ち遠さまとほっこり笑顔のママがコーヒーを運んでくる。

ママが戻ってから、

「それと、山から土を入れて運ぶ土嚢袋と、土嚢袋を積んで持ち帰る車が必要です。助っ人が二、三人ばかりほしいですね」

と岡部順治がいう。いい終えるとコーヒーカップを持ち、香りを吸い込んでから一口飲む。

「土嚢袋と車と助っ人二、三人ですね。土嚢袋はどのくらい用意すればいいですかねえ」

雅彦は手帳を取り出してメモを取りながらいう。

「そうですねえ。八十センチぐらいの炉といってましたよね。まあ、十二、三袋もあればいいでしょう。だけど足りなくなると困りますから多めに運んでおいた方がいいですね」

「では二十袋用意します。そのぐらいならば助っ人を頼まなくても、私一人で運びますよ」

雅彦は自信ありげに笑う。できるならば助っ人など頼まずに秘密裏に事を進めたい。誰か助っ人を頼むとなったら、まずは力持ちの岸本弘高と長年の友の小橋川だろう。二人なら気安く頼める。そうなると土を運ぶ訳をいわない訳にはいかない。

「それが、例の土は山の中にあるので車が入れないんですよ。だから車まで運ぶのに大変なんです。それにけっこう重いんです。私が手伝えればいいんですけど、ちょっと左腕を痛めていて手伝えないんですよ。それに土曜日か日曜日に来て運んでくれと地主さんがいってるんですが、私が土曜日にしろ日曜日にしろあまり時間がないんです」

「だから助っ人がいるんですね。早く運び出したいと。分かりました。助っ人を二、三人ですね」

「土曜日と日曜日、どっちが都合がいいですか？」

と岡部順治がいう。雅彦はすかさず日曜日と答える。土曜日は東京のダ・モーレに行くと決めてある。ピザの焼き具合、焼き方、生地の味、歯ごたえを、もう一度じっくり見たり味わって脳裏に焼きつけたいのだ。新幹線のキップもすでに取っている。

「では日曜日にしましょう。何時がいいか、地主さんに聞いて難波さんに明日電話します。それと、差し出がましいと思ったのですが、炉の底に敷きたい豊島の凝灰岩なんですけど、私の窯のことで親しくしている豊島の石屋さんに電話をしたついでに難波さんの窯のサイズを話したら、それぐらいだったら私の注文ということで送料も込みで三万円でいいということだったんです。私の注文なのでお得意様特別価格にしてくれるというんです。私の窯に使う石と同じ物ですから最高級の石です。これはお薦めの石です。普通はそんな値段では買えませんから。でも難波さんが自分で石を注文したいというのであれば、もちろんそうしてください」

岡部順治が澱みなくしゃべり続ける。立て板に水だ。

「いやいやいや、それは本当に願ってもないことです。何から何までありがたいことです。ぜひにお願いします。感謝感激です」

雅彦は上気した顔で目をキラキラ輝かせ、深々と頭を下げる。牛窓の奇跡の土のことといい、ラッキー続きで夢見心地だ。

「これからピザ窯を造ろうという難波さんと私が出会ったのは、単なる偶然という気がしないんです。これは同じ材料で造りなさいと、ピザの神様が引き合わせたのじゃないか、と思えるんです。それに難波さんのいう世界一おいしいピザを作りたいという言葉が胸にグッときました。私も世界一おいしいピザを目指そうと元気になりました。そのお礼の意味でも難波さんの力になりたいと思ったんです。ちょっとすみません」

岡部順治のニットブルゾンのポケットから音楽が聞こえ始めた。携帯電話の待ち受け音楽のようだ。岡部順治がポケットに手を突っ込んでまさぐる。携帯電話を左ポケットから取り出す。待ち受け音楽はまだポケットの方から聞こえてくる。慌てる素振りも見せず悠然と携帯電話をポケットに戻す。ポケットから別の携帯電話を取り出す。今度は待ち受け音楽が鳴っている。

岡部順治が発信人を確認するように画面を見て、

「すみません難波さん。ちょっと失礼します」

と雅彦にいって携帯電話を耳に当てる。はい、岡部です、と答えながら立ち上がり、そのままドアを開けて外に出る。

雅彦はカウンターを振り向く。マスターの声が大きい。

「そっりゃもう、生牡蠣に蒸し牡蠣、これがでーれーうまいからデーレーデレになっしまうんよ。もう牡蠣が新鮮でキッラキラ輝いて見えるんよ。じゃからテーブルの牡蠣に向かって思わず、おい、スター！　大統領！　うますぎるで！　日本一！　って声をかけっしまうんじゃが。ハハ、ハハハ」

マスターは言葉に駄洒落と英語をちりばめなければ気が済まない。

「はいはい。牡蠣のオイスターに、おい、スター！　ね。三十点じゃね」

と竹田友子が苦笑する。

「ほんまにおいしいんよ。それも目の前が海で見晴らしが最高なんよ。しかも安いんよ。お薦めじゃが友子さん」

ママがマスターの駄洒落を無視していう。二人ともマスターの駄洒落は聞き飽きているので、よほどうまい駄洒落じゃないと笑わない。

「そんなにおいしくていい店が牛窓にあるなんて知らんかったわー。行きたい行きたい！　牡蠣食べたあい！　雅彦兄さん、行こう！　ねえ行こう！」

竹田友子が雅彦を振り向き、食欲に辛抱できないと身悶えするように身体を揺する。テレビやラジオから流れる張りのある声とは違う、天真爛漫な素の声だ。

「おお、いいな。マスター、それどこな？　今度牛窓に行くんじゃがランチもやっとるんな？　そんなにいい店じゃったら寄ってみたいなー」

と雅彦は大きくうなずいてからいう。

「やっとるやっとる。大人じゃったら蒸し牡蠣は無視せんと食わなおえんで。ムシガキじゃからガキは無視してもええけどな。ハ、ハハ」

ママ以外の全ての客が失笑すると同時に店のドアが開く。すみませんといいながら岡部順治が入ってくる。

18

雅彦は裏庭を通って玄関のドアを開ける。店の方から明かりが漏れている。厨房であゆみが明朝の定食の下ごしらえをしているのだろう。夜十時すぎだ。最近では珍しく遅い帰宅だ。

雅彦は七時すぎに、『ひとびと』から『天麩羅たかなし』に流れて夕食を食べて帰ると電話をしてあった。雅彦は岡部順治のことをかいつまんで話し、ピザとピザ窯のことをあれこれ教えてもらえると張り切っていた。

雅彦は鼻唄まじりにダイニングキッチンを通って店との出入り口から顔を出す。

「ただいま」

「お帰り。ご機嫌じゃね」

「ご機嫌もご機嫌。これでピザ窯はバッチリじゃが。あゆみはどうな？」

雅彦はご満悦の体でカウンター席に座る。

「体調はいつもと同じ。ちょっと疲れたかな。気持ちがちょっとねー」

あゆみが意味深に語尾を伸ばして雅彦に笑いかける。

「え？　気持ちって、気分悪いんか？　どうしたんな？　悟史が何かしでかしたんか？　四丁目のお義父さんお義母さんのことな？　それとも店で何かあったんか？　体調に障ることじゃったんか？」

雅彦は心配になって矢継ぎ早にいう。ほろ酔い気分が一気に醒めた。

「身体はええんじゃけど、ちょっとねー。でもそのおかげで、うれしいこともいえたけど」

あゆみがクスクスと思い出し笑いをする。

「だからなんな？　悟史な？　お義父さんお義母さんな？」

雅彦は声を柔らかくする。笑っているくらいだから深刻なことではなさそうだとホッとする。

「悟史はいつも通りぶっきらぼう。両親もいつも通り熾烈（しれつ）な口攻撃のバトルで元気。『天麩羅たかなし』さんどうやった？　久し振りじゃったんよねー」

「そうじゃが。えらい久し振りじゃが。最後に行ったのはお前と一緒のあの時じゃから、もう一年以上前じゃが。相変わらずうまかったなー」

「直前に電話してよく入れたねー」

「おお、ラッキーじゃったわ。岡部さんが天麩羅食べたいいうもんじゃから、たぶん予約でいっぱいじゃろ思いながら電話したらオーケーじゃったんよ。高梨さんは元気じゃったし奥さんは相変わらず美人じゃったなー」

「よかったねー。美人の奥さんに会えて。雅彦さんはファンじゃもんね。鼻の下盛大に伸びとるよー」

とあゆみが笑う。

「え、いや、そんなに伸びとらんじゃろー。せいぜい一メートルぐらいじゃが。お茶くれや」

雅彦は思い出し笑いをしてにやける。

「もっと伸びとるよ。もうすぐ地面につきそうじゃが」

あゆみがお茶の用意をする素振りも見せずに下ごしらえにとりかかる。

「久し振りに行ったけー喜んでくれて、二人ともお前のことを心配しとった。友子が店に来た時にお前の様子を聞いてるらしいんじゃが。『セワーネ』を再開したと聞いてホッとしたゆうて喜んどったわ。お茶ちょうだい」

「今日は雅彦さんはラッキー続きの一日じゃったね。『天麩羅たかなし』もそうじゃし、岡部さんいう人と偶然出会ったゆーのもそうじゃし」

「そうじゃが。大が百万個もつくほどラッキーな一日じゃったなあ。そんでな、岡部さんじゃが、この人がまたええ人なんよ」

雅彦は岡部順治との出会いを話し始める。とんとん拍子に進んだ、ピザ窯造りのための牛窓のすごい土と豊島の凝灰岩を調達できるようになったこと。プロの料理人とはいえピザ窯に関する博識のすごさ。ピザ窯の造り方を『天麩羅たかなし』でたっぷり教えてもらったこと。忙しい人で、携帯電話をドコモとａｕとソフトバンクの三つも持っていて、しょっちゅう電話がかかってくることを話す。

「三つも持っとるってどういうこと？　そんな人おるん？　それもみんな違う会社の電話で？」

「そうじゃろ？　俺も不思議に思って聞いたんよ。何で三つも持っているんですかゆうて。あの、お茶お願いします」

「それでどうして三つも持っとるん？」

「その方がお金がかからんいうとった。家族用の電話、友達用と仕事用の電話が二つ。長話になるから電話代の節約になるんじゃと。仕組みはよう分からんけど。同じ電話会社同士の通話は安いんかなあ。あの、あゆみさん、お茶、お願いできますでしょうか？」

「それで牛窓の、そのすごい土ゆーのを運ぶ時に誰にてごーしてもらうんな？　それからお茶はもう少し待った方がええ思うんよ」

あゆみが下ごしらえを続けながら上目遣いに笑う。腹に一物ある笑いだ。

「え？　お茶は待った方がええって、どうゆーことな？」

「噴き出すかむせるに決まっとるからじゃが」

「何でじゃ？　ゆっくり飲むからお茶頼むわ。喉がカラカラなんじゃが」

「はいはい。飲まん方がええ思うんじゃけどなー。それで、誰にてごーしてもらうんな？」

あゆみがポットに入れてあるお湯でお茶の用意を始める。

「しゃーないから小橋川と弘高じゃが」

「ピザ窯を造るゆーんがバレてしまうなー」

「それがいい手を考えたんじゃが。庭を大改造したいから最高の土に入れ換えることにするといえばいいと。それだとピザ窯のピの字もいわんでもええじゃろ。岡部さんにもピザ窯のことは黙っといてほしいゆうたら、分かりましたと承知してくれたんよ。それでさっき小橋川と弘高にてごーしてくれと電話したら、小橋川はいつもと同じで訳も聞かずに分かったいいよるし、弘高は弘高で庭を改造するいうたら面白そうじゃゆうてあっさり承知しよったよ。それにしても庭を改造するゆーのはうまい手じゃよなあ」

雅彦は自画自賛してニンマリする。

「はいお茶。でも、何も知らんでてごーする二人がかわいそーな気がするねー。小橋川さんは騙された訳じゃありゃせんけどねー」

あゆみは雅彦の前に湯飲み茶碗を置きながらいう。

「せわーねー。世界一うまいピザを作ったら、本当のことをゆーて申し訳なかったと謝る」

雅彦はお茶を啜る。

「どうせいつかはバレてしまいよるんじゃから、本当のことをゆうててごーしてもらったら？私のことはいわんでピザ窯を造るとだけいえばええんじゃが」

「だめじゃだめじゃ。あいつらにゆうたらみんなに知れ渡る。あの二人だけでもうるさくなりそうなのに、みんなが寄ってたかってやってきたら収拾がつかん。あ、お前は誰にもゆうてないじゃろな？」

「私が？　誰にゆうんなら？」

あゆみが横目でにらんでとぼける。

「あ、いや、ゆうてないならええんじゃけど。それで気持ちがどうたらこうたらゆーのは、どういう訳でそうなったんじゃ？」

雅彦は湯飲み茶碗を口に運ぶ。

「今日ね、私が死んだら雅彦さんと結婚することになるからゆーて、女の人が挨拶しに店に来たんよ。美人さんじゃった」

なッ、といいかけて雅彦は目を剝き、すぐにゲホゲホと盛大にむせて咳き込む。

「だからゆうたじゃろが。お茶は後にした方がええって」

あゆみは雅彦の前にペーパータオルを置き、台布巾でカウンターに散らばった飛沫を拭き取る。

「その女の人は、私が死なんでも雅彦さんと結婚することになるゆうとったわねー。そういう約束したんな?」

「なにゅー」ゲボゲボッ「そんな」ゲホゲホッ「ことは」ハックショイッ、ハアックショイ! 雅彦が顔を歪めて激しくむせて咳き込み、クシャミまでする。気道と鼻腔にお茶が入り込んで苦しそうだ。

「雅彦さんとその女の人は結婚する運命になっとんじゃと」

とあゆみは続ける。それから赤いコートの女のいったことを包み隠さず話し、

「運命なんじゃから、私が雅彦さんとその女の人を恨んでも仕方のないことじゃからとゆうとった。親切心から告げにきたんじゃと」

「なによんな!」と雅彦が声を絞り出す。それから大きく深呼吸して息を整える。

「以前も今もこの先も、結婚しようと約束した女はおりゃせんがな! 人違いじゃが。確かに俺の名前をゆうとったんな!?」

と雅彦が目を剝く。目の玉が飛び出さんばかりだ。

「ゆうとった。ふーん。本当に心当たりがないん?」

「当たり前じゃが」

「すっごい美人さんじゃよ。スタイルもええし」

「美人さんなー。『天麩羅たかなし』の奥さんクラスか?」

「雰囲気はちょっと違うけど甲乙つけがたいわね」

「ほう、いっぺん会うてみたい、じゃのうて、そんな美人さんならたとえ一万年前に結婚の約束したって忘れる訳なかろうが」

「雅彦さん。とぼけてない？」

「はい。とぼけてなんかおりゃしません」

「じゃあ、結婚する運命じゃと感じた女の人はおったんな？　それでつき合っていたとか」

「そんな女は……、あ、そうか。そういえばそうじゃが。そう感じたことがあったなー。白状するけど、実は、おった」

雅彦が照れくさそうににやける。

「やっぱり。雅彦さんはモテたじゃろからね。別にいいんよ。若い時にそういう人がおったって。長い人生にはいろいろあるもんね。私もちょっと、あったしね」

あゆみはさびしそうに微笑む。悲しみを隠す微笑みだ。

「モテる訳ありゃせんが。女っ気なしでバカばっかりやっとったからなあ」

「それは中学、高校の時じゃろが。小橋川さんたちとやんちゃしとったんじゃよね」

「え？　何ですかそれ？　やんちゃしとったのは小橋川だけです。私は真面目に学校生活をエンジョイしていました」

「嘘じゃが。証拠は揃ってます。裸祭りの時もそうじゃったけど、小橋川さんに無理することないから辞退してってゆうたら、『一緒にやんちゃしとった時に数えきれんぐらい助けてもらったから』ってていいよったんじゃからね。ずっと前にも同じことゆうてました」

「あの野郎はまた余計なことを」

　雅彦が顔をしかめる。

「それに弘高さんからも聞いとるんじゃから」

「弘高が？　あいつが何で俺の昔のことを知っとるんな？　年が離れとるから知っとる訳ないが」

「ある時に雅彦さんも行きつけの居酒屋さんで、弘高さんが友達とカウンターで飲んどったんだって。そしたら横柄な態度の酔っ払いが三人いて店の人とか客にからみ始めたんじゃと。少ししたら奥座敷におった雅彦さんが出てきて、『よう、久し振りじゃなー』ってその三人の一番年嵩（としかさ）の柄の悪い人にゆうたら、その人の顔色が変わったんじゃと。スッと立って、『先輩、お久し振りです』って縮こまって雅彦さんに挨拶したってゆうんじゃが。『元気か』って雅彦さんが笑ったら、その人『おかげさまで。その節はありがとうございました』とゆうて、連れの二人と一緒にそそくさと店を出ていったんじゃと」

「そんなことあったっけかなー。忘れたなー。あいつ、でたらめゆうとるんじゃないか？」

「弘高さんはでたらめゆう人じゃないが。弘高さんは、あんなに柄の悪い人が雅彦さんを見たとたん縮こまってしまうんじゃから、雅彦さんはとんでもないやんちゃやってたんじゃろなーとゆうてたわ」

「なによんな。そいつらは用事があったから帰っただけじゃろが。そんな柄の悪い人に友達はいません。そんなことよりも運命のことじゃけどな」

　と雅彦が話をはぐらかす。

「都合悪くなるとすぐ話を変えてしまうんじゃから。嘘ついても分かります。雅彦さんがそんなにやんちゃしてたなんて知らんかったわー。私の知らないとこでどんだけやんちゃしとったん？」

「してません。善良な一生徒でした。本当じゃが。それで運命の話じゃけど、中学の時に気になる女子がおって、その女子のことを見てたり、思っとったりすると、時々、何でか知らんけど頭の中でその女子が大人になっとって、俺の奥さんやっとるのが見えてくるんじゃが。台所でご飯作っとったり、一緒に買い物したりしてるのが見えるんよ。不思議じゃなー思うたよ」

「それって雅彦さんが勝手に結婚したいと思っとったからじゃろ。じゃから妄想しよったんよ。あ、分かった。その女子って、安藤さんじゃろ。美人で頭がよくて、雅彦さんとは仲良かったもんねー」

「な、なによんな。安藤はただの同級生じゃが。安藤じゃありゃせん。目の前におります」

雅彦があゆみを見てうれしそうに笑う。

「私？」

「はいな。あゆみさんです」

「嘘じゃが。調子のいいこといっとる。じゃって中学の時には声をかけてくれたことなんかなかったが」

あゆみは笑って受け流す。

「当たり前じゃが。こう見えても純情なんです。あこがれの初恋の人に声をかけるなんて、恥ずかしくてそんなこととてもできません」

「どこが純情なんだか。中学生の初恋で、いきなり結婚を考えるって純情少年のすること？

でも、そうか……、純情じゃから結婚を考えてしまうんかなあ」

あゆみは小首を傾げる。その拍子に我に返ったように顔を立て、

「そうそう、今日来た運命じゃいう美人さん、こうやって小首を傾げるのが癖じゃったわ。心当たりあるじゃろ」

と雅彦に向かって小首を傾げてみせる。

雅彦が釣られるように小首を傾げる。しばらく小首を傾げて考えていたが、

「まるでないなー。小首を傾げる美人さんなー。知らんなー」

と反対側に小首を傾げる。

「赤いコートにサングラスは？　本当に心当たりがないん？」

「それも思い当たらん。さっきからゆうとるけど、結婚の運命を感じたのはあゆみだけじゃが。中学の時はそんなこと思えんかったけど、今考えると運命を感じとったのかもしれんなあ」

「そうじゃねー。いろいろあって、今こうしているのも運命なんじゃろーねー。それはそれとして、雅彦さんが心当たりがないゆうのに、何であの赤いコートの人は雅彦さんと結婚するなんてゆうんじゃろ？」

「じゃから人違いじゃが。現在も過去も、結婚を考えるようなつき合いをしたのはあゆみ以外にありゃしません」

雅彦が心を開けてさらけ出しているというような朗らかな笑顔で答える。

「店にやってきて難波さんの奥さんでしょうって私にゆうくらいじゃから、人違いじゃないよ

ねー。本当にそんな人おらんかった？」

「おりません……、うん？　あ、そうじゃ、結婚を前提とゆーことじゃったら、見合いしたことが一回だけあったなー」

「へー、雅彦さん、お見合いしたことあるん？」

「それが、取引先の重役さんに勧められた話じゃったから断れんかったんじゃが。あゆみが岡山に帰ってくる少し前のことじゃから、もうかれこれ二十年も前のことじゃが」

「その人とはつき合うたんな？」

「つき合いも何もすぐに断られた。見合いの席で一回会っただけで、次の日かその次の日じゃったかにすぐに断ってきよった。よっぽど俺のことが気に食わなかったんじゃろなー」

「その人美人じゃった？」

「うーん、美人じゃったような気がするなー。たった一回会っただけじゃから、姿形も名前さえも忘れてしもうたなー」

「痩せとった？　太っとった？　顔はどんなじゃった？」

あゆみはいってから目をつむって大きく息を吸い込む。顔色が失われていく。

「じゃからまるで忘れてはっきりせんのじゃが。顔も身体も全体が痩せててスラっとしとるような気がするなあ。しかし赤いコートの女ゆーんはその女じゃありゃせんが。すぐに断ってきたくらいじゃから、運命を感じる暇なんかなかったじゃろうからなあ」

「そーなー。すぐに断ってきたゆーんじゃったらそうかもねー」

あゆみは調理台に両手を突っ張って身体を支える。目をつむったままじっと動かない。

「どうした？　せわーねーか？」

雅彦が真顔になって腰を浮かす。

「大丈夫。ちょっと疲れただけじゃが。ごめんね、ちょっとトイレ」

あゆみは小さな笑みを浮かべる。もう一度大きく息を吸って歩き出す。

急ぎ足でトイレに入ると便器の蓋を開けてしゃがみ込む。便器を覗き込むようにして顔を突き出す。また突然の吐き気だ。しばらくなかったのにここのところ立て続けだ。身体が病魔と闘っているのだ。治療の副作用かもしれないし、もしかしたら身体のどこかが弱っているのかもしれない。

体中の水分が全て出ていったと思えるほど吐き出し、あゆみは便器の蓋を閉めて水を流す。蓋の上に顔を寝かせて息を整える。洗面台で口をゆすぎ、顔を拭く。鏡の中に疲れた顔の自分がいる。あゆみはじっと向き合う。疲れた顔の自分に小さく笑いかける。

「やっぱり、悟史にいわんと」

鏡の中のあゆみが語りかける。

あゆみは鏡の中の自分に答える。

「うん。そう決めたんじゃからね」

「どうなるか分からんから今のうちじゃよね」

鏡の中のあゆみがうなずいていう。無言で微笑んで吐息をつく。

あゆみは大きく息を吸い込んで気分を変える。笑顔を作ってトイレを出る。店の厨房に戻ると心配顔の雅彦が出迎える。

「まただめじゃった。いけそうな感じじゃったんじゃけどねー」

　とあゆみは苦笑してみせる。

「また便秘な？　今度は何日目なんじゃ？」

「丸四日。そろそろなんじゃけどね。食べたものはどこに消えるんじゃろうねー。不思議じゃよねー」

　あゆみは雅彦と悟史には吐いていることを気づかれないようにしている。雅彦にはトイレに駆け込むたびに便秘だといっている。雅彦にも悟史にもこれ以上の心配や気遣いはさせたくない。

「よくそれで平気じゃなー。こっちが不思議じゃが」

「女は便秘になりやすいから仕方ないんよ。それで運命の女の人のこと、思い出した？」

「じゃからまるで身に覚えがないんじゃが。その女が何でそうゆーことをゆうのか訳分からん」

「ふーん。神様に誓ってそういえるん？」

「八百万（やおよろず）の神様にピザの神様も足して、それに仏様にご先祖様にも誓って嘘じゃありません」

　雅彦がきっぱりといい切る。

「ふーん。今一生懸命になってるピザの神様に誓うぐらいじゃから、本当に心当たりがなさそうじゃねー」

　あゆみは何度も小さくうなずきながらいう。

19

津島運動公園に柔らかなオレンジ色の夕日が沈もうとしている。木々が芽吹きに向けて背伸びをしているみたいに、夕焼けの空にのびのびとシルエットを描いている。

「そうかあ。悟史君はまだ決めとらんのんか」

と沙織が空を見上げる。

「決めとらんというより、分からん」

悟史は手にした買い物袋ごと、両手を上げて頭の後ろに組む。買い物袋は沙織のもので、スーパーで買った食料品が入っている。

学校から帰って携帯電話で待ち合わせをした。沙織から悟史に電話がかかってきた。沙織がこれからスーパーに買い物に行くというので悟史は家を出た。買い物を終えた二人は遠回りして津島運動公園に寄り、今は水辺の畔を歩いている。そぞろ歩きだ。二人とも私服で沙織はジーンズにスタジャン、悟史は黒いボトムに青いセーターだ。二人の横をジョギングをしている年配カップルが通りすぎて行く。

「分からんって、大学へ行くかどうかということ?」

沙織が悟史を見上げる。

「それもそうじゃし、やりたいことが分からん。何となくぼんやりとはあるんじゃけど、それが本当にやりたいことかどうか、正直なところはっきりせんのんよなー」

悟史はまっすぐ前を見つめたままいう。

「そっかー。お母さんが大変な時じゃから、落ち着いて物事を考えられんよな。私もお母さんが大変な時は何も考えられんかった」

沙織が悟史の立場をおもんぱかって声を落とす。

「お袋は関係ねーて。お袋が病気にならんでも同じじゃが。沙織はすげーが。もう将来のやりたいことをちゃんと持っとるんじゃけー」

「全然すごくねーが。将来は社会の役に立ちたい、誰かの役に立つことをしたいと思って、私が一生懸命になれることとって考えたら、介護福祉士が真っ先に浮かんだってだけじゃもん」

「じゃからそれってすげーが。俺は誰かの役に立ちたいなんて思ったことねーもんなー」

「そんなことない。悟史君はやさしいが。見ず知らずの私のために、おじさん達に文句をいってくれたもん。私があの時の悟史君と同じ立場じゃったら、度胸がなくておじさん達に文句いえんかったと思うもん」

「あれはな、誰かの役に立ちたいと思っとることとは関係ねーが。というか、度胸とかも関係ねー。咄嗟の時は誰だって口が勝手にしゃべっちゃうもんじゃろ？」

「誰でもってことはないが。私は絶対にできんもん。じゃから悟史君は意識として自覚してなくても、もうちゃんと持っとるってことなんよ」

「ないない。まるでない。あれは沙織が」

悟史は口を閉じてそっぽを向く。沙織を見ていると、沙織がかわいかったからおじさん達に文句をいってしまったと続けてしまいそうだ。

「私が何？」

「沙織が全然悪くなかったから文句いわずにおれんかったってことじゃが。でなー、沙織はあれかなあ、やっぱりお母さんが病気になって、それで亡くなって、そのことがあったから介護福祉士になりたいって思ったんか？」

「うん。お母さんはずっと病院に入院しとったから看護師さんがいろいろやってくれたし、お父さんの実家のお祖父ちゃんが自宅介護じゃから、ケアマネージャーさんとかヘルパーさんとかが来ていろいろやってくれとるんよ。それを見とって看護師さんとか介護福祉士さんとか、大変な仕事じゃけど誰かの役に立って、それで喜んでくれるっていいなあって思ったんよ」

「誰かの役に立つかー。俺は誰の役にも立ちそうもねー。自分が何やりてーか分からんくらいじゃもんなー」

悟史は虚しく空を見上げる。ここのところ早春にしては暖かい日が続いている。春霞のようなぼんやりとした空がピンク色に染まってきれいだ。

「悟史君はずっと私の役に立っとるが」

沙織がにっこりと笑う。

「ただ会っとるだけで何の役にも立っとらんよ」

「ずっと一緒にいてくれとるが。それってとってもうれしいもん」

「いや、それは俺だって……、うーッ、しょぼいしょぼい。何でこんなしょぼい話になったんじゃ？」

悟史は照れくささを自嘲に隠してぼやく。

「大学の話になったからじゃが。それで何をやりたいか分からんってことになったんよ。全然しょぼくないが。真面目な話もたまにはいいが。私は嫌じゃないで。将来のことをちゃんと話せる人は悟史君しかおらんもん。悟史君もちゃんと自分の気持ちをいってくれるからうれしいもん」

「俺だって自分の気持ちをさらけ出せるのは沙織だけじゃが。まあ、なるようになるって。って、俺が自分で元気づけてどうすんじゃろって」

悟史は苦笑してから憮然とする。

「フフフ、やっぱりお父さんと似とるが」

沙織が楽しそうに悟史のセーターの袖口をつまむ。

「ゲッ。じゃからやめてーや。頼むからあんな能天気親父と一緒にせんでくれって」

「何とかなるって思うことって、気分が前向きになるからいいが。悟史君もお父さんと同じで前向きということじゃが」

「何とかなるって、親父はいつも何とかなってねーもんなー。俺も何にも何とかなってねーけど」

「ほらな、一緒。同じじゃが」

沙織がうれしそうに笑う。

「そんなことで同じゆうのは面白くねーが」

「何でー？　悟史君のお父さんは素敵なのに。じゃって一生懸命じゃが。私、どんなことでも一生懸命やる人って本当に素敵だと思うんよ」

「素敵って、何かずれてるっていうか、空回りしてばっかりで間抜けなんで」

悟史は困ったもんだといわんばかりに顔をしかめる。

沙織がクスクス笑って、

「でもそれでも悟史君のお父さんはやっぱり素敵じゃが。話題を作ってくれるって素敵なことで。お母さんのための世界一おいしいピザは順調に進んどるん？」

という。

「土曜日にはまた東京のピザ職人世界一になった人がやっとる店に行くっていうし、庭にでっけーピザ窯造るって張り切っとる」

悟史は仏頂面で答える。沙織が楽しそうに雅彦を素敵というのが面白くない。

「凄ーい。本当に行動力あるよねー。悟史君も手伝うんじゃよね？　私も手伝いたいなー」

「手伝わん。ていうか、一人でやるって張り切っとるから」

「本当は悟史君に手伝ってほしいんじゃねんかなー。手伝ったら、お父さんもお母さんもすっごいうれしいんじゃねんかなー」

「親父のやることにはついていけんわ。土曜日に東京に行くのじゃって、お袋がまだ治療中で無理できんってのに、一緒に世界一うまいピザを食いに行こうって誘うんじゃが。お袋の体調を考えんで、自分のやりたいことしか考えられんのんじゃからバカじゃが」

「でもそれって、お母さんにおいしいピザを食べさせとうて一生懸命ってことじゃが」

「先にお袋の体調のことを考えるのが普通じゃろ？　いい年こいてそんなことも分からんのん

じゃからバカなんじゃが」

悟史はしかめっ面をする。

「お母さんの体調のことも考えていったんじゃねんかなあ。体調がよくなければそんなこといわんのんじゃねん？」

沙織がまた悟史のセーターの袖口に手を伸ばす。悟史を慰めるように軽くつまむ。

「お袋は夕方になれば疲れが出るっていつもいっとんよ？　それを分かっとって東京に行こうって引っ張り回すのはおかしいが？　無神経なんじゃが」

「でも裸祭りの時も、カノープスを見に倉敷に行った時も、お母さんは大丈夫じゃったんでしょう？」

「倒れたり寝込んだりはせんかったけどどうかな。何もいわんかったけど疲れた顔しとったよ」

「そっかー。でも悟史君のお父さんとお母さんは何でも話し合っとるっていうから、お父さんはお母さんを東京へ連れて行ってもいいって分かっとったんじゃねんかなあ。お母さんはお父さんに体調のことは話しとると思うから」

「話しとるかもしれんけど、何も分かってねーが、あのバカ親父は。倉敷や西大寺ぐらいはいいけど、東京なんて遠すぎて、行って帰ってきたらお袋がくたびれ果てるってことぐらいはガキだって分かるが。さすがにお袋が断ったからいいようなものの、本当にバカなんじゃが親父は」

悟史は吐き捨てる。沙織が雅彦をかばい続けるので面白くない。きつい口調がエスカレートしてしまう。

「お父さんはお母さんのために一生懸命なんじゃが。一生懸命頑張っとる人をバカにする人は」

沙織がいいかけてつまんでいる悟史の袖口を離す。

「私帰る。つき合ってくれてありがとう」

沙織が立ち止まってぎこちない笑顔を悟史に向ける。買い物袋をちょうだいと手を差し出す。悟史を見つめる目が笑っていない。

「何で？　だって帰り道一緒じゃが？」

「ちょっと寄っていくところがあるんです」

「え……」

悟史はうろたえる。とまどいを隠せない。沙織の他人行儀な言葉遣いは初めてだ。悟史は沙織の頑なな態度に買い物袋を差し出してしまう。

「じゃあ、私行くね。さよなら」

沙織が悟史の返事も待たずにスタスタ歩き出す。後ろ姿が怒っている。

悟史は茫然と見送る。暖かな夕暮れなのに、寒風が吹き抜けたような寒々しい別れだ。小鳥が一羽、ピッ、ピッと鋭く鳴いて悟史と沙織の間を断ち切るように横切った。

20

あゆみは悟史を訝しげに見てから雅彦を振り向き、

「それで、日曜日は何時になったん？」

という。悟史の様子がおかしい。ぶっきらぼうはいつもの通りだが、何やら凄く機嫌が悪そうだ。食卓に着いてからトマトソースのスパゲティーをにらみつけ、力を込めてフォークに巻き付けて遮二無二口に運んでいる。

「あ……、おお、牛窓の土運びな。朝七時にここを出発ということになった。岡部さんから電話がきて、地主さんが早い方が都合ええゆうとるんじゃと。弘高の車と小橋川が二トントラックを持ってくる……」

雅彦もチラチラと悟史の様子を伺いながら答える。スパゲティーをにらみつける悟史の目が、時々自分に向けられるのが気になるようだ。

「七時⁉　早いわねえ。土曜日は朝早く東京の『ダ・モーレ』に行って、また遅く帰ってくるんじゃろ？」

「そうゆーこと。せっかくじゃから昼と夜の二回食べてこよう思っとるんじゃが。あの噛み心地のいい食感と、幸せじゃー思う味を身体に叩き込んでくる。それとピザ職人世界一の森脇さんの技をじっくり見学してしっかり頭に叩き込んでくる。じゃから遅くなる思うから先に寝とってくれ」

「それで次の日が七時出発じゃったら慌ただしいわねー。疲れん？」

「どうってことありゃせんが。何しろ普通は手に入らんピザ窯の最高の材料が手に入るんじゃから、慌ただしいくらいは何でもないが。そうじゃ、お前も一緒に行かんか？　海、しばらく見とらんじゃろ。それでうまい蒸し牡蠣食ってこようやー。『ひとびと』のマスターとママが太鼓判押す店なんよ。部屋から瀬戸内海が一望できて、安くてうまくて景色がええ、ベリー最高の店なんじゃと」

雅彦があゆみを誘うと、悟史は仏頂面で雅彦に一瞥をくれる。それから剣呑な目つきであゆみを見る。あゆみが心配しているではないかと。

「そういえばしばらく海見とらんなあ。悟史、海見に行こうか？」

あゆみは悟史に笑いかける。

「おお、そうじゃが。みんなで行こう行こう。悟史は蒸し牡蠣好きじゃろ。土運び、てごーしてくれたら腹へっていっぱい食えるが」

雅彦があっけらかんといって笑う。

「行かん」

悟史があっさりはねつける。スパゲティーをにらみつけてフォークで巻き取る作業に戻る。

あゆみは雅彦と顔を見合わせる。やはり悟史の様子がいつもと違う。仏頂面にぶっきらぼうに無愛想はいつものことで、そういう年頃だと分かっているから受け流せるが、憤懣やる方ないという態度が見え見えなのが気になる。あゆみは雅彦を見つめたまま悟史に小さく顔を振って合図を送る。こういう時は雅彦のあっけらかんとしたものいいが適任だ。雅彦が小さく眉を上げてから分かったとうなずく。

「悟史。お前、何かあったんな?」

雅彦が軽い調子で問いかける。

「別に」

悟史はそっけない。

「別にって、何かいつもと違って人相悪いが。何かあったんな?」

「何もねーが。人相悪いのはそっちのせいじゃろ!?」

悟史は雅彦をにらみつけ、イライラをつのらせて声を荒らげる。顔のことをいっているのだが、同時に雅彦に対して、そっちのせいで沙織とおかしくなってしまったという怒りを抑えられない。『一生懸命頑張っている人をバカにする人は』といって口を閉じた沙織の怒った顔が目の奥に焼きついている。その後の言葉は『嫌いよ』か『好きじゃない』か『最低よ』と続くか、『罰が当たるからね』か『地獄に落ちるんだよ』しか思い浮かばない。いずれにしても嫌われてしまったのは確かだ。

「アハハハハ、本当じゃが。ごめんね、親が美男美女じゃのうて」

あゆみが噴き出す。

「なによんな。俺はまあしょうがねーけど、お母さんはその昔はぼっけー美人じゃったんでー。あ、まあ、今でも美人さんです」

「まあ、の間合いが気になるし、ぼっけーが剝がれてしまっとるが? おばさんじゃから少しずつ剝がれてしまうのはしょーがないかー」

あゆみが薄ら笑いを浮かべて横目でにらむ。

「や、あー、単なる言葉のあやじゃが。もちろん今でもでーれーぼっけー美人さんです」

「ごちそうさん」

悟史はイスを蹴るようにいきなり立ち上がる。フォークとスープカップを載せたスパゲティーの皿を持って流し台へと向かう。蹴散らすような勢いだ。

「海見に行くって、牛窓のことじゃないんよ。お父さんが東京へ行っている土曜日に瀬戸大橋をドライブ。どう？」

あゆみが悟史の背中に声をかける。

悟史は一瞬、止まりかけ、すぐに流し台まで歩き出す。皿を置いて振り向く。

「何時頃なん？」

「昼ご飯食べてから午後一番出発でどう？　朝は定食があるし、午前中はバッグの注文をした人が取りにくることになっとるんよ。悟史と二人でドライブゆーのもたまにはいいが」

悟史はポケットに手を突っ込む。つかんでいるのは携帯電話だ。

『今から会えん？』『買い物の帰りに会えん？』『土曜日に会えん？』

いつもは耳に心地好い沙織の『会えん？』コールが聞こえる携帯電話が、『一生懸命頑張っている人をバカにする人は嫌い』といってるような冷たい手触りだ。あの頑なな態度からすると、しばらく『会えん？』コールをしてきそうもないだろう。悟史はポケットから手を出して小さく息を吐き出す。

「うん。いいよ」

悟史はうなずいて階段を上って行く。

雅彦は顔を傾けて悟史の後ろ姿を追う。見えなくなり、部屋に入った物音を聞いてからあゆみに向き合う。

「学校で何かあったんかなー」

と雅彦は声をひそめる。

「違うわね。あの怒り方は彼女と何かあったって感じじゃね」

あゆみが自信たっぷりに断定する。

「怒り方で分かるんな？」

「大体ね。好きな人と何かあって怒っている時の雰囲気って、そのことが頭から離れなくていろいろ葛藤しとるから一種独特なんよね」

「そんなもんかー。俺はあゆみと何かあって頭にきたことないから、よく分からんなー。それはそうと、赤いコートの美人さん、今日は来なかったんじゃな」

赤いコートの女がやってきたら、雅彦が話がしたいといっているとあゆみが女に告げて、その場で雅彦と電話で話をすることになっている。

「来なかったわねえ。外から様子を伺っているかもしれんと思って気にしとったけど、それもなかった。それで、あの女の人が誰だか思い出したんな？」

あゆみがじっと雅彦を見つめる。

「それがまったくないんじゃが。俺に思い当たることがないのに、何で結婚することになるゆうんじゃろ」

雅彦は腕組みをして首をひねる。

「とゆーことは勝手にあの女の人がそう思っとるということね」

「そうゆーことじゃね」

雅彦は中断していたスパゲティーを食べ始める。

「そんなことをする女の人に心当たりはないん？」

あゆみも食べ始める。雅彦はスパゲティーを食べながら首を横に振る。

「じゃあ、女の人じゃのうても誰かに怨(うら)みを買うことをしたとか、トラブルがあったとかケンカしとる人がおるとかは？　あの女の人がその人達のために嫌がらせに来たのかもしれんよね」

「嫌がらせなー。相手が本当のところはどう思っとるんか分からんけど、俺がつき合っとるやつらでは、仕事関係、友達関係、うーん、思い当たらんなー」

「私も誰かに怨みを買うとか、そういう人は誰も思い当たらんのんよなー」

「まあ、いずれその女が誰なのか分かるじゃろ。とにかくまた店に来たら、俺が話したいゆうとるからとゆうて、電話をかけてくれ」

「でも不思議な話じゃよねー。雅彦さんが心当たりがないゆうのに、雅彦さんと結婚するのが運命じゃから結婚しますからって、わざわざ私に伝えにくる女の人がおるなんて」

「俺も不思議じゃが」

雅彦はそういいつつスパゲティーを口に運ぶ。

あゆみがフォークを置いて居住まいを正す。真っ直ぐに雅彦と向き合う。

「雅彦さん。もう一回だけ聞きます。本当に、本当に、本当に心当たりがないん？　私の目を見て正直にゆうて」

とあゆみはいう。雅彦に向き合って微動だにしない。見つめる目に真剣な迫力がある。

「や、本当も何もッ」

雅彦はそういいかけてフォークを置く。ピンと背筋を伸ばしてイスに座り直す。あゆみがこんなに迫力のある目で見つめるのは初めてだ。いい加減な態度で答えている場合ではない。

「本当に、ほんまに、まるで心当たりがありゃしません。ボケてしまっとる訳でもありません。本当に訳が分からんのじゃが。そりゃ、若い時はあれこれ女を追いかけとった時もあったけど、あゆみが岡山に戻ってきてからはそんな必要はなくなりました。本当に思っとる人が誰なのかを分かったからじゃが」

雅彦はあゆみの目をじっと見返す。瞬きひとつさせない。

あゆみがふっと目力を弛める。いつもの笑顔に慈愛溢れる眼差しが表れる。

「ごめんな。信じとったけど、もう一回安心したかったんよ」

「どーってことねーわ。安心できるなら何回でもゆうちゃるよ。本当のほんまに心当たりがないけー、何度でも聞いてええよ」

雅彦は笑顔でうなずく。

「でもあの女の人が現れて、少し安心したのは確かなんよ。私が死んだら雅彦さんがさびしくなると思っとったけど、そういう心配はなさそうじゃもん。あの女の人みたいに、結婚したいゆう人がいっぱい現れそうじゃもんね」

「な、なによんな！　そんなことはッ」

「真面目な話なんよ」

気色ばむ雅彦にあゆみがやんわりと笑顔を向ける。

「雅彦さん。私、雅彦さんを愛してる。とっても愛してる」

雅彦を見つめるあゆみの笑顔に涙が盛り上がる。

「ヤッ……」

雅彦は言葉を失う。口を開けたまま固まる。あゆみが雅彦に面と向かって愛しているといったのは初めてだ。

「じゃから、ちょうどいい機会じゃから、ちゅんとゆうておきます。もしも私が死んだら、その後で誰かいい人が現れたら結婚してね」

「な、な、なによんな！　そ、そ、そんなことはッ、もしかして具合が悪うなってそれでッ」

雅彦の目が飛び出さんばかりにカッと見開かれる。驚きのあまりに、いいたい言葉が一度に盛り上がったのだろう、言葉がつかえてもどかしそうだ。

「雅彦さん、聞いてちょうだい。私の病気はもしかしたら死ぬかもしれん病気なんよ。もしもそうなったら、私のことでいつまでも悲しんだり、一人でさみしい思いをしてほしくないんよ。そのことがとっても心配なんよ。人間は支え合う人が必要なんじゃって、雅彦さんと結婚してつくづく感じたんよ。雅彦さんにはいつまでもずっと悲しんだり、一人でさみしい思いをしてほしくないの。結婚とかじゃのうても、いい人が現れたらその人とお互いによりどころになって、いい人生を送ってほしいんよ」

「じゃッ、じゃけどッ、経過は順調じゃゆうとったじゃろーが？　夜になると疲れるゆーんは体力が回復しとらんだけじゃって？　急にどうしたんな？　具合悪うなったんな？　病院へ行ってきたんな？　結果はどうだったんなら？」

雅彦の目が凍りついたように動かない。

あゆみは雅彦を落ち着かせようと笑顔を向ける。ゆっくりと話し始める。

「心配せんでも大丈夫じゃが。別に具合が悪くなったんじゃねんよ。じゃから病院にも行ってません。ただ、私の病気はいつどうなるか分からんということなんよ。この前もね、私が入院した時の病院友達が死んだんよ。その人は何年か前の最初の診断では私と同じステージ2じゃったんじゃと。手術して治療して、それが不幸にも何年かしてガンが再発して、また入院して手術を受けて治療してたんよ。元気じゃったんじゃけど、別の病院友達と電話で話をしたら、その人が死んだそうだと教えてくれたんよ。私は今のところ検査でガンの再発は見つかっとらんけど、この先どうなるかは分からんゆーことなんよ。じゃからもしもとゆーことがあるかもしれんから、私の思いをちゃんとゆうておきたいんよ。でも、もしもとゆー時のことじゃから、今から深刻にならんでもええんよ。私はもっと生きるつもりじゃし、どんなことがあったとしても悟史が成人式を迎えるまでは、その先の結婚までは生きるからね」

「当たり前じゃが」

雅彦が大きく息を吸い込む。ふうっと吐き出してから続ける。

「俺が死ぬまで生きておるんじゃが」

と自分にもいい聞かせるようにいう。

「ちょっと無理かも。雅彦さんが死ぬまでゆーたら、えらい長生きせなならんが。いい人は早く死ぬゆうからね」

あゆみは雅彦に笑いかける。

「そうじゃが。俺は長生きするからあゆみも、ん？　なんなー!?　俺は悪人じゃーゆーことじゃが!?」

雅彦が大袈裟に目を剝いて見せる。

「フフフフ。ありがとう雅彦さん。いつも私のへたくそな冗談にちゃんと反応してくれて。大好きじゃが」

「あ、いやー、へへへ。あゆみに好きじゃいわれるとでーれー照れくさいが。なー、あゆみ。一緒に頑張って、一緒に長生きして、一緒にいっぱい笑おうやー。もしも死んだらなんてもういわんでくれ」

雅彦があゆみの返事をうながすようにうなずく。

「うん。もういわん。じゃけど、さっきゆうたことは本心じゃから、ちゃんと胸にしまっておいてね」

「分かった。じゃから、もしもなんてもういわんでくれ。どっちも約束じゃが。じゃけどあゆみ」

と雅彦が伸ばしかけた手に、あゆみの手がしなやかに伸びて、雅彦の手の上に舞い降りた。

21

デスクの電話が鳴った。内線のランプが点灯している。書類に目を通していた雅彦は受話器を上げる。目を通さなければならない書類が山ほどある。朝からずっと机にへばりついて書類と格闘していた。

「はい。難波です」

今日は明るいグレーのスーツにオレンジ系の淡いネクタイ。短く柔らかな髪はオールバックにピタリと決めている。

『受け付けです。部長にご面会の方です』

受話器から明るい女性の声が響く。

「面会？　面会の約束はないなあ。私と約束しているといったの？」

『いいえ。約束はしていないそうです。浅野さんとおっしゃる女性の方です』

「女性？　浅野さん……」

雅彦は首をひねる。すぐに思い当たる人物が出てこない。

「どこの会社の人か、聞いてください」

『分かりました』

雅彦は耳に受話器を当てたまま目の前の書類に視線を走らせる。ビルの三階の窓際の大きな机が雅彦のデスクだ。窓の外は曇り空で、天気予報では夜には雨になると告げている。三時を過ぎた空には所々に黒い雲が現れている。

『三ツ橋エンジニアリングさんの関係者の方だそうです』

「三ツ橋さんの？　浅野さん……。誰だろう……」

雅彦はまた首をひねる。三ツ橋エンジニアリングは雅彦の会社と長い取引をしている得意先だ。長年のつき合いだがそれでも浅野という女性に心当たりがない。

「分かった。一階フロアーの応接室に通しておいて」

雅彦は受話器を置いて広げてある書類を集める。立ち上がり、来客があって一階の応接室に行くからと部下にいい置いて歩き出す。

一階に降りると、受け付け係が六番ですと雅彦に告げる。雅彦はありがとうと手を上げて六番の応接室に向かう。通りに面したガラスの壁際に、曇りガラスで仕切られた小部屋が六つ並んでいる。一番奥が六番の部屋だ。

雅彦は曇りガラスのドアをノックして開ける。

三人掛けソファーの真ん中に座っている女が雅彦を見上げる。短めの黒髪ですっきりとした輪郭の顔の持ち主だ。うっすらと笑みを浮かべている。鮮やかな緑色のコート姿だ。

「や、お待たせしました。難波です」

雅彦は小さく会釈して笑顔を向ける。

女が笑みを浮かべたままやおら立ち上がる。

「浅野彰子（しょうこ）です」

女が斜めに小首を傾げる。ピンク色の唇が笑う。スタイルの良さを見せつけるように軽く足を交差している。落ち着いた物腰だ。

「や、どうも初めまして。難波です」

雅彦は名刺を差し出す。女が受け取って小さく笑みを浮かべる。名刺を差し出す様子はない。

「あの、三ツ橋エンジニアリングさんの関係というと、どちらのアサノショウコさんでしょうか？」

「初めてお会いするんじゃありませんのよ。前にお会いしたことがありますわ」

女が笑みを浮かべ、小首を傾げたままいう。

「え？　前に会ったことがある……。いやあ、申し訳ありませんが、その、思い出せません。てっきり初めてだと思ってしまいました。まあどうぞおかけください」

雅彦は女に座るように促し、自分もテーブルを挟んで座る。

「それで、本当に失礼ですが、どこでお会いしたのかすっかり忘れてしまいました。どこでお会いしましたでしょうか？」

雅彦は持ち前の人懐こい笑顔を向ける。

「ああ、この笑顔。やっぱりあなただったのよ」

女がピンク色の唇から白い歯をのぞかせる。

「はい？」

「先日、私と難波さんの結婚のことを、ちゃんと奥さんに告げてきましたから」

女はいきなり切り出す。

「はあ？　あッ……、じゃあ、あなただったんですか⁉　私と結婚するからと妻にゆうたんは⁉」

雅彦は目を剝く。糾弾するような勢いだ。

女はまるで動じない。笑みを浮かべておもむろにうなずく。

あのですねと雅彦が口を開くと、ガラス扉がノックされて雅彦は口を閉じる。受け付け係がお茶を運んできた。雅彦と女の前のテーブルに置いて出て行く。雅彦はありがとうと声をかけてから女と向き合って苦笑する。

「あのですねえ、私と結婚するってどういうことですか？　私、結婚するとかいったり約束したことなど、妻以外に一人もいませんよ。第一、あなたが誰なのか分からないというのに、結婚するも何もありゃしませんでしょう？」

「でも結婚する意志があったから私と会ったんじゃありません？」

と女がすましていう。

「結婚する意志……。あ、もしかして、ずっと前にお見合いした方ですか？」

雅彦は眉根を寄せておずおずと尋ねる。

「思い出していただけました？　ええ、お見合いした浅野彰子です」

「そうか、それで三ツ橋エンジニアリングさんの関係ということだったんですね。あれは三ツ橋エンジニアリングさんの大西会長さんが常務時代に声をかけてくれたお見合いでした。大西さんが世話になった方の娘さん……、確かそうでしたよね？　そうか、あなたでしたか」

雅彦は納得がいったと女を見て何度も大きくうなずく。あゆみがいった通り、すっきりとした印象を受ける美人さんだ。

「その通りですわ。私です。本当に私のこと覚えてません？」

「いやあ、二十年前にたった一回お見合いでお会いしただけですからねえ。名前も顔も忘れていました。だけど、どうして私と結婚なんですか？　あの時はあなたの方から断ってきましたよね。それもたった一回会っただけで、しかも見合いの次の日だかその次の日でしたね。それが今頃になって結婚するだなんて、どういうことなんです？」

鼻であしらうように断ってきたくせにといいたいところだが、背後に得意先の会長の顔がちらつく。乱暴な言葉は慎んだ方がよさそうだ。

「私と難波さんは結婚する運命だとやっと気づいたんです。運命には逆らえません。それに断ったといってもその時のおつき合いを断っただけで、未来永劫結婚はお断りしますとはいっていませんよ。ですから今日は結婚を承諾しますといいにきたんです。よろしくお願いします」

女が小首を傾げるお得意のポーズで会釈する。

「いやいやいやいや、よろしくお願いしますといわれても、もう私は結婚していますからあなたと結婚はできません。それに運命っていいますが、どうしてなんですか？」

「決まっていますわ。私と難波さんは結婚する運命なんです。私は間違った結婚をしてしまって罰を受けてしまいました。おかげで夫はちっともうだつが上がらず、出世もかないません。ずっとみじめな生活を強いられました。そして気づいたんです。私は難波さんと結婚する運命だったって。だから私と難波さんのために離婚しました。運命には逆らえませんものね」

そうでしょう？　というように小首を傾げる。

「離婚って、離婚したんですか？　私と結婚するために？」

「ええ。しましたわ。運命には従わなければなりませんものね」

女があっさりといってのける。

「いやいやいや、それはまた乱暴な話ですねえ」

雅彦は苦笑しつつ唖然として首をひねる。理解できないという表情を隠せない。

「仕方ありませんわ。そういう運命なんですのよ」

「どうもその、あなたと結婚する運命というのが私には分からないんですけどねえ。私はあなたと結婚する気はさらさらありませんし、だから運命だとは思えないんです」

雅彦は朗らかな笑顔を向けて揺るぎない意志を示す。

「それは難波さんが気づかないだけですのよ。やっぱり来てよかったわ。私達がこうして会えば、きっと運命を感じてくれると思ったんですのよ。私はずっと感じていました。その笑顔ですわ。ずっと心の中にその笑顔があったんです。どうしてなんだろうと不思議でした。でも分かったんです。運命なんだって」

「いやあ、私はあなたのことはまるで忘れていましたから、運命だなんて思えませんね。運命って、双方が思うから運命じゃないんですかねー」

「そのことについては私が間違っていたんです。ですから罰を受けたんです。若かったから仕方ありませんわ。あの時はまさか難波さんが社長さんになるとは思えませんでした。何というか、ちょっと軽い感じがして、とても社長さんになんかなれないだろうと思ったんです。ですから離婚した夫と結婚しましたの。夫は一流大学を出た将来を嘱望されるエリートでしたからね」

「はあ……。社長夫人になるために結婚したんですか？」

雅彦はまた唖然とする。女がひと言いうたびに笑ったり唖然としたりで忙しい。

「もちろんですわ。だってそれが私の人生なんですもの。社長夫人として完璧に夫を支える。それが生きがいなの。そのために生まれてきたんですのよ。子供の頃から社長夫人になるための素養を磨いてきましたの。習い事はほとんどしましたし、行儀作法と教養も身につけました。ですから社長さんになる難波さんと私が結婚するのは運命なんです。難波さんは私が必要なんです」

「あ、いや、ハハハ、それはとんだ見込み違いですよ。あなたが結婚する運命の男というのは私じゃありませんね。私、逆立ちしたって、奇跡が起きたって、社長にはなれません」

雅彦はホッと表情を崩す。

人はそれぞれだ。社長夫人になるというのも生きがいのひとつだろう。けれども社長になれないことが分かっている者に、運命だからと結婚を迫るのは勘違いも甚だしい。雅彦は溜め息をついて苦笑いをする。緊張が弛んでソファーの背もたれにどっと身体をあずける。

「いやあ、驚きましたよ。運命だから結婚しなければならないなんて、どんな運命だろうとどぎまぎしてしまいましたよ。百パーセント勘違いです。あなたの運命の人は私ではありません。別の人ですね。私は社長にはなれません」

雅彦は身体を起こしてお茶に手を伸ばす。面倒くさい話になりそうにないと分かったのでホッとする。一服したい気分だ。

「あなたは知らないだけなんですのよ。難波さんは今度役員になるそうですね。大西さんがおっしゃるには、こちらの社長さんはいずれは難波さんを社長にと考えているということでした。難波さんが社長になるのはもう決まっているんですのよ。難波さんが何も知らないのは仕方のないことですわ。人事は本人の知らないところで決められるものですものね。でもこちらの社長さんが大西さんにそのことを話し、大西さんが私に教えてくれたというのは、私と難波さんは運命の糸で結ばれているということなんです」

女はまるで動じない。雅彦と結婚するのは運命だと信じきっている。

「へー、そんな話を弊社の社長が大西会長にしていたんですか。大西会長と弊社の社長は大学の先輩後輩で個人的なつき合いもあるみたいですね。そんな話は飲んだ席でタガが外れて口が滑りすぎただけですね。それに考えているというだけで、決まったとはいってませんよ。第一私は、勝手に突っ走りすぎると重役達ににらまれています。社長になれる訳がありません。それどころか、三月いっぱいでクビになるかもしれないんです。クビにならなくても平社員に降格です。あなたが大西会長からいつそんな話を聞いたのか知りませんが、それは少し古い話になりますね。今はクビか降格です。ですから社長にはなれないんです。それでも運命を感じますか？」

「クビか降格ですって？　どうしてそうなるんですの？」

女から笑顔が消える。

「はい。役員昇進を断ったからです」

雅彦は満面の笑みでいう。

「役員の昇進を断ったんですか?」

女は信じられないと目を瞬く。

二人の表情がまるで逆転してしまった。

22

雅彦は笑いを噛み殺して新幹線の窓外を流れる新横浜の景色に目をやる。くつくつと笑いが込み上げてくる。そびえ立つビルの空には大きな雲が浮かんでいる。昨夜来の雨は足早に太平洋に抜けて、所々に青空も見える。早朝に岡山から乗った新幹線は、まもなく新横浜駅に到着すると車内アナウンスがあったばかりだ。昨日の会社での浅野彰子とのやりとりがまた思い出される。

役員昇進を断った経緯を話すと、浅野彰子は手のひらを返すように笑顔を消した。

「あなたはバカです」

冷たくいい放った。すっくと立ち上がり、憤然と出ていった。怒りにまかせて手当たり次第に蹴飛ばしているような大きな足音が耳に響いた。

一方的に思い込んで笑顔を浮かべていた浅野彰子の豹変振りが何とも滑稽で、思い出すたびに笑いが込み上げる。

夜、あゆみに浅野彰子とのいきさつを話すと、運命というのはそういうことだったのかとう

なずき、

「でもかわいそうな気もするなあ。あの人をガッカリさせてしもうたわねー。じゃけど、二十年も前のお見合いの返事を今するゆーんもどうかと思うけど、この前もゆうたけど役員昇進の話を私のために断るゆーんもどうかと思うんよ。私は雅彦さんが役員になって、みんなのために頑張ってくれた方がぼっけーうれしいんじゃけどなー。何よりもまず、雅彦さんがやりたいことをやってほしいんよ」

と真顔でいうのだった。

社長とは三月の末に役員昇進のことで話し合うことになっている。クビになるか、それとも平社員に降格させてもらえるのかは分からない。とにかく今はピザだ。世界一うまいピザを作って、あゆみを世界一幸せな気分にさせてあげたい。雅彦の見上げる空に、ピザ生地のように縁が盛り上がっている楕円の雲が浮かんでいる。雅彦は窓に額をこすりつけて、流れ去っていくピザ生地のような雲を目で追い続ける。

雅彦は新横浜の次に停車した品川駅で降りる。山手線に乗り換えて恵比寿駅まで行き、恵比寿から日比谷線で中目黒駅に降り立つ。春の足音が聞こえそうな陽気だった前回と違って、肌寒い風が吹き抜けている。雅彦はベージュのコートの襟を立てて歩き出す。

『ダ・モーレ』の店先には早くも行列ができている。開店まであと三十分だ。雅彦は列の後ろに並ばずに、店の横、厨房が見渡せる歩道の端に立つ。ここならピザ職人森脇令嗣のピザ作りをじっくり観察できる。食べるのは後回しだ。まずはピザ職人世界一のピザ作りの手際をじっくり観察すると決めている。

十一時半。開店と同時に、厨房に立つ森脇令嗣がきびきびと動き始める。ピザ生地を広げ、形を整え、トッピングを載せ、焼き上げる。前回見た時と同じで次から次の早業だ。手の動き、身体の動き、リズミカルで無駄がない。それでいて満席となった店内、外のテラス席に目を配って従業員に声をかけている。焼き立てピザの香ばしい匂いが漂ってくる。

雅彦は森脇令嗣の一挙一動に目を凝らす。ピザ生地を伸ばす動作、ピザ窯の中でピザを焼き上げる動きをじっと見守る。時々、厨房の森脇令嗣がチラリと雅彦に視線を送ってよこす。それも一瞬で、またピザ作りに没頭する。

最初に入った客たちと入れ代わって並んで待っていた客たちが席に着くと、雅彦は残っている行列の後ろに並ぶ。並んでも厨房の森脇令嗣から目を離さない。

やがて雅彦が最前列になり、従業員がやってきて店内の席がいいかテラス席がいいかと希望を尋ねる。前回と同じテラス席が空いていたのでそこに座る。二人掛けのテーブルで、厨房が見渡せる絶好の場所だ。

まずはタコのサラダとマリナーラを注文する。もちろん赤ワインつきだ。風が冷たいのでテラス席に陣取る客が少ない。待っている客を気遣って急いで食べなくてもよさそうだ。サラダとワインが運ばれてくる。雅彦はゆっくりと味わいながら厨房の森脇令嗣のピザ作りを見守る。ほどなくして焼き立てのマリナーラがテーブルにやってくる。

この味！

この歯ごたえ！

雅彦は一切れ食べて思わず唸る。やはり唸ってしまうほどうまい。

マリナーラを食べ終えた雅彦は、続いてマルゲリータを注文する。グラスの赤ワインが空になったのでこれもお替わりを注文する。

マリナーラとマルゲリータを存分に堪能した雅彦は会計を済ませた。会計を済ませるとまた店の脇に立って森脇令嗣のピザ作りを食い入るように見つめる。

テラス席は空いているのでそのまま座っていてもよかったのだが、店の横に立った方が厨房をよく見渡せる。両手を交互に使ってピザ生地を広げていく動きが素早くて小気味よい。いつまで見ていても飽きない。大きなヘラで窯の中のピザを回す動作も、機敏で潔く、それでいて思慮深げで惹きつけられてしまう。雅彦は窯の中のピザの焼け具合もしっかりと目に焼きつける。雅彦はじっと立ち尽くして森脇令嗣のピザ作りを注視する。一挙手一投足を見逃してなるものかと前のめりになる。世界一うまいピザを作らなければならないのだ。あの世界一の職人を超えるピザを作らなければならない。

森脇令嗣が大理石の作業台の上を片付け始めた。店内の壁時計が午後二時を回っている。ランチタイムのオーダーストップ時間が過ぎたので、ピザ作りは夜の部まで休みとなる。

そこで雅彦は大きな深呼吸をひとつ。長い時間息をするのも忘れていたかのような大きな深呼吸だ。森脇令嗣はタオルで顔を拭いた。開店してから立ちっぱなし、動きっぱなしだった。ふうっと大きく息をつく。釣られて雅彦もふうっと息を吐く。森脇令嗣が雅彦に笑顔を向けた。ピザ作りの時の真剣な表情とは打って変わって人好きのする明るい笑顔だ。思わず雅彦は、ご苦労さまでした、おつかれさまでしたと頭を下げてしまう。いつものどんなガンコ親父もなごませてしまう人懐こい笑顔だ。森脇令嗣が笑顔でうなずき返す。雅彦は姿勢を正して一礼する。

ならない。すると厨房を回って出た森脇令嗣が雅彦に向かってやってくる。

「こんにちは。この前もいらしてくれましたね。ありがとうございます」

森脇令嗣がにこやかに笑いかける。

「や、これはどうも！　こんにちは！　覚えていてくれたんですね！」

雅彦はとびっきりの笑顔で答える。

「その笑顔です。忘れられない笑顔です。この前も熱心にピザ作りをご覧になって、それで終わりに会釈してくれましたよね」

「や、気づかれていましたか！　申し訳ありません。先に見学させてくださいと承諾をいただくべきでした。変なやつだと不愉快でしたでしょう。すみませんでした」

雅彦は恐縮して縮こまる。

「いえいえ、この前も今日もあんなにじっと見られたのは初めてで、いい意味で緊張しました、熱心に見てくれたので気合いが入って楽しかったですよ。ご同業の方ですか？」

とんでもないと雅彦は手を振り、こういうものですと名刺を差し出す。

「難波さん、ですか。会社の部長さんなんですね。岡山からいらしてくれたんですか？」

「はい。世界一のピザを食べたくて来ました。あの、ずうずうしいお願いだというのは承知していますが、世界一おいしいピザを作るコツはあるんでしょうか。もしあるのでしたら、それは何なのか教えていただけないでしょうか。この通りです。お願いします」

願ってもないチャンスだ。雅彦は意を決して深々と腰を折る。膝に顔がくっつきそうだ。通りを歩く人が何事かと訝しげに見て通りすぎていく。

「コツですか。そういわれても……」

森脇令嗣が笑顔のまま困った顔をする。

「いきなりで失礼なのは承知しています。ヒントでも何でもいいのです。お願いしますッ」

雅彦は切羽詰まった声でいい、かしこまって再び腰を折る。

「とにかく顔を上げてください。コツとかヒントを聞いてピザを焼こうというんですか？」

「はい。世界一おいしいピザを作って食べさせたい人がいるんです。それで森脇さんのピザ作りを目に焼きつけようと、じっと見ていたんです」

「世界一おいしいピザですか。ご自分でピザを焼かれているんですか？」

「いいえ。実は一度もありません。これから庭にピザ窯を造ります。もしかしたら時間がないかもしれないので、一日でも早く世界一おいしいピザを作りたいんです」

「そうですか。何か事情がありそうですね。あまりにも真剣に私の仕事ぶりを眺めていらっしゃったんで、何か事情がありそうだと思っていました」

森脇令嗣が時間はありますかと尋ね、雅彦がはいと答えると、そこのテーブルに座っていてください、すぐに戻ってきますからといい置いて店の奥へと消える。

ほどなくして、雅彦が座ったテラス席に前掛け姿の従業員がカプチーノを二つ持ってきて、「オーナーからです。お先に飲んでいてくださいということでした。オーナーはすぐに来るそうです」

という。コーヒーの香りが鼻孔をくすぐる。

雅彦は礼をいって飲まずに森脇令嗣を待つ。森脇令嗣はすぐに現れた。ブルーのジャンパーを羽織っている。どうぞと雅彦にカプチーノを勧めて自分も一口飲む。雅彦はありがとうございますといってから、

「ピザ職人世界一に二度もなった森脇さんに、私みたいな素人が、しかも一度もピザを作ったことがないのに、世界一おいしいピザなどというのはおこがましいのは分かっています。でも、どうしても作りたいんです」

とかしこまる。

「どうぞ、飲んでください。世界一おいしいピザ、大丈夫ですよ。難波さんならきっと作れます」

森脇令嗣がにっこり笑ってカプチーノを飲む。

「え？　や、それは、本気でいってくれているんですか？」

森脇令嗣があまりにも簡単に請け合うものだから、雅彦は呆気にとられて目をパチクリさせる。

「ええ。何でもそうでしょうけど、一生懸命さと笑顔を忘れなければ願いは叶うものだと思います。それは私のピザ作りの師匠の、ナポリのピザ屋の親方から学んだことです。あの写真のオヤジです」

森脇令嗣が厨房の壁に飾ってある写真を振り向く。

分厚い白髪を後ろに梳かして、彫りの深い無精髭面が真っ直ぐにこっちを見つめている。微笑んでいるようでもあり、厳しく見つめているようでもある。いかにも職人らしい実直で芯の

強そうな面構えだ。

「彼が私の親方なんです。『ダ・モーレ』という店名は、ナポリのピザ屋で修業していた頃に親方に呼ばれていた名前をそのまま店名にしたんです。モーレと呼ばれていました。名前を縮めたんですね。『ダ・モーレ』は『モーレの』という意味なんです。だけど親方は一度もピザ作りのことを教えてくれませんでした。食材を買いに行くとか、友達がやっているレストランに行くとか、港とか田舎の牧場に私を連れて行くんです。どこでも知り合いや友達とナポリ訛りのイタリア語の嵐でした。親方の家にも毎日のように連れて行かれて、奥さんの手料理を食べさせられるんです。ナポリのコテコテの伝統料理とか家庭料理です。私はナポリの昔ながらのピザを作りたいと思っていましたから、きっとそのことを汲み取ってくれて、じゃあナポリを好きになってくれ、ナポリの心を身につけてくれ、愛してくれ、ナポリの人間になってくれ、ナポリのやつらが大好きなピザの心を理解してくれという思いからだったんじゃないかと思うんです。そんなことはひと言もいいませんでしたが私にはそう思えます。親方は四年前に亡くなりました。ガンでした。ピザ作りには一生懸命で絶対に妥協しない親方でした。毎朝、早朝に店にやってくると、まず人差し指を口に差し込んでから空にかざすんです」

森脇令嗣が人差し指を口に入れて湿らせ、空に向かって突き出す。

「その日の風の強さ、湿度、温度を確かめているんです。ピザ生地は生きているんです。ピザの出来不出来は生地次第です。九十パーセントぐらいも占めているといってもいいかもしれません。おいしいピザ生地を作るには、その日の気象条件によって水や塩加減、発酵の時間が違うんです。だから人差し指なんです」

「はい。こうですか？」

雅彦は森脇令嗣を真似て人差し指を口に入れると天に突き出す。

「ええ。窯の温度管理にも厳しかった。厨房を清潔にするということもです。けれどもどんな時にも、辛いことや苦しいことがあったとしても笑顔を忘れませんでした。私達職人を怒った時や、何かトラブルがあっても、笑顔を見せてまた前に進む人でした。一生懸命と笑顔。これがあれば大丈夫だと教えられました。ですから、難波さんがどんなピザを作ろうとしているのかは分かりませんが、難波さんのその笑顔と一生懸命さがあれば、世界一おいしいピザは絶対に作れます。大丈夫です」

森脇令嗣がにっこりと笑う。

「森脇さんにそういっていただけると元気が出ますが、ですが、実は白状しますと、世界一おいしいピザがどんなものなのかよく分からないんです。あ、森脇さんのピザは文句なく世界一だと思います。ですからずうずうしくもまずは目指せ森脇さんのピザなんです」

雅彦は悪びれずにいう。

「世界一おいしいピザ、難しいですねえ。私にも分かりません。職人大会で世界一になりましたが、だからといって誰もが私のピザが最高だとは思っていないはずです。人それぞれです。私の店よりも違うピザ屋さんの方がおいしいという人はいっぱいいます。ファーストフード屋さんのピザの方がおいしいという人もいます。誰が何といってもデリバリーのピザが一番好きだという人もいます。でもこれだけはいえますね。イタリア人にとって誰が作ったピザが世界一おいしいかというと、みんな同じです。マンマの作ったピザが世界一だときっぱりいいます。

温度が足りない家庭のオーブンで焼いたとしても、マンマが作ってくれたピザが世界一なんです。月並みですけど、やっぱり愛情がおいしさの決め手なんですよね。どんなに腕の立つ料理人でもピザ職人でも、マンマの作った料理やピザには敵わないんです。私はマンマにはなれませんから、いつも食べる人のことを考えて生地を作ったり焼いたりしています。ピザ作りは感覚が大事だから面白いんです。食べる人のことを考えたり、私も親方に倣って朝一番に人差し指をなめて立てたりして考えます。もっともっといい生地を練りたいとか、もっとおいしいピザを作りたいとか、一日中それぱっかり考えています。それでもこれが最高だというのは食べた人が決めることだと思うんです。ですから、難波さんが食べさせたいという人が世界一おいしいと思ってくれたら、それが世界一おいしいピザじゃないでしょうか。ただ、私はピザのおいしさの決め手はやっぱり生地作りだと思います。ですから」

森脇令嗣の言葉が次から次へとテーブルから溢れて流れていく。雅彦はひと言も聞き漏らすまいと、身を乗り出すようにしてうなずきながら聞いている。山手通りを行き交う車の騒音は気にもかけない。

店内にはまだ食事中や食後のおしゃべりを楽しんでいる客が大勢いる。外のテラス席には雅彦と森脇令嗣の二人が座っているだけだ。冷たい風の中で、二人はうなずき合いながら向かい合っている。雲の切れ間からさっと日が差し込んで二人を明るく照らす。二人の笑顔が輝く。従業員がやってきて二人の前に水の入ったグラスを置いた。

23

「やめてやッ。そんな話聞きたくねーわ！」

　助手席の悟史が声を荒らげる。目は血走って鋭く、憤然たる面持ちだ。腕組みをして何事も受け付けないという頑なな態度だ。

　あゆみが運転するコンパクトカーは、瀬戸中央自動車道の児島インターチェンジに差しかかろうとしている。もうすぐ瀬戸内海だ。風が冷たいので空気がスッキリとして見晴らしがいい。あゆみは制限速度の八十キロでゆっくりと車を走らせている。のんびりと流れていく景色とは裏腹に、車内は険悪な空気に包まれている。

「ちゃんと話を聞くって約束じゃよ」

　あゆみは前方を見据えてハンドルを繰りながらいう。息子をなだめようと落ち着き払ったものいいだ。

「何で俺にそんな話をせんといけんのんでッ。そんなのはお袋の個人的なことじゃが！　そんな話は聞きたくねんよ！」

「そうよ。そうじゃけど、今日はお母さんの我が儘（まま）を聞いてほしいんよ。悟史には自分のお父さんとお母さんがどんな人じゃったか、ちゃんと分かっていてほしいんよ」

「そんな話聞きたくねんよッ。やめんのんなら飛び降りるからなッ」

悟史がまなじりを決してドアを開閉する把手に手をかける。

今日は話を聞いてほしいんよ。大事な話なんよ。岡山インターチェンジから瀬戸中央自動車道に乗ってすぐ、あゆみはそう切り出した。最後までちゃんと聞くことを悟史に約束させて話し始めた。

四丁目の実家で生まれ育ったこと。自分が生まれて両親が辛い思いをしていること。子供時代は絵が好きだったこと。大好きな絵とデザインの勉強をしたくて東京に出て独り暮らしを始めたこと。東京で働き始めて、やがて独立して頑張ったこと。好きな絵やデザインを仕事にできて楽しかったこと。そして東京で愛する人が現れて結婚しようと思ったこと。お腹に赤ちゃんができたとたんに男が去っていき、赤ちゃんを産んで一人で育てようと思ったけど、仕事や生活のことで精神的に追い詰められ、育てることができそうもなくて赤ちゃんを堕胎してしまおうと決心したら流産してしまったといったとたんに、悟史はそんな話は聞きたくないと言葉を荒らげたのだった。

「お母さんがこういう人間じゃったということをちゃんと知っといてほしいんよ。お母さんは悟史のお母さんじゃということがとっても幸せなんよ。でも悟史はお母さんのことを何も知らんよね。どんな人間かということをちゃんと知っといてほしいんよ。本当は悟史がもっと大人になったら話すつもりじゃったけど、お母さんがガンになってしもうて、もしかしたら再発してまた入院せんといけんようになるかもしれんのじゃが。じゃから元気な今のうちに話しておきたいんよ」

「じゃからってそんな話は聞きたくねんよッ。東京での話をするんなら本当に飛び降りるけーなッ」

　悟史があゆみをにらみつける。母親の若かりし頃の男女の話なんか聞きたくはない。しかも相手は父親ならまだしも知らない男だ。

「残念でした。こんなところで飛び降りたら死ぬよ。そしたらお母さんは悟史を車から飛び降りさせた罪で死刑じゃが。運良く悟史が死なんでもお母さんは懲役百年で刑務所行きじゃね」

　あゆみは笑って軽く受け流す。

「ふざけるなやッ。東京での話はせんでええよッ。それが話したいことじゃったらもう聞きたくねーから戻れよッ。次のインターチェンジで降りろよッ」

「お母さんの全部を話したいんよ。お母さんはね、東京で罪を犯したんよ。取り返しがつかないことをしてしもうたんよ。お父さん以外には誰にも話したことはないけど、悟史には知っておいてもらいたいんよ。流産になって死なせてしまったのは、お母さんが堕胎してしまおうと思ったからなんよ。お母さんはいい人でも強い人間でもないんよ。このことを話すと悟史に嫌われるかもしれんから、本当は話すのが恐いんよ。じゃけど、悟史にはお母さんの全部を話しておきたいって、病気になってからずっと思い続けとったんよ。本当の私を知っていてほしいって。じゃから聞いてちょうだい。今話しておきたいこと全部話したら、もうこの話はせん。約束する。最後のお願いになるかもしれんからちゃんと聞いて」

　あゆみは悟史を見る。悟史は口をギュッと閉じて真っ直ぐ前を向いている。何かいいたそうだがぐっと我慢しているという態度だ。あゆみはフロントガラスの前方に目を戻す。児島インターチェンジが後ろに通りすぎていく。タイヤの摩擦音とエンジン音だけが車内を充たす。あゆみはゆっくりと口を開く。

「東京でね、好きな人ができてね」

「じゃからそんな話は聞きたくねーんよッ。東京は分かったからその先を話せやッ」

「聞いて。東京で好きな人ができて、それで結婚したいくらい好きになったんよ」

「じゃから分かったからそこはとばせやッ」

「ちゃんと聞いて。それで、子供ができたん」

「やめろやッ。聞きたくねーッ。絶対に聞かねー！」

悟史が左右の人差し指を耳に突っ込んで塞ぐ。

「あなたのお兄ちゃんだったの」

「聞かねーッたら絶対に聞かねー！　そんな話は聞きたくねー！　聞かねーッたら聞かねええッ！」

悟史が両耳を指で塞いだまま絶叫し続けて、あゆみの声をかき消す。興奮して顔は真っ赤だ。

あゆみは口を閉じる。静寂が訪れてエンジン音とタイヤの摩擦音が室内に籠もる。制限速度で安全運転をしているあゆみの車を、追い越し車線を走る車が次々に追い抜いていく。

「ごめんね……」

つぶやいて、ハンドルを繰るあゆみの頬に涙が流れる。自らの意志で殺めてしまった我が子と、聞きたくもない話を聞かされてショックを受けている悟史が不憫でならない。あゆみは前方を見つめたまま、ギアボックスの前に置いてある小さなティッシュペーパーの箱に左手を伸ばす。頬に流れた涙を拭く。高速で運転している。運転を誤ることはできない。大切な息子を乗せているのだ。涙で視界を遮る訳にはいかない。

無言の二人を乗せた車は鷲羽山を通りすぎる。すぐに広々した景色が開けた。空に浮かぶ道がはるか彼方の空に伸びている。瀬戸内海は気持のいい青空だ。白い雲がくっきりと浮かんでいる。遠くに島々の浮かぶ海が白く光って輝いている。絶景が車窓を流れる。

「悟史は宝物じゃが……」

耳を塞いで顔をそむけている悟史を見やって小さくつぶやき、あゆみは涙を拭いて笑みを浮かべる。

悟史はあゆみが口を閉じたので喚くのをやめている。それでも耳を塞ぐのはやめない。そんな話は聞きたくないという意思表示をし続ける。あゆみはティッシュペーパーで涙を拭きながらハンドルを繰る。風が少し強いが運転に影響するというほどではない。

櫃石島に差しかかってやっとあゆみの涙が止まる。静かな時間が流れていく。悟史が両手の人差し指の耳栓をそろりと外す。表情は硬いが落ち着きを取り戻している。

「それで、どうしたんよ……」

悟史がぼそりという。じっと前方を見据えたままだ。覚悟を決めたという表情だ。

あゆみも前方を見据えたまま、一呼吸置いてから、

「赤ちゃんができてね」

と静かに話し始める。

悟史が身じろぎもせずにただ黙って聞いている。ずっと前方を見据えたままだ。道はずっとどこまでも空の彼方まで伸びている。道を吊り支えている巨大な柱が、青空をバックに白さを

際立たせている。静かな車内にあゆみが語る淡々とした声が途切れない。

赤ちゃんを流産して岡山に帰ってくるまでのいきさつと、雅彦に出会って結婚したことを話し終えると、もう右手前方に瀬戸大橋タワーが迫っている。四国はもう目の前だ。

「トイレは大丈夫な?」

あゆみはチラリと悟史を見る。悟史は身じろぎもせずにじっと前を見ている。

「うん」

悟史が口を開かずにいう。

「じゃったら瀬戸大橋記念公園に寄らんでもいいよね。最初の計画は、瀬戸大橋記念公園に寄ってタワーに上って、瀬戸内海の景色を見て帰ろうと思っとったんじゃけど、戻って鷲羽山から瀬戸内海を見とうなった。悟史が小さかった時にお父さんと行ったきりじゃもんね。覚えとる?」

「覚えとらん。てか、まるで記憶にない」

「そうじゃよね。悟史がまだ三つか四つの時じゃもんね。じゃあ、このまま戻るからね」

「お袋は休まんで平気なん。疲れとるんじゃねーんで」

悟史が目だけをあゆみに向けて顔色を見る。声には荒々しさが影をひそめて、気遣う温もりが宿っている。

「平気じゃが。車の運転はちっとも疲れないんよ」

家を出る前に、念のために吐き気を抑える薬を飲んできた。突然の吐き気の心配がない分、気分は楽だ。手のしびれはあるものの、運転に支障を及ぼすというほどではない。

あゆみは坂出北インターチェンジで降りて、すぐにまた瀬戸中央自動車道に戻る。ハンドルを握る指の爪が、幾段にも増して盛り上がっている。治療の後遺症が爪に現れている。速度が八十キロに達すると、あゆみはまた話し出す。

「それでね、ガンだと診断された時、あの子に仕返しされたんじゃと思えたんよ。じゃからショックじゃなかった。当然の酬いを受けたんじゃと納得したんよ。それに、あの子が早くこっちに来てと駄々をこねとるような気がしたんよ。さみしいからって。じゃからね、死ぬ気満々じゃったんよ」

あゆみは口を閉じて笑みを浮かべる。

悟史は黙っている。うなずきもしない。振り向きもしない。

「ガンって診断された時、最初はステージ1で五年後の生存率は九十パーセントって聞かされて、じゃあ私が残りの十パーセントになろうと思ったの。そしたら九十パーセントの人が生きていられる。そう思ったらくよくよ考えなくなった。リンパ節一本にガン細胞の転移が見つかってステージ2になった時も、あの子に会うために一歩ずつ近づいているんじゃと思って怖くはなかった。じゃから手術はせんでそのまま成り行きにまかせて死んでいこうと思ったんよ。そしたらね、毎日あの子が夢枕に立ったの。哀しそうな顔で立っているんよ。いつも何もいわんの。哀しそうに立ったままじっとお母さんを見つめているだけなんよ。もうすぐそっちに行くからね、待っててねってゆうと、ますます哀しそうに見つめるんよ。それで目が覚めてから、どうして哀しそうな顔をしとるんだろうってずっと考えたんよ。来てほしくないのかなーとか、こうじゃないか、ああじゃないかって考えるんじゃけど、それでも毎日あの子が夢に出てきて哀しそうに立つんよ。何日目かに、もしかしたら悟史のことを思って哀しい顔をしとるんじゃないかということに気づいたんよ。お兄ちゃんが弟の悟史のことを思って、お母さんにはこっちに来てほしいけど、悟史がかわいそうだからって哀しい顔をしてるんじゃないかって。あの子が男の子だったか女の子だったかは分からんの。でもお母さんには男の子だって分かるの。母親の勘なのね。そしたらね、そう思ったら不思議にあの子が夢に出てこなくなったんよ。夢にあの子が出てきたら、じゃから哀しそうなの？　って聞こうと思ってるんじゃけど、もう現れないんよ。ああこれはきっと僕の分も弟を愛してあげてねって、あの子がいいたかったんじゃねって思えたんよ。じゃからあの子に、ありがとう、いつそっちに行けるか分からんけどもう少し待っててね、お母さんはあなたの分も悟史を愛して、悟史のためにまだ生きることにするからね、あなたがいいたいことと違うなら夢に出てきて文句ゆうてねってゆうたんよ。じゃけど、もう夢に出てくることはなかった。それでもう一度しぼんだ命に火をつけることにしようって、手術を受ける決心をしたんよ。じゃから麻酔から覚めたら、生まれ変わった気分になったんよ。あの子と悟史とお父さんのために、ちゃんと前を向いて生きようって決心したんよ。これが運命なら受けて立とうと思ったんよ」

あゆみの淡々とした言葉が、アクセルを一定にしてゆったりと瀬戸内海を渡って行くリズムに乗って流れていく。

あゆみはずっと笑みを浮かべている。もう涙はない。いいたいことをいえたと安堵している笑みだ。

「お母さんが罪深い人間でごめんね。弱い人間なんよ。じゃからどんな罰を受けても文句はいわん。悟史に嫌われても仕方ない。こんなことは悟史にはゆうべきことじゃないかもしれんし、悟史は知らない方が幸せかもしれんよね。でもお母さんは悟史に本当のお母さんを知ってほしかったんよ。私の病気はこの先どうなるか分からん。私は悟史が成人式を迎えるまでは何が何でも生きるつもりじゃし、その先も悟史が自分の人生を歩いて行くのをずっと見ていたい。じゃけど、いつか寿命が尽きてあの子のところへ行くことになるかもしれんから、悟史には私のことを話しておきたかったんよ。じゃからって気を遣わんでね。それは仕方のないことなんじゃから。人にはそれぞれ寿命があるんじゃから。これからは私のことを心配せんで悟史のやりたいようにやってほしいんよ。私も怒る時は怒るし、悟史も私に遠慮せず怒ってもええんよ。時間は止められない。でもそれが人生。じゃから好きなように生きてほしいんよ。悟史の人生なんじゃから、好きな人と恋をして、好きなことをしてほしいんよ。それとね、悟史はお父さんとお母さんの宝物じゃゆーことを元気なうちにゆうておきたかった。お父さんとお母さんは悟史のことを愛しているんよ。側にいて見守ってやるゆーことしかできんけど、悟史は悟史の好きなことをやってほしいんよ。東京でお母さんは取り返しがつかない罪を犯してしまったけど、でも好きなことができて幸せだった。辛いことがあったけど、それも含めてだから今こうしていられるんよ。みんながいて、家族がいて、悟史とお父さんがいて笑っている。何もゆうことはないわ。その他のことはどうでもいいの。このために自分の人生があったんだって思えるの。じゃから悟史とお父さんには感謝感謝じゃが。この世は素晴らしいわ。命が終わるということを切実に考えさせられるとつくづくそう思うんよ。何もかもがものすごく愛おしいの。朝起きて、トイレにいって、顔を洗って、ご飯を作って、食べて、しゃべって、笑って、泣いて。そんなことがみんなみんな愛おしいんよ。毎日を感謝したくなるんよ。悟史にこんなことをゆう日が来るとは病気になる前は思ってもみんかった。フフフ、病気になるゆーんも悪いことばかりじゃないわね。あ、そうだ。もうひとつ、大事なことをいわなければ。もしもお母さんが死んで、それでいつになるか分からんけど、もしもお父さんが誰かと再婚するゆうたら、絶対に賛成してほしいんよ」

黙って前を見ていた悟史の目があゆみに注がれる。表情に小さな動揺が走っている。

「お母さんが生きている間は、何があってもお父さんとは別れんよ。じゃってとっても素敵な人じゃもの。私のために一生懸命なのは悟史とお父さんだけじゃもの。じゃから別れるなんてもったいない。フフフ。お母さんは岡山に帰って来てお父さんと出会って本当によかったと思っとるんよ。でも、もしも私が死んだら、お父さんには哀しい日々をずっと送ってほしくないんよ。時が経ったら絶対にお父さんを好きになる素敵な女の人が現れる。フフフ、だってお父さんはカッコいいもの」

「どこが？　へらへら笑ってばかりで、ちっともカッコよくねーが」

悟史が顔をそむけて助手席の窓外を見る。

「お父さんの笑顔はカッコいいよ。生きているって、楽しいこと、うれしいことがそうそうあるものじゃないんよ。何もない平凡なことや、悲しいこと、辛いことの方が多いんよ。じゃから笑顔がうれしいの。尊いものなのよ。お父さんの明るい笑顔はみんなを救っているんよ。私も本当に救われたんよ。ガンになってからもお父さんの笑顔がどんな薬よりも身体にいいって思っとるんよ。そうそう、お父さんは悟史をあやす名人じゃったんよ。赤ちゃんの悟史が火がついたみたいにギャーギャー泣いていても、お父さんが笑顔を見せるとキャッキャ笑ったんよ。お父さんにはずっとあの笑顔でいてほしいんよ。いつまでもさみしい思いをしてほしくないんよ。このことはお父さんにもゆうてあるの。じゃから、お父さんが再婚するゆうたら、悟史は絶対に賛成してほしいんよ。これはお母さんの心からのお願い」

「親父は再婚するっていったの？」

「分かったとだけゆうとった。じゃからお父さんがいつまでもめそめそしてたら、再婚しろって悟史からはっぱかけてほしいんよ。約束してくれる？」

「そんな約束せんわ。それに反対もせん。そんなことは親父の勝手じゃが」

「ありがとう。悟史はそうゆうてくれると思うとった。ああ、話したいことがいえてよかった。聞いてくれてありがとう。でも仕方ないんよ。うれしいよ。もういわんけんね。こんなお母さんでガッカリさせてしもーたねー。でも仕方ないんよ。本当のことなんじゃから。悟史にはこんなお母さんじゃったって知っていてほしかったんよ。なぜ悟史に話しておきたかったか、本当のところは分からんの。でもなぜか話しておきたかったの。悟史にだけは許してほしかったのかも。こんなお母さんでごめんね」

悟史が窓外を見やったまま大きく息を吸って吐き出す。それから、

「何も悪くねーが……」

とポツリという。

え？　という表情であゆみは悟史を振り向く。

「母さんは何も悪くねーが……」

悟史はまた同じポーズのまま同じ言葉をいう。

「フフフ。お父さんと同じことをゆうとる」

あゆみは笑みを浮かべる。笑う瞳に涙があふれ、急いでティッシュペーパーに手を伸ばす。

右手前方に鷲羽山が近づいてきた。もうすぐ瀬戸大橋を渡り切る。遠くの島影近くの海上を、黒っぽい貨物船が白い航跡を引いている。走っている車上からは動きが止まっているように見える。

「悟史は将来やりたいことがあるんな?」

あゆみの言葉が軽い調子で口を出る。明るい声だ。車内の空気が一変する。悟史が遠くの海を見たまま小さく吐息をつく。

「大学へ行くかどうかは決心した?」

「まだよく分からん。じゃけど、最近ぼんやりとじゃけど、何か、ものを作ることがしてーなーって思うんよ。何かを作るってすげーことじゃって思えるんよ」

「うん。ものを作るって楽しいよね。具体的に何か浮かんどるん?」

「映画作りに関わることをしたいって思うようになった」

悟史があゆみの反応を確かめるように目だけを向けて様子を見る。あゆみは前方を見つめたまま笑みを浮かべる。柔和な笑みだ。

「やっぱり。そうじゃないかって思っとった」

「どうして?」

「じゃって悟史は子供の時から映画が好きじゃったし、『映画の冒険』で買った古い映画のビデオとかCDが部屋に散乱しとるが」

「勝手に俺の部屋に入るなっていったじゃろ」

悟史がふくれる。

「入っとらんよ。掃除しとるかどうか覗いただけ。掃除せんと部屋に入って掃除するからね。それが嫌ならちゃんと掃除しなさいね。そうするって約束なんじゃからね。でも映画作りっていいと思うな。映画に関わっとる人ってみんな一生懸命で楽しそうじゃよね。ふーん、映画かあ」

「まだ分からん。気象予報士とか天文学も興味がある」

「そっかー。悟史は昼も夜も空を見るのが好きじゃもんね。好きなことを一生懸命するって素敵なことじゃが。何でもええから悟史が一生懸命になれることをやってみなさいよ。お父さんもお母さんも応援するが」

「とにかく部屋には絶対に入らんでよ。嫌なんよ、部屋に入られるんは」

「じゃったら掃除」

児島インターチェンジが近づいてきた。あゆみはアクセルをゆるめて車のスピードを落とす。流れ去っていく早春の景色がスローモーションのようにのんびりし始める。ほっと吐息をついているみたいだ。

24

小高い丘には微風が流れていた。新芽の蕾を抱いた木々の枝がかすかに揺れている。

「ここです」

岡部順治がにっこり笑ってみんなを見回す。

「いやあ、ここですか」

雅彦は天を仰いで深呼吸をする。息も絶え絶えだ。小橋川と弘高も参ったというように顔をしかめ、腰を折って膝に両手をついて息を整える。悟史は息が荒いものの、さほど疲れた様子もなく突っ立ったまま辺りの景色を見回す。

牛窓の海岸に近い小高い丘の雑木林から瀬戸内海の広がりが裸の木々を透かして見える。山道の行き止まりに車を停めて、道のないきつい上り勾配の斜面を三十メートルほど登ってきた。それだけの距離なのに雅彦と小橋川と弘高は顎を出してしまった。

「さすがに悟史は若いよなあ。それに岡部さんも身が軽いですよねえ。こっちはヒーヒーじゃが」

雅彦は荒い息をしながら苦笑いをする。

「いやあ、悟史君にはかないませんよ。私は案内役だから音を上げる訳にいかないだけですから。お疲れのところを申し訳ないのですが、私は時間がないのでさっそく始めましょうか。表面の落ち葉とか枯れ枝は取り除いて中の土だけを土嚢に詰めてください」

岡部順治が快活にいう。

雅彦は分かりましたとスコップで土の表面をさらうようにすくってどける。小橋川と弘高、それに悟史も雅彦に続いて作業にとりかかる。腕を痛めているといって作業に加わらない岡部順治を除いた四人は長靴だ。

早朝、小橋川と弘高が『セワーネ』にやって来て、さあ出発だという時になって俺も行くと悟史が二階から降りてきた。小橋川のトラックと弘高のワンボックスカーに分乗して出発した。岡山駅前で岡部順治を拾って牛窓にやってきた。土嚢は小橋川が準備した。途中、雅彦は車内で、豊島の凝灰岩の代金、それに謝礼も含んで十万円入りの封筒を岡部順治に手渡した。岡部順治は一度は謝礼はけっこうですと辞退したが、雅彦が気持ですからとにっこり笑うと、では遠慮なくとあっさり胸のポケットに収めた。牛窓にやってくると奇跡の土の地主の家に寄った。大きな家で、道路から玄関までは三十メートルほどの距離があった。岡部順治が一人で地主に挨拶にいった。気難しい人なので私だけで挨拶しますからというので、雅彦たちは道路から地主に会釈しただけだった。玄関先に出てきた地主の男は白髪の年寄りだった。人のよさそうな笑顔の持ち主で岡部順治がいうような気難しい人物には見えなかった。岡部順治が地主に封筒と酒を手渡すと、地主は相好を崩して門前に立つ雅彦たちに何度も会釈するのだった。

雅彦と小橋川と弘高と悟史はスコップで土を掘り、土嚢に詰めていく。黄色っぽい土だ。

「ほらね。色が黄色いでしょう。この色がいいんです。耐火レンガの色は黄色っぽいですよね。これが熱に強く保温力がある成分を含んでいるんです。これはレンガ屋さんの受け売りですけどね」

岡部順治が笑っていう。

「そういわれると、何かありがたみを感じますよねぇ」

雅彦はうれしそうにうなずく。上機嫌だ。

「雅彦。庭の土を入れ替えるのに何で熱に強くて保温力が必要なんじゃ？」

と小橋川が土嚢に土を詰めながら訝しげに尋ねる。

「え？　あ、そりゃー、えーと、おお！　そりゃ当たり前じゃが。南国の花を植えつけるからじゃが。あゆみが南国の花が大好きなんよ。じゃから熱に強くて保温力もある土なんじゃが。ハハハハ。ねえ岡部さん」

雅彦は盛大にごまかし笑いしてから、岡部順治に笑顔を向けてうなずき、サインを送る。ピザ窯のことは内緒にしているのだ。岡部順治が雅彦の内緒サインを理解してすみませんという表情を浮かべて苦笑する。

「雅彦さん。それなら土嚢二十個なんていわずに、トラックに山盛り積んでいきましょうよ」

Tシャツ一枚の弘高は張り切って胸の筋肉を大きく動かす。力仕事が楽しくてしょうがないといわんばかりに張りきっている。

「車で丘に上ってくる途中の土はずっと黄色じゃったけど、そこの土じゃまずい訳？」

と悟史がいう。素朴な疑問だ。

「ここのは特別なんじゃが。桁違いに保温力がええんじゃが。ねえ岡部さん」

「ええ、ええ。さあ、もうすぐですからさっさと終わらせてしまいましょう」

岡部順治が雅彦に調子を合わせて返事をする。元気のいい声で作業を急がせる。土嚢に詰め終わった雅彦と小橋川と弘高と悟史は、下に停めてあるトラックまで何往復もして運び出す。疲れ切ってしばしの休憩をとりたかったが、岡部順治が用事があって約束の時間が迫っているから帰りたいというのですぐに車上の人となる。

「いやあ、これでもうまさに鬼に金棒です。最高の、おっと、庭を作ります」

雅彦はご満悦だ。奇跡の土が手に入ったので浮かれてしまい、うっかりピザ窯といいそうになってしまう。

「もう石の手配は済ませてありますから、二、三日後には届くと思います。どんな出来栄えか見たいですから、出来上がったら報せてください。それに途中で何か分からないことがあったら遠慮なく電話してください」

と岡部順治が雅彦にいう。

「石って庭石ですか?」

と運転している弘高がいう。

「そういうこと。庭に置く石じゃが、ハハハハ」

ご機嫌の雅彦は朗らかに高笑いをする。

あゆみは『セワーネ』のドアに『本日は閉店しました』の看板を掲げて鍵をかける。壁の時計は五時半を指している。閉店の時間を三十分過ぎている。日曜日なのでいつもより客が多かった。最後の客がついさっき帰ったばかりだ。急いで支度をして四丁目の実家に晩ご飯を作りに行かなければならない。雅彦と悟史は牛窓から昼頃に戻ってきた。小橋川と弘高と一緒に土嚢を庭に運んでから、四人で遅い昼食に出て行って一時間前に帰宅した。二人ともまだお腹が空いていないから晩ご飯は遅くてもいいといっていた。帰ってきてから雅彦は庭に居続けている。悟史は二階に上がったままだ。

あゆみは冷蔵庫から食材を取り出し、身支度をする。階段で足音がして悟史が降りてくる。

「喉乾いた。何かある？」

と悟史がいう。

「冷蔵庫にアイスティー入っとる。四丁目に行ってくるからね。遅くなったからおじいちゃんとおばあちゃん待っとると思うんよ。あったかいのがよければ店のポットにお湯が沸いとるから紅茶かお茶飲んで」

「うん。そんなことより大丈夫なん？　ちょっと疲れた顔しとるけど。俺も一緒に行こうか？」

気遣いをみせる悟史の視線が柔らかい。

「一人で大丈夫。いつものことじゃが。夕方になると疲れが顔に出るんよ。ありがとうね。それに土運びを手伝ってくれてありがとう。お父さんびっくりしとったけどでーれーうれしそうじゃった。お母さんもうれしかった」

「別に。どうってことないが。そんなことより、本当に大丈夫なん？」

「大丈夫じゃが。今悟史にありがとうってゆうたらなんだかいっぺんに元気になった。悟史にありがとうってゆうたの久し振りのような気がする」

あゆみはにっこり笑う。

「そうじゃっけ。とにかく無理せん方がいいよ。疲れとるならやめておけば。俺が『おふくろ』で何か買って届けてもええけーな」

「大丈夫じゃが。四丁目へ行くんはリハビリじゃから。じゃあ行ってくるね。なるべく早く帰るから」

あゆみはうなずく悟史にうなずき返して玄関を出る。玄関を出ると雅彦が庭の地面に棒で線引きして、ピザ窯の位置と大きさを決めている最中だ。庭の隅に奇跡の土が入っている土嚢が積み上げられている。あゆみは四丁目に行ってくると声をかける。

「お、せわねーか?」

雅彦が笑顔を向ける。

「うん。早めに帰るからね」

あゆみは笑顔を返して急ぎ足で出て行く。

奉還町商店街はもうすっかり夕方の佇まいで、買い物客も通りすがりの人々も、ゆっくりとした足取りでのんびりとした雰囲気をかもしだしている。あゆみは顔見知りの商店街の人々と挨拶を交わしながら四丁目の実家へと急ぐ。

実家に到着したあゆみは玄関の戸を開けて、

「ごめんね、遅くなっちゃった」

と声をかけて靴を脱ぐ。いつものように返事はない。賑やかなテレビの会話が聞こえるだけだ。

居間に入ると母がソファーに横になってテレビを観ている。父は次の間のコタツで本を広げている。二人とも耳が遠くなったので大きな声をかけてやらないと無反応だ。

「急いで支度するからね」

あゆみは少し大きな声を出す。母はピクリとも動かずにテレビから目を離さない。父はチラリと振り向いただけでまたすぐに本に目を戻す。

「お母さん、今日の調子はどう？　明日は病院じゃからね。十時に迎えにくるからね」

あゆみは母を覗き込む。母が無言で小さくうなずく。あゆみは笑顔を向けて、

「今日はね、うれしいことがあったんよ。悟史にありがとうってゆうたら、ゆうた私が元気になったんじゃが。そしたらね、お母さんにもありがとうっていいたくなったんよ」

といい、台所に向かう。ご飯支度にとりかかりながら話し続ける。

「悟史にありがとうってゆうてうれしくなったら、そういえばお母さんにありがとうってゆうたことあったかなあと思ったんよ」

母が聞いていないのは分かっている。分かっていながら、時々あゆみは母に向かって話しかけている。ガンの手術をしてから母に語りかけることが多くなった。若い頃は自分から母に語りかけることはほとんどなかった。何をしゃべってもああしろこうしろと命令されそうで言葉が詰まってしまうのだった。今ではもう母は命令することはない。

「私が東京に行く時に、おいしいお米の炊き方教えてくれたよね。おいしい焼き鮭とお味噌汁の作り方も。一人で東京にいた時、お母さんの教えてくれたご飯を食べると元気になったんよ。今じゃって、お店のお客さんも、雅彦さんも悟史もおいしいとゆうてくれるんよ。お母さん、

ありがとう。お母さんが教えてくれたおいしい料理、今でも私の宝物なんよ。ありがとう、お母さん」

母の返事はない。耳が遠いのだ。聞こえていないのだろう。

「うッ、うッ、うーッ」

母の呻き声がした。

「お母さん？　どしたん？」

あゆみは居間の母を振り向く。母の頭が小刻みに揺れている。具合が悪くなったのだろうか。あゆみは居間に行って母を覗き込む。母がテレビに顔を向けたまま顔を歪めている。震えながらボロボロと涙をこぼしている。顔は真っ赤だ。

「どうしたん？　どっか痛いん？　熱がある？」

あゆみはハンカチを母の頬に当てる。額に手を当てても熱はない。

母がウーッと声を絞り出して泣き始める。

「ウッ、ウーッ、ありがとうってゆうてくれたッ、ありがとうってゆうてくれたッ。お父さんも信子も由紀江も誰もゆうてくれんかったッ。家族の誰かに初めてありがとうってゆうてもらったッ。ウーッ」

ついには両手で顔を覆って泣きじゃくる。

あゆみはホッと胸を撫で下ろす。笑顔だ。

「ああ、驚いた。具合が悪いんじゃないかと思ってびっくりしたが。そうなん。ごめんね、お母さん。もっと早うありがとうってゆうてあげればよかったねー。本当に感謝しとるんよ。お母さん、ありがとう」

「ウーッ、ありがとうってゆうてくれたッ。ありがとうってゆうてくれたッ。初めてありがとうってゆうてもらったッ」

母は泣き続ける。

「ごめんね、お母さん。これからはいっぱいゆうてあげる。さあ、ご飯急いで作るからね。そうじゃ。今日は久し振りに雅彦さんと悟史を呼んでみんなで食べようか。たまにはいいよね、みんなでワイワイ食べるんも」

あゆみは台所に戻って、コートのポケットから携帯電話を取り出す。母の姿が目に留まる。ソファーの母はまだすすり上げている。流れる涙を拭こうともしない。

あゆみは母に笑ってうなずき、携帯電話の操作をし始める。

25

月曜日。静かな朝だ。六時半を少し回った店内では、カウンター席で雅彦は悟史と朝ご飯定食を試食中で、あゆみが二人の表情の変化を見逃すまいと真剣な表情だ。特に悟史は心の内が正直に顔に表れる。あゆみが雅彦と悟史を交互に見つめる。

「悟史、どう？　味、おかしい？」

「おかしくねーよ。うまいよ」

悟史の声が柔らかい。

「そうじゃが。今日もいつもと同じでぼっけーうまい」

雅彦の声が朗らかに店内に響く。

「本当に本当？　ちゃんといってもらわんと大変なことになるんじゃからね」

「本当も本当。商売じゃからきちんとせんといけんからな」

「そう。よかった」

あゆみがホッと胸を撫で下ろして顔をほころばせる。

「おはようございます」

弘高が『セワーネ』のドアを開けてのそっと入ってくる。ワイシャツにネクタイの出勤スタイルだ。上着は手にしている。もう一方の手には新聞が握られている。分厚い胸の筋肉がシャツを突き破らんばかりに盛り上がっている。雅彦と悟史は弘高を振り向き、あゆみが厨房の中から同時に朝の挨拶を返す。

「雅彦さん。新聞見ました？」

弘高が新聞を振りながらいう。いつもの笑顔がない。

「新聞？　まだ見とらんよ。新聞がなんな？」

雅彦は箸を止めて訝しげに弘高を見やる。

「いやあ、それが、これって一緒に牛窓に行った岡部さんじゃないかなあ」

弘高が雅彦の隣に座って新聞を広げる。

「なんな？　岡部さん、事故にでもおうたんか？」

雅彦は眉根をよせる。

「そんなんじゃないんですよ。ここの記事なんですけどね」

弘高が『詐欺の疑いで指名手配中の男を逮捕』という見出しの記事を指し示して話し始める。

「ここの詐欺事件の記事に載っている岡部という名前、あの岡部さんじゃないですよねえ」

「詐欺事件？　岡部さんが詐欺にあったんな？」

「いやあ、逆なんですけどね」

「逆って、詐欺をしたってことか？　まさか？　そんなはずはないじゃろ」

雅彦は新聞記事を手に取って目を凝らす。

『住所不定、自営業の岡部順治容疑者（職業、名前はともに自称）を岡山市内で逮捕した。岡部容疑者は一月、長野県の牧場経営者に清水一郎と名乗り、自分は枕木を輸入している輸入業者で、前金で百本以上まとめて買ってくれれば一本千六百円でいいと嘘の商談を持ちかけ、四百本注文した牧場経営者から代金六十四万円をだまし取った疑いで指名手配されていた。また先月、倉敷市内のレストラン経営者にピザ窯用のレンガとタイルを格安で売ると商談を持ちかけ、代金二十万円をだまし取って行方をくらましていた。警察は相当数の余罪があるものとみて捜査を進めている』

確かに名前は同じだ。

「名前は同じじゃけど、誰かが岡部さんを騙っているのかもしれんよなあ。電話してみれば分かるじゃろ」

雅彦は首をひねりながら立ち上がる。誠実を絵に描いたような岡部順治が詐欺師などと俄には信じがたい。二階に上がって書斎兼寝室に置いてある携帯電話で岡部順治を呼び出す。

『……ただ今、電話がつながらない状態になっています……』

何度かけても機械的な女の声がするばかりだ。まだ就寝中で電源を切っているのかもしれない。それにしても同じ名前だ。偶然に同じ名前というのはあり得ないことではないけれど、ピザ窯用のレンガとタイルを格安で売るという商談、というのはまるで同じで不安がよぎる。笑顔が消えた雅彦は大きな吐息をついて店に降りていく。

雅彦が店に姿を現すと、厨房で新聞を読んでいたあゆみが顔を上げ、

「奇跡の土の人ってこの人なん？」

と雅彦にいう。

「電話がつながらんからまだ分からんけど、あの親切な岡部さんが詐欺師じゃなんて信じられんよなあ。いやいやいや、絶対に違うな。あれだけ熱心に窯造りを教えてくれた岡部さんが詐欺師のはずはない。まだ寝とるから電話に出ないだけかもしれんから、後でまた電話してみるわ」

雅彦は不安を打ち消すように唇を閉じてギュッと力を入れる。

雅彦はデスクの上の携帯電話に目をやって大きな溜め息をつく。もう夕方で、営業部のフロアは窓からの光よりも照明の方が明るい。一時間ほど前までは晴れ間も見えていたが、今は分厚い黒雲が流れて大きな雨粒が窓を叩いている。冬と春がせめぎ合う春先の天気はあっという間に急変する。

今日の雅彦は濃いグレーのスーツだ。臙脂のストライプのネクタイをキリリと締めている。胸ポケットも臙脂色だ。全体がスッキリとした印象で若々しい。が、若々しい出で立ちとは裏腹に表情はくたびれたように冴えない。岡部順治の携帯電話に何度かけても通じないのだ。

新聞記事の岡部順治があの親切な岡部順治だとしたら、奇跡の土は嘘なのかもしれない。牛窓に出向いて地主に会ってみればはっきりすることだ。地主の家は分かっている。会って話を聞けば本当か嘘かが分かる。それにしても電話が通じないというのは、やはり岡部順治は逮捕されてしまったということなのだろうか。雅彦はまた溜め息をつく。

「部長」

頭上で声がして雅彦は顔を上げる。書類を手に見下ろす課長の顔が曇っている。

「お、何だ？」

「例のシンガポールの契約の件ですけど、書類が整いました。常務には明日持って行きますから目を通しておいてください」

「お、分かった」

雅彦は書類を受け取る。

「部長。あの、差し出がましいんですが、何か心配事ですか？　珍しく溜め息ついてますけど」

顔を曇らせて心配顔の課長はおずおずという。

「え？　や、すまんすまん。ちょっと気になることがあってな。大したことじゃないんだ」

雅彦は笑顔を作って課長を安心させる。

いきなりデスクの上の携帯電話がビリビリと振動する。雅彦はマナーモードにしてある携帯電話を手にする。待ち受け画面に発信者の名前が出ている。あゆみだ。あゆみが会社に電話をかけてくるのは珍しい。具合が悪くなったのだろうか。雅彦の笑顔が消える。

「もしもし。どうした？　調子が悪いんか？」

いいながら雅彦は心配に眉根が寄る。

「あのね、悟史が西口の総合病院に担ぎ込まれたってたった今電話があったんよ」

切羽詰まったあゆみの声が飛び出してくる。

「悟史が⁉　どうしたんなら⁉」

雅彦は表情を一変させ、目を見開いて携帯電話に耳を押しつける。

「詳しいことは分からんけど、事故じゃゆうとった。私これから行ってみるから」

あゆみの不安げな声が硬い。

「分かったッ。俺もすぐ行くッ」

雅彦は血相を変えて立ち上がる。

課長に手短に訳を話し、雅彦は会社を飛び出す。動転しているので傘のことまで気が回らない。雨の中を岡山駅を目指して遮二無二走り出す。

室内を照明が照らしている。柔らかな明かりだ。病室の窓に暗雲が流れていく。雨は小降りになっている。

「子猫が？」

雅彦の声が室内に響く。安堵の笑みが浮かんでいる。先程までは息が荒かったが、ジョギングで鍛えてあるので今はもう落ち着いている。雨に濡れた髪は乱れ、水をたっぷり含んだネクタイが緩んで垂れ下がっている。全身ずぶ濡れだ。雨の中、会社から病院まで走り通しだった。タクシーを拾おうと会社を飛び出したのだが、タクシーはなかなかやってこなかった。走りながら振り向いてタクシーを探したが来そうもなく、その内タクシーに乗ってもそのまま走っていってもそう時間が変わらない距離までやってきたので、途中から振り向きもせずに一目散に走ってきた。

「そうなんよ。子猫じゃったって」

あゆみも笑顔だ。

「子猫は関係ねーよ。俺がドジっただけなんだから」

ベッドに座っている悟史は笑顔の両親から顔をそむけ、病室の窓の黒雲をうらめしそうに見やる。シャツとズボンをまくり上げられている。右手が包帯でグルグル巻きにされ、左肘と左足のふくらはぎに大きなガーゼが当てられてテープで留めてある。裂傷を縫い合わせたのだ。窓を黒雲が足早に通りすぎている。雨がポツリ、ポツリと降り落ちている。

「でも頭のCTスキャンが何でもなくて本当によかったー。それにどこも骨折しとらんで不幸中の幸いじゃが」

そっぽを向いている悟史にあゆみが笑顔を向ける。心底ほっとしている笑顔だ。

「せーで、子猫を避け損ねて何でこんな大怪我したんな？」

雅彦は合点がいかないという顔をした。

「それが十メートルも飛んで一回転して道路に叩きつけられたんじゃと。大通りの角の不動産屋さんのおばさんが一部始終を見とってここに運んでくれたんよ。子猫のことも十メートル飛んだのもおばさんが教えてくれたんよ。全身血だらけでで一れ一驚いたと目を丸くしとったわー。悟史からうちのことを聞いてそれで店に電話してくれたんよ」

「おお、あのディスコクイーンみたいなおばさんか。帰りに寄って挨拶せんとな。しかし十メートルって、何でそんなにスピード出しとったんなら？」

「真っ黒な雲が迫ってきたんで、雨に降られると思って物凄いスピード出しとったんじゃと。そしたら不動産屋さんの前の交差点でいきなり子猫が飛び出してきて、悟史が避けようとして空を飛んでしまったという訳なんよ」

「悟史。ブレーキだけで空を飛んでしもうたんか？」

「ブレーキじゃねーわ。子猫が出てきて、あっと思ってハンドル切ってブレーキかけようとしたら、前輪に靴が挟まってロックしてしもうて、ヤべって思ったら空を飛んどったんよ。フロントフォークは折れ曲がっとるしスポークもグシャグシャ。修理に出さんとなあ。寒冷前線が通過するのが分かっとったのに」

悟史がぼやいてフウッと溜め息をつく。

「え？　そうなんか。いやあ、ハハハハ」

雅彦は突然声に出して笑い出す。

「何んな？　何がおかしいん？」

あゆみが怪訝そうに見やる。

「いやあ、偶然ってあるもんじゃなーと思ったんじゃが。ほら」

雅彦はズボンをまくり上げる。左のふくらはぎに鉤形に曲がった白い傷痕がある。

「それがどうしたんな？　ずっと前にこけてケガした痕じゃってゆうとったよね」

「これなー、実は俺が高校一年生の時にやったやつなんじゃが。小橋川たちとふざけて自転車競争しとって、俺は下駄はいとったんじゃけど、ペダルを物凄い勢いで漕いどったら下駄がスポンと足から抜けて、前輪のスポークとフォークの間にスッポリ挟まってしもうたんよ。それで前輪だけが急ブレーキがかかった状態になってしもうて、後ろが浮き上がって空を飛んでしもうたんじゃが。靴と下駄の違いはあるけど悟史と同じじゃが。俺の自転車も前輪がメチャクチャになって、フォークが折れ曲がってしもうた。しかも同じ左のふくらはぎがベロンとえぐれてしまいよった。それで偶然ってあるもんじゃなー思ったんじゃが。俺のが伝染してしもうたんじゃゃなー」

雅彦はうれしそうに笑う。

悟史はじっと雅彦の傷痕を見てからふっと表情を崩し、

「飛んどる時スローモーションみたいじゃねかった？　飛んどる時間は一秒か二秒ぐらいしかないはずなのに、ものすげー考える時間があって、道とか子猫とかハンドルとかスポークがはっきり見えたり、頭から落ちんようにしようとか、うわッ、スポーク、グチャグチャじゃとか思わんかった？」

と雅彦にいう。面白そうに笑っている。目にきらめきが宿っている。

「おお、お前もそうじゃったんか。俺もその時のことはスローモーションみたいじゃと思って、今でもはっきり覚えとる。スポークがグチャグチャじゃとか、頭を打たんように背中から落ちんとって、迫ってくる地面を見ながらずっと思っとったんよ」

笑顔の雅彦も悟史を見る目が光る。同じケガを経験した者同士だけに分かる連帯意識の眼差しだ。

「笑い事じゃねんよ。一歩間違ったら大怪我じゃ済まないんじゃからね。まあでも悟史は、悪運の強いのもお父さんから受け継いだみたいでよかったわ」

あゆみが吐息をつきつつ苦笑する。

「なあなあ、明日か明後日、南極老人星見に阿智神社行かん？」

悟史が唐突にいう。顔に赤味が差している。

あゆみと雅彦は顔を見合わせる。キツネにつままれた表情だ。ついこの前まで南極老人星の言い伝えをバカにしていた悟史なのだ。

「お袋の調子がよければじゃけどな。この雨雲が東に抜けると冬型の気圧配置になるんよ。気温が下がって乾いた西風が吹くから、空がきれいになって南の空の水平線近くまでよく見えるはずなんよ」

「身体は大丈夫じゃが。いいよ、見に行こう。ねえ雅彦さん」

あゆみがポカンとしている雅彦を肘で突く。

「お、おお、行こう行こう。悟史が一緒じゃったら、観測会やってなくても大丈夫じゃな」

「うん。俺はもう大丈夫じゃけー、早く帰って着替えた方がいいよ。風邪ひくで」

悟史が雅彦に笑顔を向ける。

「お、そうか、そうじゃな、濡れとるの忘れとったわ」

雅彦がそう答えたとたん、ドンドン！　といきなり乱暴にドアがノックされた。返事も待たずに勢いよくドアが開く。現れたのは制服姿の沙織だ。鞄と傘を手にして荒い息を弾ませている。ずっと走ってきたみたいだ。雅彦ほどではないが制服が雨に濡れている。大きく目を見開いて悟史を見つめている。悟史と沙織が強力な引力に引きつけられたように強く見つめ合う。沙織の目に、みるみる涙が盛り上がった。雅彦とあゆみは呆気にとられて沙織を見つめる。

「ああッ、よかったッ」

沙織が鞄と傘を床に落として両手で顔を覆う。もう一度、よかったあぁッ、と声を絞り出し、ウーッと泣きだす。

「あ、や、あの、どうしてここに？　ってか、何でもねっが。じゃから」

突然の沙織の出現に驚きうろたえて悟史が腰を浮かす。沙織に愛想を尽かされてもう会えないかもと思っていたから心底びっくりしている。夢を見ているのじゃないかと目を瞬かせている。

「不動産屋さんの前を通りかかったらあのおばさんが悟史君が血だらけで病院に運ばれたって教えてくれてッ。じゃけー動けんような大ケガじゃないかって恐かったッ。本当に恐かったッ。ウーッ、よかったッ、ウッウッウーッ」

沙織が頬に拳を当ててブルブルと身体を震わせる。

あゆみが動転している悟史と泣きじゃくる沙織を見つめ、沙織の元に歩み寄る。笑顔だ。雅彦は悟史と同じように沙織を見てまだ目をパチクリさせている。

「ありがとう。心配でかけつけてくれたんじゃね。ごめんなさいね、心配させてしもうて。さあ入って」

あゆみが沙織にやさしく手を差し伸べて誘う。あゆみに促され、沙織はベッドの悟史の前に進む。

室内の緊張が解きほぐされ、雅彦はやっと笑顔を取り戻した。悟史はまだ沙織を見つめて固まったままだ。それでも驚きとうれしさに顔が真っ赤に染まっている。


あゆみと雅彦は奉還町商店街のアーケードを三丁目から二丁目に向かって歩いている。病院を後にして不動産屋のディスコクイーンおばさんに挨拶をし、おばさんから壊れた自転車を引き取って『岸本サイクル』に持っていき、修理を頼んできたばかりだ。悟史と沙織は病室に残してきた。落ち着くまでいていいですよという病院の好意に甘えることにした。車を取りに行って迎えにくるから待っていてといい置いてきた。

「寒うない?」

あゆみは雅彦の濡れたスーツの背中に手を置く。

「やめてや! 触られるとぼっけー冷てー!」

雅彦が背中を逸らして悲鳴を上げる。

「じゃからゆうたでしょう。風邪ひくから『岸本サイクル』に行く前に着替えてって」

「さっきまでは風邪ひくとか寒いとは思わんかったんじゃが。悟史のケガがたいしたことのうて、とにかくよかったよかったと、ホッとしまくっとったからなー」

「それにしても」

とあゆみはいいかけて、フフフと口を押さえて笑い出す。

「な、なんなー？　いきなり」

「沙織ちゃんが現れた時の悟史の慌てよう、雅彦さんにそっくりなんじゃもの」

あゆみは面白そうにクスクス笑う。

「そりゃあ、あんなかわいい子がいきなり現れたら、悟史じゃのうても慌てふためくわなあ。しかしいい子じゃなあ、沙織ちゃん。挨拶はきちっとしとるし、明るいし、気立てはいいし。沙織ちゃんもカノープス見に行くゆうから楽しみじゃが」

「もうすっかり沙織ちゃんにホの字じゃね。雅彦さんの彼女じゃないんよ。悟史の彼女なんじゃからね」

「な、なによんな！　俺にはあゆみにホの字が満タンに詰まっとるから、他のホの字が入り込む隙間はありゃせんがな」

「うまいことゆうとる。話し一万分の一としてもうれしいが。あーあ、でも悟史のケガが大事じゃのうて本当によかったねー」

あゆみは大きく息を吸ってふぅーと吐き出す。

「ほんとじゃなー。事故で病院に運ばれたと聞いて慌てふためいてしもうたわ」

「でも気持ちはすっごく分かる。私も雅彦さんの立場じゃったら、慌てて会社から病院まで走ったと思うわ」

「じゃけど、ついこの前まで迷信を信じるなんてバカじゃゆうとった悟史が、明日から冬型の気圧配置になるから、阿智神社にカノープス見に行かないかゆうたのにはびっくりじゃったなー」

「そうねー。でも悟史はいつも私を心配してくれとるんよ。それに悟史は悟史なりに、私のために一生懸命になっとる雅彦さんを応援したいんよ」

「分かっとるが。お前の身体の具合を誰よりも心配しとるし、じゃから牛窓の土運びもてごーしてくれようたんじゃが」

「あら、あゆみさん、雅彦とデートなんて珍しいが」

いきなり二人に声がかかる。『おふくろ』のクミ姉さんだ。三人の客がいて忙しくしている。

「クミ姉さん、近い内に今年のお花見の日取り決めようね」

とあゆみは手を振る。

「そうか、もうそんな季節じゃねー。考えとくね」

クミ姉さんは笑顔でうなずく。それから、

「雅彦、どしたん？　濡れ鼠になってるじゃが？　また何かしでかしたんな？」

と、うさん臭そうな目つきをする。

「どしたんもこしたんもありゃせんよ。ちーと雨の中をジョギングしただけじゃが」

「スーツで？」

「気分転換。たまにゃあスーツをビシッと決めてジョギングするんも、ぼっけーいい気分じゃが」

雅彦がクミ姉さんを煙に巻いて歩き出す。あゆみもクミ姉さんに手を振って雅彦の後に続く。

奉還町商店街には今日も居心地のいい空気が流れている。店の人も買い物客も笑みを浮かべて、どこかのんびりしている。

「悟史のことはホッとしたけど、岡部ゆー人はやっぱり新聞の詐欺の人だったんな?」

とあゆみは雅彦を見上げる。

「まだ分からんけど、どうもあの岡部さんみたいじゃなー。まず間違いないじゃろ。じゃけど牛窓の奇跡の土のことは本当か嘘かは分からん。地主のところに行って確かめてみよう思っとるんじゃ」

「騙されたとしたら見事に騙されたねー。十万円は戻ってこんのじゃろーか」

「どうかなあ。分からんけど、戻ってこんじゃろなー」

「十万円は痛いけど、でも、世界一のピザを作ろうとして一生懸命じゃった結果じゃからしょうがないよねー。私のためだったんじゃもんねー。騙されたとしても私はうれしいが。いろいろピザ窯のことで勉強したと思えばいいよね」

あゆみは自分を納得させるようにうなずく。

「そーゆうてくれるとホッとするなあ。しかしあの人は本当にピザ窯のことには詳しかったなあ。本で確かめたけど、その通りだということがいっぱいあったし、ピザ窯はいきなり温度を上げちゃ窯が壊れるゆーんは目からウロコじゃったなー。今日は岡部さんの逮捕とか、悟史の怪我とか、沙織ちゃんとか、いろいろあったなー。じゃけど、沙織ちゃんが現れて救われた気分じゃが」

「本当じゃねー。いい子じゃったもんねー。」

「あゆみ、俺は三月で会社辞めよう思っとる」

雅彦があっさりといってのける。

「ええ!?」

あゆみは驚き顔を向ける。会社を辞めてもいいといっていたが、会社を辞めるとはっきり聞くのは初めてだ。

「平の営業になるんじゃないん?」

「営業の仕事は面白いからちーと未練はあるけど、会社を辞めて世界で二番目にうまいピザを作るゆーんも悪くないって真剣に考えとるんじゃが」

「世界で二番目なの? 世界一のピザじゃないん?」

「世界一は無理じゃが」

「どしたん? 騙されてガックリきたんな?」

「違うんじゃが。『ダ・モーレ』の森脇さんがゆうとった。どんなに腕のいい職人が頑張ってもマンマの作ったピザには負けるんじゃと。世界一うまいのはマンマの作ったピザなんじゃと。四丁目のお義母さんがピザを作ったら、あゆみにとってはそれが世界一うまいピザじゃゆーことじゃが。じゃから俺は世界で二番目にうまいピザを作ることにしたんじゃが。明日から突貫工事でピザ窯造りじゃが。まずは設計図からじゃけどな」

「へー、そうなん。じゃー、お母さんにピザ作ってってお願いしてみようかな。そしたら雅彦さんにピザ作ってもらわんでもいいってことになるが」

「あ、確かにそうじゃが。そりゃおえん。よし、やっぱり世界一のピザを作る。四丁目のお義母さんよりも『ダ・モーレ』よりもうまい、世界一のピザを作っちゃる」

「うん。私、お母さんのピザ食べてみたいけど、雅彦さんが作ってくれるピザの方がおいしい気がする。雅彦さんの世界一のピザを食べたいなあ」

「まかせておけって」

「本当に会社を辞めるんな？」

「早くあゆみに世界一のピザを食べさせたいんじゃが」

「私、まだまだ死なんかもしらんよ。というか、最終の治療が終わって、経過をみんと分からんけど、ステージ2のガンじゃから五年生存率は高いんよ。それでも急いでピザを作らにゃいけんのん？」

「俺はこれまで、あゆみのために何にもしてこんかった。じゃからあゆみのために世界一うまいピザを作ってやりたいんじゃが」

　雅彦は前方を見たままだ。瞬きひとつしない。決意を噛みしめるように口はきつく閉じている。

「そう。分かった。雅彦さんの好きにしたらええが。考えてみたら、私も雅彦さんのことをちっとも応援してこんかった気がする。悟史も大きくなったし、私達は雅彦さんの好きなことしてもらう時なんよね、きっと。じゃけど、会社は雅彦さんがおらんようになって困らんの？」

「困らんよ。組織ゆーんは必ず代わりの誰かがおるもんじゃが。会社ゆーんはそうゆーもんじゃが」

「ふーん。そうゆーもんなー」

「なんじゃ雅彦。びしょ濡れじゃが。川にでもこけよったんか？」

『トンチカ』の店先で三村のおじさんの冷やかし声がかかる。田中のおっちゃんが側でニヤニヤ笑いながら、

「あゆみちゃんは今日もかわいいなあ。こんな時間に雅彦とランデブーなんて珍しいが。雅彦、俺と替わってくれよ」

とからかう。

「おっちゃんはもう。かわいいはやめてってゆうとろうが」

あゆみは田中のおっちゃんをにらむ。それでも目は笑っている。

「おっちゃん、ランデブーは古いですよ。今時使いません」

と雅彦が苦笑する。

三村のおじさんと田中のおっちゃんに手を上げて歩き出し、すぐにあゆみは『セワーネ』の前で立ち止まって雅彦を見上げる。

「でもランデブーって耳に心地いい言葉じゃよね。久し振りに一丁目まで歩いて、商店街のランデブーを楽しんじゃおうか。最近一丁目の方まで歩いたことないもん」

「お、いいな。新しい店もできとるゆうしな。じゃけど悟史を迎えに行くのが遅うなるなー」

「あの二人はちょっとぐらい遅い方がうれしいんよ。四丁目の家にも今日は遅くなるからとゆうてあるし」

「あ、なるほど。そうゆーことじゃわな。具合はどうな？　大丈夫な？」

「平気。歩きたい気分じゃが」

「そうか。よし。そんなら特急で着替えてくる」

「うん。あ、そうそう、さっきピザでふっと思ったけど、この商店街って私にとっては人生のおいしいトッピングじゃって気がするんよ」

　とあゆみはアーケードを見回す。

「ここでの毎日が楽しいんよ。雅彦さん、結婚してくれてありがとう。雅彦さんは私にとって最高のトッピング。それだけでもう世界で一番おいしいピザを食べた気分じゃが」

「なによんな。本物の、世界で一番うまいピザ、絶対に作ってやるけーな」

「うん。世界一おいしいピザ、絶対に作ってね。食べてどんな幸せな気分になるか、今から楽しみじゃが」

　あゆみは雅彦を見上げる。長い闘病で少しやつれているがうれしそうな笑顔だ。あゆみが『セワーネ』のドアの鍵を取り出そうとポケットをまさぐると、

「待てよ」

　突然雅彦が立ち止まる。

「どしたん？」

「ピザいうたらイタリアじゃが。そうじゃろ！」

　雅彦がパッと顔を輝かす。

「当たり前じゃが。それがどしたん？」

「そうじゃ！　イタリアじゃが！　あゆみ、イタリアでピザ食わしちゃる！　俺が初めて作るピザをイタリアで食おうや！」

「ええ⁉　どういうことな？」

あゆみは警戒する。雅彦が目を輝かせて突拍子もないことをいいだす時は要注意だ。周囲を巻き込んで勢いよく突っ走ってしまうのは何度も経験済みだ。

「今閃いたんじゃが！　記念すべき初ピザはやっぱりイタリアじゃが！　そうしよう！　どうじゃあゆみ！」

雅彦が爛々と目を輝かせる。

雅彦が張り切って声高にしゃべり、あゆみが訳が分からないと困惑顔で立ち尽くすものだから、斜向かいの『トンチカ』の店先にいる三村のおじさんと田中のおっちゃんが何事かとじっと見ている。

26

小高い丘に抱かれた小さな入り江から望む海がぼんやりと霞んでいる。三月半ばなのに陽春を思わせる春霞のようだ。海面はとろりと滑らかで、風がほのかに甘い。

オリーブの町牛窓から西脇海水浴場へと向かう道を途中で左手に曲がり下った小さな入り江で、弓なりの黄色い砂浜に寄せては返すさざ波が、砂をなでているようにやさしく耳に心地好い。

ポカポカ陽気の日曜日。春本番を思わせる穏やかな午後だ。

薄紫の大きめのシャツを腕まくりしている雅彦は、もうかれこれ二時間も前から砂浜に設えたピザ窯の前に陣取り、釜の中の炎とにらめっこ中だ。後退しているおでこを日の光が容赦なく攻撃している。だがそんなことは気にもかけない。初めて焼くピザだ。いきなり世界一うまいピザが焼けるはずもないが、まずいピザだけは作りたくない。そのためにはまず炉の温度をしっかり上げなければならない。炎が弱まらないように見張り続けている。

ピザ窯の中で薪がオレンジ色の炎を上げている。即席に造り上げた窯で、砂浜にコンクリートブロックを積んで土台を作り、その上に耐火レンガを敷き詰めて平らな炉底にする。その縁に耐火レンガを巡らせて壁を立て、炉の空間を造り、天井に分厚い鉄板で蓋をした。さらにその上に耐火レンガを敷き詰めただけの簡易な窯だ。見た目は無骨だが、設置と解体が簡単にできる。作り方はピザの本に載っていた。耐火レンガの隙間を埋めないし、全体の厚さが足りないので本式のピザ窯よりは温度が上がらず、保温性もよくはない。けれども、一時間ほども薪を燃やして温度を上げてやれば本式のピザ窯に負けないぐらいにおいしく焼くことができるし、何枚も焼く時はまた薪を燃やして温度を上げてやればいい。本にはそう説明が書いてあった。窯の部材一式は『トンチカ』で取り寄せてもらい、小橋川遼が運転する二トントラックで運んできた。一緒にやってきたみんなで浜まで運んだ。家の庭に本格的なピザ窯を造るために沢山の耐火レンガを積んであるが、ここに持ってきたのは簡易ピザ窯の分だけだ。

イタリア気分で初ピザ——。そう閃いた時に、この簡易ピザ窯と、日本のエーゲ海と宣伝しているオリーブの産地牛窓の海、そして人気（ひとけ）のないこの小さな入り江が思い浮かんだのだ。日除け用の大きなタープの中にテーブルを設え、グルリと巡らせたイスにはあゆみと両親の登美子と和義、『チーム奉還町・七人の侍』の小橋川遼、浅野三郎が座っている。雅彦は『チーム奉還町・七人の侍』の他のメンバーにも声をかけたのだが、それぞれが店を空けることができず来られなかった。あゆみの両親も雅彦が誘った。きっと行かないと思うよとあゆみは雅彦にいったが、声をかけると意外にも二人ともうれしそうに行くといった。イスが四つ空いているが、悟史と沙織、弘高とガールフレンド美奈子さんのイスだ。悟史と沙織は入り江の右端の岩場に並んで座って話し込んでいる。悟史は白いシャツ。沙織は緑のブラウスだ。悟史の白いシャツが陽光に映えて光っている。まだ水が冷たいというのに弘高とガールフレンドの美奈子さんは海に入って並んで泳いでいる。二人ともスイムスーツに身を包み、ゆっくりとしたクロールの抜き手が優雅に舞っている。日焼けした健康そのものという笑顔の美奈子さんは、弘高が通っているスポーツジムのインストラクターでトライアスロンの現役選手だ。浅野三郎は小橋川が運転する二トントラックで、その他は弘高のワンボックスカーに乗ってやってきた。牛窓にやってくることが決まった三日前に、ネットで『セワーネ』の休業を告知してあるが、知らずに来店するかもしれない客のために店のドアに休業の謝罪文を貼ってきた。

テーブルの上には朝仕込んだ丸いピザ生地が、二つの大きな保存容器に分けられて八個ずつ入っている。雅彦が早朝に起きてレシピ通りに作ったピザ生地で、作った時は手のひらに収まるぐらいだったが、順調に発酵が進んで二倍の大きさになっている。その横にはピザのためのトッピングのあれこれが入ったクーラーボックスが置いてある。

あゆみは淡いベージュのカーディガンのポケットに手を入れ、吐き気止めの薬を握る。飲もうかどうか迷っている。朝、吐き気の兆候はなかったが、いつも吐き気は突然やってくる。朝、ピザを食べるという段になって突然吐き気に襲われることを心配して飲もうと思っていたのだが、あれこれの準備に追われて慌ただしく車に乗り込み、飲むタイミングを逸してしまったのだ。今も吐き気はないが一抹の不安を抱えている。

「雅彦、どうじゃ？　まだか？」

小橋川が声をかける。ぴったりした赤いポロシャツの腹がポコンと膨らんでいる。青いジーンズがかろうじて腰骨で止まっている。

「もうちっとかなあ。温度計を忘れたんで、何度まで上がっているのか分からんのじゃが。念には念を入れて、もうちっと燃やしてみようかー」

雅彦の言葉は歯切れが悪い。小橋川に返事をしてから、思案顔で自分にいいきかせるように いう。

「さっきから腹がグーグー文句ゆうとんじゃが。二時間も焚いてりゃもう十分じゃろ。どれどれ、俺が確かめちゃる」

小橋川が待ちきれんとばかりに勢いよく立ち上がる。ずいと窯へ踏み出し、耐火レンガに手を置く。バネに弾かれたように手を上げ、

「うわっチチチ！　ぼっけー熱いでえええ！」

と慌てて手を振る。

「アホ。窯の外に触ってどうすんで。肝心なのは中の温度じゃが。どれどれ」

と雅彦はゆっくりと炉の中に手を入れる。

「うわっチチチ！　手が燃えるウウウウ！」

ものの一秒も経たない内に慌てて手を引っ込める。目を剝き、小橋川よりも派手に手を振る。

「アホはお前じゃ。外がぼっけー熱いんじゃから、中はもっと熱いに決まっとろーが！」

「アホのお前にアホいわれると、でーれー傷つくなあ」

「二人とも大丈夫？　海で手を冷やしてきたら？」

あゆみがやってきていう。

「このくらい、せわーねーよ。お前はどうな？　疲れてないか？　具合悪うないか？」

雅彦は気遣いをみせる。早朝からバタバタしたし、さらに長時間のドライブで疲れてしまったのか、明るい陽光の中であゆみの顔色が冴えない。あゆみは四日後に最後の点滴治療をすることになっている。

「大丈夫じゃが。イタリア気分のピザってきっとおいしいだろうなーって待ちきれないんよ。どうな？　釜の具合は」

あゆみが炉の中を覗き込む。

「うわあ、熱いが！　離れていても顔が熱い」

「じゃろじゃろ。いい感じになっとろうが。よしッ、こんだけ熱けりゃもうええじゃろ。この薪が燃えたら焼くぞッ」

雅彦は気合いを込めてうなずく。

「やったーッ。楽しみ楽しみ！　みんなを呼ぶね」

あゆみが目を輝かせて立ち上がる。タープの外に出て、

「お待たせ！　いよいよ焼くよー！　いらっしゃーい！」

　と手を振って悟史たちと弘高たちを呼ぶ。それからぼんやりと霞む水平線を見つめ、小さな入り江を見回す。

「それにしてもこんないい入り江、雅彦さん、よう知っとったねー」

「せーがな、この前土を掘りに来た時に見つけたんじゃが」

「そうなー。騙されていることを知らずに、みんな汗水流して土掘って運んだ時じゃよねー」

「いやあ、ハハハハ、あれは見事に騙されよったなー。じゃけど、転んでもただでは起きんゆーんが俺の真骨頂じゃが。ちゃんとイタリアの明るい海辺みたいな、日本のエーゲ海ゆうとる牛窓の海に、ちんまい、いい感じの入り江を見つけておいたんじゃからな。どうじゃ、砂が黄色で明るくてエーゲ海の雰囲気バッチリじゃが。ここでピザ食うたら、イタリア気分になってぼっけーうまいこと間違いなしと閃いたのは、我ながらでーれーいい閃きじゃったなー」

　雅彦はあゆみを振り向き、自画自賛して笑う。

「確かに日本のエーゲ海と宣伝しとる牛窓の海辺で、イタリア気分でピザを焼くなんて雅彦さんじゃなければ考えつかんことじゃよねー。じゃけど高い転び代じゃったねー。でも、これから先何十年もずっと笑い話になる話題を買ったと思えばええが」

「そうそう、そうゆーことじゃが。あんなことはめったにあることじゃないし、いくら金を出しても買えん貴重な経験じゃが。ハハハハ」

「でも、お金がもったいないから、なるべくならもう経験せんでもえーからね」

「イヤッハハハ。本当じゃなあ」

「この前は阿智神社で悟史にカノープス見つけてもらってバッチリ見られたし、今日は世界一のピザを目指す記念すべき初めてのピザ。ああ、何だかいい気分じゃが！」

あゆみが海を振り向き、両手を高く上げて背伸びをする。明るいベージュのカーディガンの内側で花柄のワンピースの裾がフワリと揺れる。顔色がいいとはいえないが、それでも気持よさそうに深呼吸をして笑みを浮かべる。

「おお。絶対に世界一うまいピザを食わせちゃるからな。そこでいろいろ考えたんじゃけどな、ピザの女王マルゲリータじゃのシンプルなマリナーラじゃのぼっけーうまいのを作るのはもちろんじゃが、日本独特のオリジナルピザもええんじゃないかとレシピを考えとるんじゃが」

「雅彦、日本独特のピザってなんな？」

と小橋川がいう。

待ってましたとばかりに雅彦はニヤリと笑う。

「イカの塩辛と納豆、それにぬか漬け、海苔を載せたピザゆーんはどうじゃが？　うまそうじゃろうが？　どうじゃ、食ってみたかろー」

「イカの塩辛に納豆にぬか漬けえ⁉　気絶しそうな組み合わせじゃが⁉」

小橋川が素っ頓狂な声を上げ、どっとみんなが笑う。悟史と沙織、弘高と美奈子さんも戻ってきて笑っている。スイムスーツの肩に髪を拭いたタオルをかけている。弘高はスイムスーツの上半身を腰まで下げてTシャツを着ている。腕、肩、胸の筋肉が盛り上がって、パンパンに膨れ上がったTシャツが今にもはち切れそうだ。

「それに岡山名物ままかりのピザゆーんはどうじゃ？　これも岡山名物キニラに瀬戸内海の地

ダコ入りじゃ。どうな、あゆみ？　岡山らしくてええが」

「ままかりなー。さっきのぬか漬けと塩辛と納豆よりはえーかもねー。何でも作ってみて。意外といけるかもしれんが」

あゆみが朗らかな笑顔でいう。

「じゃろじゃろ！　あ、桃太郎饅頭入りも岡山らしくてええなー。今日は冴えとるなー。どうですお義母さん？　ままかり桃太郎饅頭のピザ、ええと思いません？」

雅彦はぐいと身体を反転させてテーブルの登美子に得意顔を向ける。

「そんなことゆうても分からんよ。ピザゆーんは食べたことありゃせんもの」

と登美子が楽しそうに笑う。青い上着に色鮮やかな幾何学模様のスカーフを巻いている。春らしい装いだ。

「なによんな。あゆみが連れて行ってくれて一回食べたじゃろーが。なー、あゆみ」

ジャンパー姿の和義があゆみに笑みを向ける。ご機嫌だ。

「お父さん、一回きりじゃありゃせんよ。三回行ってるじゃが。最初の時に二人が何回もおいしかったなーゆうから、また三人一緒に三回行ったじゃが。それからは誘っても家から出たくないゆうから行かなくなったけど」

「そうじゃったかなー。それにしても海なんて久し振りじゃが。お前らがちんまい時に、宝伝の海水浴場に来たきりじゃからなー。あゆみが海水飲んで大泣きしよってなー」

「よーゆうわ。あんたなんか一回も来たことないが。面倒くさいことはみーんな私に押しつけてから。水飲んで大泣きしたゆーんは私が話してやったことじゃろーが。本を読んでばかりで、他のことは本当にいい加減なんじゃから」

「なッ、なによんなッ。いい加減はお前じゃが。俺も子供らを連れてきたわい。いい加減なことゆうなッ。あゆみに確かめてみー！」

和義の顔色が変わる。目が吊り上がっている。

「なによんなはあんたじゃが。自分の好きなことばーかししよって、子供のことでてごーしてくれたことありゃせんが。ほんまに昔から自分勝手なんじゃから」

「なにぃッ」

「お父さんもお母さんも昔のことはええがー。私が海水飲んだことは覚えとらんもん。今日はピクニックなんじゃから、一日のほほんとしましょう。私も牛窓に来たのは十年振りなんよ。悟史と一緒に海水浴に来て以来じゃが。海は気持いいゆーの忘れとったわー。本当にいい天気じゃが。来てよかったよねー」

あゆみが色めき立つ父と仏頂面の母をなだめにかかる。

「悟史、ちょっとてごーしてくれやー。この棒で炉の中のオキ火を周りにどけて真ん中を空けてくれや」

雅彦が呼ぶと、悟史が黙って炉の前にかがむ。沙織が肩ごしに覗き込む。雅彦は悟史に場所を空け、火掻き棒を悟史に渡す。悟史が炉に火掻き棒を突っ込んでオキ火を炉の縁に押しやる。

「そうそう。左右、奥と、なるべく均等に振り分けてな。熱いからきょーつけよ。それからピザ焼くところをそのちんまいホウキできれいにしてな。さあて、いよいよじゃがッ」

雅彦は張り切って立ち上がるとタープの中へと入る。窯に近いテーブルの端に置いてある保存容器の蓋を開ける。ピザ生地の発酵が進んで膨れ、互いにくっつきそうになっている。

「おお、いい膨れ具合じゃ。本に書いてあった通りじゃなー。よしッ、生地はばっちりじゃが」

雅彦は得意満面に独りごち、大理石の作業台に打ち粉を振る。『ダ・モーレ』の作業台の大理石を見て、世界一のピザ職人が使っているのだから大理石がベストだろうと思って手に入れた。割れたら大変だと、自宅からここまで車の中で抱えて持ってきた。打ち粉を振った作業台にピザ生地をひとつ置く。初めてピザを焼く、記念すべき最初のピザ生地だ。大理石の作業台でピザ生地が鏡餅のように丸い。

「柔らかさといい、この丸い形といい、完璧じゃが」

「本当にお前が作ってきたんか？」

と小橋川がいう。うさん臭そうに見ている。

「当たり前じゃが。強力粉に薄力粉、生イースト、塩、氷水。初めてじゃからレシピ通りに分量を計って作ったピザ生地じゃが。じゃけど、これから先はいろいろ工夫をして世界最強のピザ生地を作っちゃる」

「初めてって、今日初めてピザ生地を作ったんか？」

「そうじゃが。前もって練習しようかと思ったんじゃが、どうせならこの窯で焼いてみたかったからやめといたんじゃが。記念すべき最初のピザは、何から何まで全部今日スタートにしたかったんじゃ。初めてじゃけど、どうじゃ、完璧じゃろーが」

「雅彦さん。完璧って、初めて作ったんなら完璧かどうか分からんじゃないですか」

薄手の灰色のトレーナーを着た浅野三郎が口をはさんで苦笑する。

「ところがぎっちょん。分かるんよ。俺の感性がピピッと感じるんよ。感性がな、完璧じゃあ！　奇跡的に完璧じゃあああ！　って俺にゆうとるんじゃが」

「奇跡的って、まぐれってことじゃないですか」

「当たり前じゃが。何しろ初めてじゃからな。こんなにうまくいくとは俺も思うとらんかったからなあ」

「三ちゃん。愛だよ愛。思いがけない幸運は愛の力がもたらすんだよ。ですよね、雅彦さん」

弘高があゆみと雅彦を交互に見ながらいう。

「ほおー。お前もたまにゃーいいことゆうなあ。千年に一回ぐらいじゃけど」

雅彦は感心して弘高を見返す。

「千年に一回って、だったらもうないってことじゃないですか!?」

「そうそう。そうゆーことじゃね」

「ちょっと雅彦さん。やっちもないことゆうとらんで、せっかくもちもちしとるのに早くやらんと乾燥して固くなってしまうが」

と登美子がやきもきして雅彦を急かす。雅彦のいい加減さを見て、料理に関しては一家言を持つ即物的完璧癖が久し振りに頭をもたげたようだ。

「あ、そうですよね。ほらみー。お義母さんに怒られてしまいよったがな。お前らは余計なことゆうて邪魔ばっかりしよるんじゃからなー。じゃからお前らだけには世界一のピザを作るゆーことは耳に入れたくなかったんじゃが。まったく誰がしゃべったんで」

雅彦はぶつくさいい、それから深呼吸をひとつ。雅彦があゆみのために世界一うまいピザを作るということはいつの間にかみんなに知れ渡ってしまっていた。気分を変えたところでやおらピザ生地に手を伸ばす。両手を使ってピザ生地を回しながら指で押さえつけ、伸ばしにかかる。『ダ・モーレ』でじっくり観察してきた作り方だ。いささかぎくしゃくしているが、ピザ生地は丸く平らになっていく。全員が雅彦の手さばきを見つめている。

「へー。伸ばし棒は使わんの？」

とあゆみがいう。

「『ダ・モーレ』のナポリ式は手で伸ばすんじゃが。せーで、端に土手を作って溶けたチーズが流れ出んようにするんよ。『ダ・モーレ』の森脇さんはもっと手早くやっとったけど、まあ俺は初めてじゃからようできん。じゃけどその内サッサ、パッパとクールに決められるようになってやるんじゃ」

雅彦は動かしている手を止めずにいい続け、直径が二十五、六センチになったところで伸ばしの作業をやめる。丸く伸ばされたピザ生地をしげしげと眺め、満足してニンマリ笑う。

「いやあ、ええ雰囲気じゃなー。初めてにしては我ながらいい出来じゃが」

「ええ雰囲気って、ええ雰囲気って、これでお終いな？」

と登美子がまた口を出す。

「まだまだこれからですよ。チーズやら何やら載せて、それから焼くんです」

「そんなら早くしねー。固まってしまうがな。料理の基本は丁寧にかつ素早くじゃが」

登美子がもどかしげに急かす。その側であゆみが笑う。登美子がハツラツとした物言いをするのは久し振りだ。

「まかせてください。ここからが腕のみせどころです」

雅彦はモッツァレラチーズを大雑把にザクザクと刻んでから、伸ばしたピザ生地にトマトソースを塗る。その上に刻んだモッツァレラチーズを載せ、バジルの葉を散らす。仕上げにパルメザンチーズとオリーブオイルを振りかける。『ダ・モーレ』の森脇令嗣の作り方と同じやり方だ。何回も通って完璧に頭に焼きつけてきた。

「どうじゃ。本家本元イタリアはナポリの定番中の定番ピザ、マルゲリータじゃが。トマトの赤、モッツァレラチーズの白、バジルの緑がイタリアの国旗の色を表しとるんじゃが。そもそもこれはイタリアの王妃マルゲリータ様が」

「講釈はええから早う焼こう焼こう！　本当においしそうじゃが！　イタリアの海を思わせる明るい入り江の砂浜でマルゲリータ。もうたまらんが。早う食べたい！」

あゆみが顔を輝かせる。

「よっしゃ、まかせとけって！　悟史、そっちはどうな？　きれいになったか？」

雅彦は張り切っていう。

「うん。大丈夫じゃ」

悟史の返事を聞くや否や、雅彦は大きな金属のヘラにピザを載せてピザ窯に突進する。炉の中で隅に片付けられたオキがチラチラと赤く点滅している。中心はきれいに掃き清められてある。雅彦は金属のヘラを炉に入れ、押しやるようにしてから引き抜く。

「はみ出しとる！」

「もっと中、中！」

「中に押して！」

一斉に声が上がるのと同時に、

「イカン！　こりゃおえん！」

と雅彦は慌てふためく。炉の口にピザがはみ出している。慌てて金属のヘラをピザの下に差し入れ、奥へと押し込む。

「のろいからおえんのじゃ。サッと引かにゃーピザが引きずられて出てしまうが！」

と小橋川がもどかしげにいい、金属のヘラを素早く引く動作をする。

「分かっとるがッ。じゃけどおえんゆうたのはヘラに打ち粉をするのを忘れたからくっついてしまったんじゃがッ」

雅彦は早口でまくしたててピザを押し込む。みんなの目が炉の中に集中する。入れたばかりだというのにピザが縁の方から盛り上がっていく。

「おお！　もう膨れとる！」

浅野三郎が声を上げると、みんなが口々に声を漏らす。

「うわあ、本当じゃ！」

「チーズがグジュグジュゆうとる！」

「すごいすごい！　動いとる！」

「おいしそう！」

あっという間にモッツァレラチーズが溶けて波打ち、あちこちで元気に飛び跳ねている。

「雅彦、もうええんじゃねんか？」

と小橋川がいう。

「まだじゃが。まだ焦げ目がついとらんッ」

雅彦は炉の中を凝視したままいう。

「ほら！　焦げ目がついてきましたよ！　もういいでしょう！」

と弘高が指さす。

「まだまだッ。『ダ・モーレ』のはもう少しついとった！」

「中が薄暗いからよう見えんだけで、けっこう焦げとるんじゃねんか？」

と小橋川。

「雅彦さん！　ピザの縁が黒いですよ！　もういいんじゃないですか？」

と弘高。

「チーズが赤くなってますよッ。もうええでしょう！」

と浅野三郎。

「やっかましい！　気が散るからお前らは黙っとれー！」

雅彦は堪えきれずに炉から顔を上げて三人をにらみつける。

「ピザ職人世界一になった『ダ・モーレ』の森脇さんのピザ作りをじっくり観察してきたんじゃが。大船に乗ったつもりになって大丈夫。『ダ・モーレ』の釜じゃー、もっと盛大に膨れるまで焼いとったんじゃが。炉の中での焼き具合がどのくらいがいいのか、目にしっかり焼きつけてきたんじゃが。黙って俺にまかせなさい」

とひとくさりぶって、だぶつき気味のシャツの胸を張る。

「ピザから盛大に煙が出とるでー」

和義がのんびりとした声を上げ、

「え？　ああッ、こりゃおえん！」

雅彦は急いで金属のヘラを差し入れ、焦げ焦げのピザを引き出す。そのままテーブルの上の皿にすべらせて載せる。焦げたチーズがかすかにうごめき、黒く焦げた生地の縁から煙が立ち上っている。

「あちゃあ！」

雅彦は顔をしかめ、ガックリと肩を落とす。

「いくらなんでも焼きすぎじゃろ」

と小橋川。

とたんに雅彦は目を剝き、

「やかましい！　お前らがごちゃごちゃゆうから気がちってしもうたが！　これはナシ！　捨てる！　肩慣らしじゃが！　やり直しじゃ！　今度は黙っとれよ！　ごちゃごちゃ抜かしたら炉の中に頭突っ込んじゃるけーな！」

と鼻息を荒くしていきり立つ。

「雅彦さん。私、食べます」

あゆみの落ち着き払ったゆったりとした声が流れ、口を開きかけていたみんながあゆみを振り向く。あゆみが焦げたピザを見てうれしそうに笑みを浮かべている。柔らかな笑顔がピザから雅彦に移る。

「雅彦さんが初めて焼いたピザじゃもん。私、食べたい」

「や、じゃけど、もっとちゃんとした、完璧じゃゆー焼き加減のピザを食わしちゃるからちーと待っとれ。今度はバッチリ焼いちゃる」

「それも食べるけど、初めてのこのピザを食べたい」

「あの、私も食べたいです。私も食べてもいいですか？」

少しうわずった沙織の声に、今度はみんなが沙織を振り向く。笑顔を作ろうとしている沙織の頬に涙が流れている。泣き笑いの沙織は、じっとピザを見つめたままだ。

「悟史君のお父さんが、悟史君のお母さんのために一生懸命になって、やっとできた初めてのピザじゃから、こんな素敵なピザは世界中にひとつだけです。だから私もちょっとだけでもいいですから食べてみたいです。食べさせてください」

「じゃあ一緒に食べましょう」

あゆみが沙織に明るい声をかける。沙織が泣き笑いの顔をあゆみに向けて首を振る。

「悟史君のお母さんのための最初のピザですから、まずは悟史君のお母さんが食べてからじゃなければ食べられません」

「そう……。うん。分かった。ありがとう。じゃあ先にいただきます。雅彦さん、切り分けてくれる？」

あゆみが新品ピカピカのピザカッターを手に取り、雅彦に渡す。手のしびれが出てうまく切り分けることができないかもしれないのだ。

「お、おお……」

雅彦はいそいそと八等分に切り分ける。そのひとつを紙皿に移すためにピザカッターで持ち上げる。切り口の焦げの中から、とろとろのチーズが伸びてほんわりと湯気を上げる。

おお！　うわあ！　と弘高と美奈子さんが感嘆する。焦げている割りに中のチーズは柔らかそうだ。雅彦は紙皿を持ち上げて切り分けた焦げ気味のマルゲリータを置き、伸びたチーズをピザカッターですくい取ってピザの上に載せ、あゆみに差し出す。あゆみがいただきますとチーズがたっぷり載っている尖った方からかぶりつく。すぐにうわッ、ほわッ、あうッ、と噛みながら言葉にならない感嘆のうめき声を発して目を見開く。

「ど、どうな？」

雅彦は眉根を寄せて身を乗り出す。

あゆみが意味深な笑顔を向けてから、

「沙織ちゃん、食べてみー」

と沙織を促す。

いただきます、と沙織がピザに手を伸ばす。縁が真っ黒く焦げている一切れを持ち上げる。切り分けたピザの中で最も焦げている一辺だ。それでも柔らかなチーズが糸を引き、長く伸びる。糸を引いたチーズを手でからめとって持ち上げたピザに載せ、ゆっくりと口へと運ぶ。みんなの目がじっと沙織の動作に注がれる。じっくりと味わうように口を動かしたとたん、

「うわあ！」

と一瞬顔を輝かせ、それから唇を震わせる。熱い思いが胸を一杯にしたみたいで、顔をくし

やくしゃにして大粒の涙をボタボタとこぼす。

「こんなおいしいピザ……、お母さんに食べさせてあげたかった……」

絞り出した声がすぼみ、肩を震わせ始める。悟史の手がのびてためらうことなく沙織の手を握る。

あゆみが悟史に笑みを向け、それからみんなを見回しながら、

「ねー、食べてみて。焦げがひどいとこはこそげ落とせば大丈夫。本当においしいから。熱いから気をつけてね。お父さんお母さん、気をつけてね」

という。切り分けられたマルゲリータに一斉に手が伸び、それぞれが口に入れ、
おお！　本当だ！　熱い！　うまいじゃが！　んーとろとろ！　なかなか！

と声を上げながら食べ始める。雅彦はみんなのうれしそうな驚き顔に満足してニンマリ笑い、どれどれ、とピザに手を伸ばそうとして、

「あッ、って、俺の分がないが！」

とひと切れも残っていない皿に目を剥く。その目の前に半分にちぎったピザがぶっきらぼうに差し出される。悟史の手だ。

「え!?　いいのか？」

「ないのは当たり前じゃが。八つに切り分けたら二つ足りんが。十人おるんじゃけーな」

「あ、そうか」

「弘高さんと美奈子さんが仲よく半分ずつ食ってる。これ食いーや。うまいで」

ちぎったピザを差し出したまま悟史がいう。

雅彦が大理石の上でせっせとピザ生地を伸ばす。もう八個目のピザ作りだ。マルゲリータにマリナーラ、生ハムをトッピングしたやつ、またマルゲリータ、何でもかんでもトッピングした気まぐれピザ……。作った先から食べられてしまうので『ダ・モーレ』の森脇令嗣並みの忙しさだ。炉の中の温度が下がってきて焼くのに時間がかかるようになったので、温度を上げるために悟史に薪を焚いてもらっている。

「手つきがだんだんようなっとるわ。今度は何？」

ピザ釜に近いところで作業している雅彦のところに行き、あゆみは雅彦の手さばきを見つめながらいう。ピザ釜に張りついている悟史の他は、みんなタープの中のテーブルについて話し込んでいる。今の話題は裸祭りで、小橋川が面白おかしくしゃべって笑い声が上がっている。

「まだまだじゃが。ピザはまたマルゲリータじゃけど、今度はアンチョビを散らして、目先とゆーか、舌先を変えちゃる」

「うわー、アンチョビな。大好き。ありがとう、雅彦さん。おいしくて、ぼっけー幸せじゃが。ここの砂浜に連れてきてもらったのもよかった。本当にいい気分じゃが」

「なによんな。こんなのは序の口じゃが。『ダ・モーレ』のピザに比べたら月とスッポンじゃが。庭に本格ピザ釜を造ったらもっとうまいピザを作っちゃる。絶対に世界一うまいピザを作って、世界一幸せな気分にしちゃるからな」

「これでも十分おいしくて幸せじゃけど、世界一のピザ、楽しみにしとるからね」

「まかせとけって。どうな、身体、せわーねーか？　疲れてないか？」

「大丈夫。天気はいいし、景色はいいし、ピザはおいしいし、本当にいい気分なんよ」

今日は吐き気もないし、という言葉を呑み込んで、あゆみはポケットの吐き気止めの薬を握る。

楽しいことがあってもガンのことが頭から消え去りはしない。けれどもくよくよしても始まらない。できる限りのことはやったし、先のことは誰にも分からない。三回目の最後の点滴治療が終わったとしても、定期的に検診を受けてガンへの思いと闘わなければならない。それでも、幸せにしてくれる雅彦がいる。悟史がいる。ここのみんなも奉還町商店街のみんなもいる。それに奉還町商店街には愛すべき日常がある。挨拶を交わす人々がいる。毎日の出来事を話せる家族、人々がいる。おいしいパン屋さんも惣菜屋さんもたこ焼き屋さんもいろんなお店がある。楽しいこの時をすごしていることもありがたい。あゆみはテーブルの一人一人の笑顔に微笑み、そのうれしそうな笑みを雅彦に向ける。

「幸せじゃが……」

とつぶやく。

「ん？　何かゆうたんか？」

「こんな気持のいいところで焼き立てのピザ食べられるなんて幸せじゃーゆうたんよ」

「これからじゃが。絶対に世界一うまいピザを作って食わせちゃるからな」

雅彦が微笑みを返してトッピングをし始める。

鳥の鋭い鳴き声がしてあゆみは海を見つめる。日が傾いてきたが海はまだ明るく霞んでいる。風もなく穏やかだ。ベタ凪のぼんやりと光る海面をかすめるように、一羽の鳥が上下に急角度を切って曲芸飛行をしている。少しばかり目を奪われたあゆみは視線を戻してトッピングに夢中な雅彦を、ピザ釜を突っついている悟史を、テーブルで沸き立つみんなを見やる。先のことを見つめてばかりいてもしょうがない。今を大切にしなくては。この瞬間というかけがえのない今を生きなければ。あゆみはトッピングが終わったピザ生地をうれしそうに見つめる。もっとしたモッツァレラチーズにアンチョビを散らしたおいしそうなピザだ。

装画　吉實恵
装丁　坂野公一（welle design）

初出　山陽新聞　２０１３年９月24日～２０１４年４月29日
単行本化にあたり、加筆・修正をおこないました。

川上健一（かわかみ・けんいち）
1949年青森県十和田市生まれ。県立十和田工業高校卒業。77年『跳べ、ジョー！　B・Bの魂が見てるぞ』で第28回小説現代新人賞を受賞し作家デビュー。90年『雨鱒の川』刊行後休筆。2001年『翼はいつまでも』が「本の雑誌」年間ベスト1に選ばれ、翌年、第17回坪田譲治文学賞を受賞。青春小説、スポーツ小説を数多く手がける。

トッピング
愛（あい）とウズラの卵（たまご）とで～れえピザ

２０１８年11月30日　第１刷発行

著者　川上健一（かわかみけんいち）
発行者　徳永真
発行所　株式会社集英社
東京都千代田区一ッ橋２‐５‐10 〒101‐８０５０
電話　編集部　03‐３２３０‐６１００
読者係　03‐３２３０‐６０８０
販売部　03‐３２３０‐６３９３（書店専用）

印刷所　大日本印刷株式会社
製本所　加藤製本株式会社

ISBN978-4-08-771156-1　C0093

定価はカバーに表示してあります。

川上健一の本（集英社文庫）

雨鱒の川

東北のとある寒村。母親ヒデとふたり暮らしの小学三年生の心平は川で魚を捕ることと絵を描くことにしか興味がない。そんな心平には心の通い合う少女・小百合がいた。心平の絵が国際的な児童画展に入選した祝賀会の夜、母親は雪の中で死亡した——。十年後、十八歳になった心平は村に帰ってきた。小百合の家の造り酒屋に勤めるが、小百合に縁談が起きて……。幼馴染の透明な心を謳いあげた清冽な初恋小説。

ららのいた夏

ふたりの出会いはマラソン大会で走っている最中だった。小杉純也はプロを目指す高校球児。坂本ららは走ることと笑うことが大好きな高校生。ららは、運動会が始まって以降、ロードレース、駅伝、フルマラソンと次々に記録を塗り替えてしまう。オリンピックすら視野に入ってきた。純也もスカウトの目にとまって、プロ野球の選手としてデビューした。涼風のようなふたりの恋。青春長編ラブストーリー。

翼はいつまでも

青森の平凡な中学生・神山は補欠の野球部員。米軍放送で聴いた曲が彼を変えた。ビートルズの「プリーズ・プリーズ・ミー」。この曲に勇気づけられレギュラーに。県大会優勝を合言葉にチームも強くなるが、教師たちに振りまわされ、夢は砕けてしまう。三年生の夏休み、大人になろうとひとり、十和田湖に旅立った彼は初恋を知る。第17回坪田譲治文学賞受賞作。

四月になれば彼女は

春まだ浅い青森は十和田。高校卒業三日目。肩を壊し野球選手の夢を閉ざされた〝ぼく〟は、同級生の駆け落ちを手伝ううちに相撲取りにスカウトされ就職も取り消しに。初恋の人との再会、釣り仲間との密漁と童貞卒業計画、番長の喧嘩に乱入、米兵との諍いに巻き込まれたり、ドタバタでしょぼいけれど素敵な事件の数々。人生のターニングポイントになった二十四時間を描いた、青春の疾走感がまばゆい傑作。

渾身

坂本多美子は夫の英明と、まだ「お母ちゃん」とは呼んでくれないが、前妻の娘である五歳の琴世と幸せに暮らしていた。隠岐島一番の古典相撲大会。夜を徹して行われた大会もすでに昼過ぎ。いよいよ結びの大一番。最高位の正三役大関に選ばれた英明は、地区の名誉と家族への思いを懸け、土俵に上がる。息詰まる世紀の大熱戦、勝負の行方やいかに!? 型破りのスポーツ小説にして、感動の家族小説。